GILBERT BORDES

Gilbert Bordes est né à Orliac-de-Bar, en Corrèze, et vit en région parisienne. Plusieurs de ses romans ont été couronnés : *La nuit des hulottes* a reçu en 1992 le prix RTL-Grand Public, et *Le porteur de destin* a été salué la même année par le prix Maison de la Presse et divers prix régionaux. Gilbert Bordes s'attache surtout à raconter des histoires dans la pure tradition des romanciers populaires, histoires de société (*L'année des coquelicots*), mais surtout humaines (*Le silence de la Mule*, *Lumière à Cornemule*, *Juste un coin de ciel bleu*, etc.) ou romans historiques (*Les frères du Diable*, suivi de *Lydia de Malemort*). Plusieurs de ses livres, tels *Le roi en son moulin*, *La nuit des hulottes*, ou *Le porteur de destin* ont été adaptés pour la télévision. Plus récemment, *Et l'été reviendra* et *La malédiction des louves* sont parus chez Robert Laffont.

NOUS IRONS CUEILLIR LES ÉTOILES

DU MÊME AUTEUR
CHEZ POCKET

LA NUIT DES HULOTTES
LES CHASSEURS DE PAPILLONS
L'ANNÉE DES COQUELICOTS
L'HEURE DU BRACONNIER
LA NEIGE FOND TOUJOURS AU PRINTEMPS
LE SILENCE DE LA MULE
LE VOLEUR DE BONBONS
LUMIÈRE À CORNEMULE
DES ENFANTS TOMBÉS DU CIEL
NOUS IRONS CUEILLIR LES ÉTOILES

LES COLÈRES DU CIEL ET DE LA TERRE

LA MONTAGNE BRISÉE
LE DERNIER ORAGE

GILBERT BORDES

NOUS IRONS CUEILLIR LES ÉTOILES

ROBERT LAFFONT

La papier de cet ouvrage est composé de fibres naturelles, renouvelables, recyclables et fabriquées à partir de bois provenant de forêts plantées et cultivées durablement pour la fabrication de ce papier.

ISBN 978-2-266-18329-1

Depuis qu'elle a reçu la lettre d'un notaire du Lavandou, Sandrine est inquiète. Une seule phrase sur une feuille à en-tête, trop imprécise pour ne pas y déceler une menace : *Je vous demande de passer le 3 juillet prochain dans mon bureau pour une affaire vous concernant.*

Quelle affaire ? Elle décroche son téléphone, mais ne peut rien apprendre de plus. Un clerc très discret s'ingénie à épaissir le mystère : « Je ne peux rien vous dire en l'absence de Me Leroux, mais je vous assure que c'est une excellente nouvelle. »

Une excellente nouvelle ! Quoi de plus intriguant ? Elle n'en parle à personne, pas même à Cécile Bret, son amie et associée dans l'agence de voyages qu'elles ont créée ensemble à Aix-en-Provence.

Le 3 juillet à 9 heures, Sandrine sonne à la porte de l'étude de Me Leroux. Des frissons parcourent son corps, car elle a vraiment le sentiment que sa vie va changer, et dans un sens qui ne lui convient pas.

Un grand soleil d'été brille sur la Côte, mais Sandrine n'en ressent pas la chaleur. Le froid s'est installé en elle avec les cauchemars de la nuit. Réveillée en sursaut vers 2 heures du matin, le corps gelé entre les draps, elle est entrée sans bruit dans la chambre de Baptiste. Dans la pénombre, elle a longuement regardé le visage poupin de son fils endormi, mais, au lieu de l'apaiser, ce visage l'a enfoncée un peu plus dans son désarroi. Elle redoutait qu'il soit encore la victime d'événements, de circonstances qui ne le concernent en rien.

Sandrine appuie sur le bouton de la sonnette. Une assistante de Me Leroux l'accueille : une femme de son âge, trente-cinq ans environ, très fardée, qui sent le lilas et sourit en montrant de larges incisives tachées de rouge à lèvres.

— Me Leroux vous attend ! dit-elle en conduisant Sandrine jusqu'à une porte de chêne foncé aux imposantes moulures.

La porte s'ouvre sur un vaste bureau aux meubles cossus. Me Leroux, petit et chauve, vient à sa rencontre en souriant. Il lui tend une petite main aux doigts courts et l'invite à s'asseoir dans un fauteuil de velours rouge. Deux autres personnes, un vieil homme très élégant et un jeune très brun, maigre, se sont levées pour l'accueillir.

— Madame Gaspect, je vous présente M. François Rivière et son fils, Julien.

Sandrine esquisse un sourire qui cache son malaise. En quoi ces deux hommes qu'elle ne connaît pas sont-ils, eux aussi, concernés par cette affaire ? Elle s'assoit, taraudée par une question obsédante : que fait-elle dans ce bureau ? Elle pense à son père, Philippe Allère, qu'elle n'a pas revu depuis plusieurs années. Aurait-il fait des dettes ? Ces deux inconnus seraient-ils des créanciers qui viennent lui demander des comptes ?

Le notaire prend place dans son fauteuil à haut dossier de cuir noir, lève ses yeux globuleux sur Sandrine, comme s'il allait annoncer un impitoyable verdict.

— Madame, voici la raison de votre présence dans ce bureau.

Il lui tend alors une feuille de papier à en-tête d'un grand laboratoire d'analyses d'Aix-en-Provence. La jeune femme jette un coup d'œil au document, le parcourt et en lit la conclusion : *Les ADN comparés indiquent une filiation directe entre les deux personnes.*

— Ainsi, poursuit Me Leroux, le test ADN demandé par M. François Rivière, ici présent, est sans contestation possible. Vous êtes sa fille !

— Quoi ?

Ce mot lui a échappé comme un cri pour se protéger, comme une protestation. Elle a envie de s'en aller, de courir vers sa voiture mal garée dans une rue voisine.

Le jeune homme lui jette un regard froid. Le vieux se lève et fait un pas dans la direction de Sandrine.

— Madame, je suis très heureux de vous rencontrer enfin !

— Mais, monsieur... je ne comprends pas ! fait Sandrine en secouant la tête.

— Je me doute des conséquences que mon intrusion dans votre vie peut avoir ! précise François Rivière d'une voix calme et assurée, et je ne voudrais vous contraindre en rien. Si vous me le demandez, je disparaîtrai de votre vie.

— C'est ça ! lance Sandrine en se levant. Ceci ne me concerne pas. Je retourne à mon bureau !

— Une seconde, madame, intervient le notaire. Je vous prie d'écouter M. Rivière, votre père biologique. Ensuite, vous serez libre de partir.

Biologique ! Ce mot signifie que sa mère a fait l'amour avec cet inconnu. Sa mère dont l'image se craquelle, sombre dans une vulgarité détestable.

François Rivière, toujours debout devant Sandrine, passe une main aux longs doigts sur ses cheveux blancs. Il esquisse un sourire sous sa fine moustache. Un large menton légèrement saillant, le front étroit et haut sous une stricte coupe de cheveux ajoutent à son regard une froide autorité, une supériorité distante.

— Madame, dit-il enfin d'une voix forte, cela fait longtemps que je vous connais, que j'étais certain de... de notre lien de parenté. Mais je ne pouvais pas le prouver jusqu'au moment où j'ai eu l'idée de faire appel à un détective privé qui a prélevé votre ADN. Oui, un mouchoir en papier récupéré dans une poubelle et une serviette de table empruntée au restaurant où vous déjeunez régulièrement. Le test est formel, vous êtes ma fille.

Le regard fixe de François Rivière brûle Sandrine, qui baisse la tête. L'image de sa mère flotte devant ses yeux.

— Je vous dois toute l'histoire, poursuit-il. Quand votre mère et moi étions proches, je n'étais que le fils d'un paysan de La Roquebrussanne qui s'était spécialisé dans la production des fleurs destinées à la parfumerie. J'étais un « nez ». Mon odorat particulièrement développé m'a rapidement permis de mettre au point des formules de parfums qui ont eu un peu de succès. C'est ainsi que j'ai pu acquérir un magasin important à Paris. Je possède aussi un domaine sur la Côte, non loin d'ici. Quand mon propre père l'a acheté, il y a une cinquantaine d'années, il ne valait rien. Une lande sèche et caillouteuse dont personne ne voulait. Depuis, les choses ont bien changé. Si j'énumère ainsi mes biens, c'est que vous êtes mon héritière, avec Julien ici présent.

Le jeune homme inspire comme s'il allait parler. Son regard va de son père à Sandrine.

— Mais reprenons mon histoire, qui est aussi la vôtre, poursuit François Rivière. Lorsque j'ai rencontré votre mère, je travaillais dans un laboratoire de Toulon. Elle était institutrice à Ollioules. Notre relation a duré une année, puis Marie a rompu sans me dire vraiment pourquoi. Elle a épousé Philippe Allère et, quelques mois plus tard, vous êtes née. Savait-elle qu'elle était enceinte quand elle a rompu avec moi ? Je l'ignore, mais j'ai toujours été persuadé que vous étiez ma fille. Le temps a passé, et les tests me donnent raison.

Sandrine jette un regard au notaire comme pour l'implorer d'arrêter le supplice.

— Qu'est-ce que ça peut me faire ? s'écrie-t-elle tout à coup.

Cette fois, la jeune femme s'est levée. François Rivière lui pose délicatement une main sur l'épaule. Elle ressent comme une brûlure.

— Je n'ai d'autre intention que de vous donner ce que je vous dois !

— Vous ne me devez rien ! hurle Sandrine en se dirigeant vers la porte.

Cette fois, personne ne la retient. Elle court dans la rue, se réfugie dans sa voiture. Elle sort de la ville, rejoint l'autoroute, mue par une force qui obstrue son esprit et l'empêche de réfléchir. Moins d'une heure plus tard, elle arrive dans les faubourgs d'Avignon, près d'un pavillon bien sage aux murs blancs dans une rue tranquille qui descend vers les quais du Rhône. Elle gare son véhicule, claque la portière et sonne au portail toujours fermé. Une petite femme, très digne, très droite, sourit en l'apercevant, puis ne peut masquer son inquiétude.

— Mais qu'est-ce que tu fais là ? Je ne t'attendais pas avant dimanche. Que se passe-t-il ?

Marie Allère ouvre le portail, veut embrasser sa fille, qui la repousse. Les deux femmes se ressemblent, même peau très blanche, même silhouette. Sandrine est un peu plus grande et ses cheveux courts, bruns avec des mèches blondes, donnent un peu de fantaisie à un visage régulier, des yeux marron clair, une bouche assez largement fendue. Marie ne fait pas son âge. Sa figure est restée lisse ; des petites rides au coin de ses yeux lui confèrent une apparence enjouée. Ses abondants cheveux gris, au lieu de la vieillir, ajoutent de la grâce à la forme de son visage. « C'est encore une belle femme ! » pense Sandrine qui mesure tout à coup la sensualité de la bouche aux lèvres épaisses de sa mère, de son cou à la peau toujours ferme.

— Tu en fais une tête ! Rien de grave, j'espère ?

Sandrine cherche ses mots. Durant le trajet, elle a imaginé une réplique cinglante pour exprimer son dégoût ; maintenant, elle ne sait plus.

— Je te déteste ! crie-t-elle enfin.

Sandrine refuse de voir dans sa mère une femme ordinaire, capable d'avoir eu une vie qu'elle ne connaît pas, en dehors des clous.

— Qu'est-ce qui te prend ?

Sans rien ajouter, Sandrine retourne à sa voiture.

Marie se précipite, arrête sa fille à la portière du véhicule.

— Tu vas m'expliquer ?

C'est trop difficile. Sandrine bouscule sa mère, monte dans sa voiture et démarre en trombe. Elle s'arrête dix kilomètres plus loin sur une aire de repos, coupe son portable qui sonne sans cesse et, la tête posée sur le volant, se met à pleurer.

Elle voudrait vomir cette partie d'elle-même qui lui échappe, cet ADN d'un étranger enfoui au plus secret de son être. Se défaire de l'inconnue qui vient de surgir en elle et remet en cause une femme bien ordinaire qui depuis longtemps a le sentiment de passer à côté de sa véritable voie.

Se retourner comme un gant pour en chasser les impuretés.

C'est dans le regard de Louise que Baptiste découvre une vérité qui lui fait mal. Celle qu'il a toujours niée parce qu'elle remet en cause sa volonté. Celle qui le sépare des autres et le tient à l'écart des jeux de son âge. Il s'en est longtemps accommodé parce qu'il ne pouvait pas faire autrement, mais ce matin, dans les yeux bleus de la fillette, il mesure sa différence. Le garçon reste bouche bée devant sa nouvelle voisine qui ne cesse de parcourir du regard sa lourde silhouette. Elle sourit enfin, mais Baptiste voit, dans le pli de ses lèvres, un peu de cette moquerie qui l'accompagne toujours, surtout en cours de gymnastique.

— Eh bien, toi, tu dois avoir bon appétit !

— Bof, pas plus que ça ! crâne-t-il.

Il parle ainsi pour cacher combien cette petite remarque lui fait mal, le brûle au plus profond de son être, le poignarde. Il a l'impression de se trouver derrière une vitre, comme un animal répugnant que l'on montre au fond d'un bocal.

— Tu habites ici ? demande Louise.

— Oui, répond Baptiste sans oser soutenir le regard intense posé sur lui. La maison aux volets blancs. Et toi ?

— Mon père est le capitaine Sulvanne. C'est lui qui prend la direction de la gendarmerie. Nous sommes arrivés hier au soir.

La fillette a parlé avec fierté de ce père affecté à la tête des gendarmes de Barjols. Elle fait quelques pas, écoute le chant des cigales dans les taillis épineux, puis se tourne de nouveau vers Baptiste en faisant voler ses boucles blondes libres sur ses épaules.

— Avant j'étais à Beauvais, très loin d'ici, dans le Nord. Ça fait un grand changement !

— Oui, j'entends à ton accent que tu n'es pas d'ici. Il paraît que les gendarmes ne restent jamais trop longtemps à la même place pour qu'ils ne s'habituent pas aux gens. C'est mon père qui me l'a dit !

— Ah ! Et qu'est-ce qu'il fait, ton père ?

— Il a le garage Renault, au bout du village. Moi, je vis avec ma mère. Ils sont séparés. Bon, il faut que j'y aille.

— Et tes copains ?

— J'ai pas de copains.

Il voudrait ajouter : « Les autres se moquent de moi ! » Ne pas parler de son obésité lui épargne un peu de honte, pourtant Louise n'a vu que cela, alors Baptiste court chez lui, claque la porte. Ce n'est pas qu'il soit pressé, personne ne l'attend puisque sa mère est à Aix pour la journée et qu'il évite de rester au garage où grand-mère Jacote trouve toujours quelque chose de désagréable pour l'occuper. Il préfère rester dans la maison vide, faire du vélo dans les rues de Barjols, jouer sur son ordinateur ou regarder la télé.

Il monte à l'étage, entre dans la salle de bains et se regarde longuement dans la glace au-dessus du lavabo. Pas besoin de faire de grimaces pour se trouver ridicule. Ses grosses joues, son nez épaté, son double menton et ses lèvres gourmandes, ses petits yeux noirs, enfoncés, porcins, suffisent à cela. Baptiste se voit tellement moche qu'il a envie de s'enfermer dans un placard et ne plus jamais en sortir. De profil, la glace lui renvoie l'image vraie de son volumineux estomac qui l'oblige à mettre des bretelles pour tenir son pantalon, car la ceinture glisse sur ses hanches trop étroites. Il ne se met jamais en short. Les séances de gymnastique sont une torture à cause des moqueries quand arrive son tour de s'exhiber sur le tapis ou de tenter de franchir soixante centimètres en hauteur, tandis que les autres ont passé plus d'un mètre. Les rires sont autant de lames qui le transpercent, qui le tuent, mais il se force à rire car sa douleur est coupable.

La pensée de sa nouvelle voisine accentue son malaise. Il sort de la salle de bains, dévale l'escalier, passe devant la porte de la cuisine, s'arrête. La faim fait grouiller son estomac, mais il ne mangera pas ce midi. Le regard de Louise lui a fait prendre cette décision qu'il n'est pas sûr de tenir. Il sort, marche au hasard des rues où la bonne odeur de cuisine emplit l'air et le fait saliver. Alors, serrant les poings, il s'éloigne dans la garrigue. C'est le seul endroit où Baptiste se sente bien, au milieu des cigales, des criquets et des oiseaux. Là, personne ne le regarde avec cet air particulier, comme s'il était un monstre contrefait, tellement gros qu'il ne ressemble pas à un garçon de son âge.

Mais l'image de Louise, de ses boucles blondes pleines de soleil qui volaient autour de son beau visage, de ses yeux bleus, s'impose encore à lui. Ses pas le conduisent au bord du Riezou, un torrent asséché qui ne coule qu'en automne et après les orages. Il s'assoit sur une grosse pierre brûlante. Un caillou en forme d'œuf retient son attention. Il le prend, le fait sauter dans sa main pour éviter de se brûler, le regarde de près. Un œuf pétrifié, transformé en pierre. Un œuf-caillou d'où ne sortira jamais d'oisillon. Un porte-bonheur. Les petites fées qui courent dans les taillis, pas plus hautes que des marguerites et aussi belles que Louise, l'ont touché de leur baguette magique. Les petites fées viennent d'une planète lointaine. Leur fusée étant cassée, elles ne peuvent pas repartir et doivent vivre dans la lavande et les grandes herbes en se préservant des serpents et des lézards verts. Elles ne sortent de leur cachette que le soir, Baptiste les voit, surtout quand il est malheureux. Elles font la ronde autour de lui et dansent en chantant un air très ancien que les hommes ont oublié.

Il tourne l'œuf-caillou dans sa main, en ressent le pouvoir immense. À l'intérieur se concentrent les forces de l'univers qui peuvent changer la vie d'un garçon trop gros dont on se moque. Des gouttes de sueur roulent sur son front et ses joues. Souvent, Baptiste s'expose ainsi au soleil, car il souhaite fondre, mais il n'a réussi jusque-là qu'à récolter de douloureuses brûlures.

Grand-mère lui dit souvent : « Remue tes kilos, va faire du sport ! » Baptiste répond par une méchanceté, mais il sait bien que Jacote a raison. L'effort l'essouffle et il doit s'arrêter au bout de quelques minutes, le cœur prêt à éclater. C'est surtout à l'école, pendant l'épreuve de course à pied, qu'il est le plus ridicule. Sous les rires, les moqueries, il s'élance pour un soixante mètres déplorable. Alors, il fait le clown, exagère sa lourdeur et ses maladresses pour se mettre en accord avec les rires qui l'escortent.

Baptiste rentre chez lui. Dans sa poche, l'œuf-caillou pèse contre sa cuisse. 5 heures. Le soleil toujours très chaud amorce sa descente vers l'horizon. Le soir se remarque au chant des oiseaux qui se taisent dans la journée, à la lumière, aux ombres qui s'allongent, à un souffle d'air frais sous les grands oliviers.

Sur la place du village, des jeunes bavardent, assis sur le rebord de la fontaine. Au centre du cercle, Baptiste reconnaît tout de suite Louise, telle une reine venue du Nord. Il y a là Jules, le fils de M. Bathomie, le gérant du Huit à huit, Bryan, son plus jeune frère, qui fait tout ce qu'il peut pour se hisser au niveau des deux autres, et, assis sur la selle de son scooter, Gaétan Mastier, le plus costaud de tous, champion d'académie de judo et qui sait se faire respecter. Les cheveux très courts, un piercing au sourcil droit dont les deux perles d'argent brillent au soleil, Gaétan est surtout connu pour ses mauvaises fréquentations.

— Alors, mon gros, c'est l'heure d'aller bouffer ? lâche-t-il en se tournant vers Baptiste.

Baptiste rougit à cause de Louise qui le regarde en riant. Il ne répond pas et passe son chemin, les yeux fixés droit devant lui.

— Eh bien, tu as perdu ta langue ?

Gaétan se dirige vers Baptiste, qui accélère le pas. Louise suit la scène sans rien dire, amusée.

— Viens par ici ! fait Gaétan en prenant le garçon par le col de la chemise. On a à te parler !

— Laisse-moi ! Je t'ai rien demandé ! s'écrie Baptiste de cette voix aiguë qui persiste à demeurer celle d'un enfant en dépit de sa corpulence de jeune homme.

— Moi, je te dis que quand tu passes, tu dois saluer tes copains !

— J'ai pas de copains !

— C'est normal, tu as vu ta tronche ?

Baptiste s'échappe et court chez lui. La voiture de sa mère n'est pas garée devant l'entrée. Parfois, elle la laisse dans la ruelle voisine. À cette heure, Sandrine devrait être à la cuisine en train de préparer le repas du soir. Depuis quelque temps, elle rentre tard et lui demande souvent d'aller dormir chez grand-mère Jacote. Les coups de téléphone bizarres qu'elle reçoit inquiètent le garçon. Ses parents ont beau être séparés, il ne supporte pas l'idée qu'ils pourraient refaire leur vie chacun de leur côté.

Il monte les quelques marches, arrive dans la salle de séjour, passe dans la cuisine, appelle : « Maman ! » Toujours rien. Pendant la journée, Baptiste trouve le silence reposant, il peut se laisser aller sur le canapé, s'étaler pour rêver. Personne ne lui reproche ses grosses jambes, sa bedaine qui le gêne quand il veut se plier en deux pour ramasser quelque chose. À cette heure, ce même silence résonne autour de lui comme une sirène d'alarme.

Enfin, une voiture se gare devant le portail. Sandrine ferme le portail et embrasse Baptiste, qui est venu à sa rencontre.

— Tu en fais une tête !

— C'est rien, prétexte Sandrine en passant dans la cuisine et en y posant son sac de courses.

Le téléphone sonne. Baptiste se dirige vers l'appareil quand sa mère fait irruption.

— Laisse, c'est pour moi, fait Sandrine en empoignant l'appareil.

Sa précipitation étonne le garçon : d'ordinaire, sa mère le laisse répondre aux appels, principalement ceux de Marie qui, chaque jour, vient prendre des nouvelles. Ce soir, elle ne répond pas avec son habituelle voix mielleuse qui déplaît à Baptiste quand elle parle à sa grand-mère.

— Je ne veux pas te parler !

Sandrine repose vivement le combiné et tourne vers Baptiste un regard plein de colère.

— Vous vous êtes disputées avec grand-mère ? demande le garçon sans y croire.

— Ne te mêle pas de ça ! tranche la jeune femme.

Baptiste est dépité. Jamais sa mère ne lui parle de cette manière. Elle doit vraiment être très malheureuse.

— Qu'est-ce qui t'arrive ? Tu as des soucis ? insiste-t-il.

— On peut dire ça comme ça. S'il te plaît, ne me pose pas de questions. Je te promets que je t'en parlerai dans quelques jours. Laisse-moi un peu de temps !

Elle l'embrasse, il n'insiste pas. Ils n'échangent pas un mot pendant le souper qu'ils prennent habituellement dans la cuisine. Baptiste, en face du visage fermé de sa mère, oublie de se goinfrer de fromage. Les boucles blondes de Louise n'arrivent pas à chasser la lourdeur du temps immobile.

Le lendemain, en arrivant à son agence, Cécile Bret jette un regard curieux à Sandrine, déjà assise à son bureau. Cette grande brune aux cheveux courts, extrêmement efficace dans son travail, a bien compris que quelque chose venait de se passer dans la vie de son amie, mais ne pose pas de questions.

— Hier soir quelqu'un a téléphoné, qui voulait absolument te voir. Je ne lui ai pas donné ton numéro de portable.

— On le connaît ? demande Sandrine.

— Moi, je ne le connais pas. Il s'appelle Julien Rivière. Il a dit que tu l'avais rencontré et qu'il viendrait te voir ce matin.

Sandrine pousse un gros soupir. Elle n'a pas fermé l'œil de la nuit. Ce père inconnu et cet héritage inattendu ne cessent de la tourmenter. Elle s'en veut d'avoir rabroué sa mère, mais ne peut pas se résoudre à l'appeler. Elle doit, avant tout, faire la paix avec elle-même, admettre cette nouvelle partie de sa personne qui vient de changer de nom.

Le téléphone la fait sursauter. Cécile décroche et jette un regard entendu à Sandrine.

— C'est lui ! souffle-t-elle. Il t'attend au café en bas.

Sandrine ne veut pas le voir. La meilleure solution,

c'est d'ignorer la famille Rivière, l'héritage et ses ennuis, c'est de reprendre sa vie comme avant.

— Dis-lui que je ne suis pas là !

— Il t'a vue entrer !

— Bon, j'y vais ! se décide Sandrine. Il est temps de mettre un terme à cette histoire.

Cécile la regarde s'éloigner d'un pas nerveux. La force que Sandrine affiche dans le quotidien, dans la manière de conduire son affaire, cache une faiblesse pour tout ce qui la touche intimement, une incapacité à démêler ses sentiments et choisir le bon chemin dans un fatras de contradictions.

— Sandrine, si tu as besoin, sache que je suis là !

— Ça ira ! dit Sandrine en sortant.

Au café, elle n'a aucune difficulté à reconnaître Julien Rivière, assis seul à une table, son verre de whisky devant lui. Les épaules rentrées, très maigre. Brun, de longues mèches de cheveux roulent sur son front. Un regard qui hésite tout le temps, une tête d'adolescent.

— Bonjour ! dit-il froidement à Sandrine en l'invitant à s'asseoir en face de lui.

— Qu'est-ce que vous me voulez ? demande la jeune femme, bien décidée à faire front.

— Vous dire deux ou trois petites choses. Mon père, que vous avez vu hier, me déteste. Cet égocentrique voudrait que je le seconde dans ses affaires. Mais nous sommes très différents, et il a vite compris que je me moquais de ses parfums.

— Je suis pressée, l'interrompt Sandrine. Que me voulez-vous ?

— Vous dire que la haine fait faire de bien mauvaises choses. François Rivière cherche, par votre intermédiaire, à me priver de mon héritage.

— Ce ne sont pas mes affaires !

— Le test dont le notaire vous a parlé indique une filiation entre les deux prélèvements analysés. Mais rien ne prouve que ce soit votre ADN qui a été donné au laboratoire. Rien. Je vous le répète, mon père cherche à me déposséder de mon bien et s'est souvenu de son aventure avec votre mère. Aussi, pour éviter que les choses n'aillent plus loin, car s'il y a supercherie vous serez inquiétée, je vous prie de signer cette feuille par laquelle vous renoncez aux prétendus droits que François Rivière vous reconnaît.

La voilà, la solution ! Julien Rivière lui propose de tirer un trait sur ce qu'elle veut oublier au plus vite. Sandrine se saisit du stylo que le jeune homme lui présente, dirige la pointe sous son nom inscrit en lettres capitales, puis s'immobilise, lève les yeux vers Julien.

— Pourquoi ferais-je cela ?

La question est sortie de sa bouche sans qu'elle y pense, brutale, comme une protestation face à ce jeune homme insaisissable, d'une immaturité évidente.

— Je vous le répète : pour vous éviter des ennuis ! On pourrait dire que vous avez abusé de vos charmes sur un vieil homme toujours sensible aux femmes !

— Ah bon ? Je n'ai vu le vieil homme en question qu'hier matin dans le bureau du notaire.

— Mais lui vous observe depuis des semaines et se fait son cinéma !

Sandrine bondit de son siège.

— Si j'ai bien compris, vous me menacez ?

— Bien sûr que non ! proteste Julien en esquissant un sourire qui éclaire son visage maigre. Je vous précise que le domaine des Maures est convoité par un richissime industriel qui souhaite l'acheter pour y construire un hôtel de luxe. Mon père s'oppose à la vente. Il ne veut pas céder son terrain à un étranger, et surtout pas à un mafieux russe.

— Qu'est-ce que vous voulez que ça me fasse ?

— Les nouveaux riches de l'ancienne Union soviétique sont des gens pressés qui n'aiment pas les obstacles. Imaginez qu'après mon père vous vous opposiez aussi à la vente.

— Ce serait mon droit le plus strict !

— Certes, mais il faudrait alors vous attendre à des ennuis, de gros ennuis !

— Mais enfin, s'exclame Sandrine, nous sommes en France, un pays de droit !

— Le droit n'empêche rien dans ce genre d'affaire ! Aussi, pour vous protéger contre les fantasmes saugrenus d'un vieil homme irresponsable, je vous invite à signer cette feuille.

Sandrine comprend que Julien agite l'épouvantail russe pour la faire céder. Au fond, ce qu'il veut, c'est ne pas partager l'héritage avec une sœur tombée du ciel. Elle le comprend, mais le procédé lui déplaît.

— Je refuse de signer !

— Alors, tant pis pour vous ! dit Julien Rivière en haussant le ton.

Sandrine sort du café d'un pas décidé. À l'agence, elle met Cécile Bret dans la confidence. Les conseils de son associée sont toujours judicieux et Sandrine ne se sent plus la force de porter seule son secret.

— C'est vrai que rien ne prouve que l'ADN analysé soit le tien ! constate la jeune femme en s'asseyant sur le coin du bureau.

Cécile est une grande perche, à la poitrine plate, aux hanches larges. Elle fait son possible pour cacher son physique ingrat, dépense des fortunes en vêtements griffés, en séances chez l'esthéticienne, mais n'arrive pas à contenir ses gestes trop amples et sa démarche disgracieuse. Son esprit n'est pas à l'image de son corps et rien ne lui échappe.

— Je sens là-dessous de gros intérêts et des gens prêts à m'écraser pour m'éliminer ! soupire Sandrine.

— Certes, mais la menace de ce mafieux russe

prouve que ton « frère » n'est pas sûr de lui et qu'il fait beaucoup de bruit pour masquer sa faiblesse.

— J'ai eu l'impression d'avoir affaire à un gamin mal élevé qui refuse de partager !

— Écoute, pourquoi tu signerais ce qu'il te demande ? Il y a des lois en France. Fais un nouveau test et personne ne pourra te contraindre à renoncer à cet héritage. Reconnais que ce serait bien utile pour notre petite agence !

L'après-midi, Sandrine reçoit un appel de François Rivière en personne. Il comprend sa réaction de la veille et souhaite s'expliquer avec elle.

— Je ne vous demande qu'une heure ou deux. Ensuite, je vous promets que je respecterai votre décision.

Il l'invite à dîner au domaine des Maures. Cécile Bret conseille à la jeune femme de s'y rendre.

— Veux-tu que je t'accompagne ? Je resterai à proximité. Tu n'auras qu'à faire sonner mon portable et j'interviendrai !

— Ce ne sera pas utile. Très franchement, tout ceci m'ennuie, je ne souhaite rien de ce père qui me vient de nulle part. Mais les menaces à peine voilées de Julien Rivière m'insupportent au plus haut point ! Et puis, je veux voir ce fameux domaine des Maures qui suscite tant de convoitises !

Sandrine prévient Baptiste qu'elle rentrera très tard. Le garçon refuse d'aller dormir chez grand-mère Jacote, la pire des corvées.

— Je peux t'attendre ici !

— Bon, si tu veux, mais tu ne restes pas devant la télé jusqu'à minuit !

— C'est promis, maman !

Près du Lavandou, le domaine des Maures, qui couvre une dizaine d'hectares de garrigue, occupe une avancée de terre en face des îles du Levant. En arrivant, Sandrine imagine tout de suite l'hôtel de luxe qui pourrait se construire, face à la mer, à la place de la villa qu'elle découvre entre les massifs de mimosas, les chênes verts et les pins. La jeune femme roule dans l'allée gravillonnée et arrête sa voiture à côté d'une grosse Mercedes et d'une Porsche noire.

François Rivière, qui l'attendait, vient à ses devants en souriant.

— Soyez la bienvenue au domaine des Maures. Quand mon père l'a acheté, ce terrain ne valait rien : trop sec, trop caillouteux pour y faire pousser la moindre plante, on pouvait à la rigueur y élever quelques chèvres !

Il sourit en remerciant Sandrine d'avoir accepté son invitation. Tout son être dégage une impression de solidité, de force qui gomme son âge. Non, cet homme n'est sûrement pas gâteux, comme le prétend Julien !

Celui-ci ne s'est pas dérangé pour l'accueillir. Il lui tend une main molle sans se lever de son siège, sur la terrasse qui domine la mer, à l'ombre d'un pin parasol. Les cheveux sur le front, il ne prononce pas un mot et se tourne vers la mer dont le roulement se mêle au crissement intense des cigales.

Le soir tombe, calme et radieux, une légère brise apporte des senteurs d'algues et de résine.

François Rivière invite ses « enfants » à prendre place à table. Une employée apporte le potage. Le vieil homme insiste sur les vertus de la soupe de légumes et les bienfaits d'une vie saine.

— Manger sans excès et surtout éviter de boire de l'alcool sont les meilleures garanties pour vivre longtemps et en pleine forme ! dit-il en regardant Julien qui se verse son troisième verre de vin.

Les deux hommes se détestent, une haine sensible, écrasante. Julien grignote, la tête basse, sans prêter attention aux allusions de son père qui lui reproche de trop fréquenter les casinos de la Côte. Sandrine, mal à l'aise, répond évasivement aux questions de François Rivière, parle de son enfance, du divorce de ses parents et de sa mère qui vit en Avignon.

— Je vais la revoir ! annonce le vieil homme. Il y a ainsi, dans la vie, des moments qui refusent de mourir. Nous n'avons pas été particulièrement heureux, tous les deux, nous étions jeunes et je ne pensais qu'à mon affaire.

François Rivière évoque ensuite sa deuxième vie, avec la mère de Julien qu'il a épousée et avec qui il a vécu dix ans avant de divorcer.

— Hélène était très douce, très aimante, confie-t-il à Sandrine. Il faut croire que je n'étais pas fait pour la vie en couple. Mon affaire m'accaparait totalement !

À la fin du repas, le vieil homme décide enfin de parler de ce qui a motivé ce dîner.

— Je ne vous ai pas réunis pour vous raconter ma vie, ni pour vous dicter mes dernières volontés. J'espère vivre encore très longtemps, mais on n'est jamais à l'abri d'un accident. Julien, tu dois te mettre dans la tête que Sandrine est ta sœur, précise-t-il en se tournant vers son fils, et qu'elle a les mêmes droits que toi !

Julien, la tête toujours baissée, ne répond pas.

— Je tiens à vous préciser à tous les deux que je serais très peiné de savoir que vous avez vendu ce domaine à un mafieux russe. Je vous précise que cette terre doit rester française, c'est très important ! Les étrangers viennent ici blanchir l'argent de la détresse humaine, la drogue, les armes et tout ce que je déteste le plus au monde. Je ne veux pas que le domaine des Maures soit sali par de telles pratiques ! Je souhaite qu'il reste tel qu'il est et que vous en partagiez la jouissance en un bien indivisible. Voilà ce que je voulais vous dire !

— C’est toi qui décides ! riposte Julien d’une voix sèche. Mais je vais quand même demander une contre-expertise des tests ADN, ensuite nous aviserons.

François Rivière sursaute :

— Qu’est-ce qui te permet de mettre en doute ma parole ?

— Rien, mais tu as pu être abusé !

— Eh bien, fais ta contre-expertise, qui confirmera ce que je dis !

La servante apporte alors le dessert et des pommes, car l’octogénaire prétend que sa bonne santé vient aussi d’une consommation quotidienne de ces fruits.

— Les Portugais luttent contre toutes sortes de maux avec les pommes, précise-t-il. Ils disent qu’une pomme par jour éloigne le médecin et je suis persuadé qu’ils ont raison !

Vers 11 heures, François Rivière propose à Sandrine de rester dormir ; une chambre, préparée à son intention, est à sa disposition. Elle refuse : Baptiste, resté seul, l’attend. Elle reprend la route avec l’impression de n’être qu’un pion entre deux personnes qui rêvent d’en découdre.

Avec la certitude qu’une terrible menace pèse sur elle et Baptiste.

Dès le lendemain, Sandrine décide d'aller voir sa mère. Depuis deux jours, elle refuse de répondre à ses appels et, sa surprise passée, mesure combien son attitude a été puérile. Une réaction de petite fille et de femme rigide. Ce qu'elle reproche à Marie, c'est ce qu'elle refuse de s'accorder. Sa situation avec Olivier, leur séparation depuis trois années, entracte qui s'éternise, l'empêche de voir le monde comme il est. Sa mère est aussi une femme !

Elle ne lui téléphonera pas. Elle se rend en Avignon et gare sa voiture devant le portail blanc. Marie, qui s'occupait de ses fleurs, la voit venir à elle. Sans un mot, Sandrine entre et se précipite dans ses bras.

— Mes mains sont pleines de terre, je vais te salir ! proteste Marie.

C'est tout ce que la vieille femme trouve à dire. La réaction de Sandrine l'a beaucoup affectée et la retrouver la comble de joie.

— Je te demande pardon ! murmure Sandrine.

— Qu'est-ce qui t'a pris ?

Sandrine recule alors d'un pas et, les yeux plantés dans ceux de sa mère :

— J'ai vu François Rivière !

Marie se trouble. Ses lèvres remuent, mais elle ne

prononce pas un mot. Ses yeux roulent dans leurs orbites ; enfin, elle demande :

— Que me dis-tu ?

— J'ai vu François Rivière ! répète Sandrine.

Un silence entre les deux femmes.

— Tu l'as vu ? demande Marie d'une voix tremblante. Qu'est-ce qu'il te voulait ?

— Me dire que je suis sa fille !

Marie, d'ordinaire si réservée, toujours méfiante, se laisse soudain aller. De lourdes larmes roulent sur son visage qui semble, tout à coup, très vieux. Elle prend la main de Sandrine et la serre contre sa poitrine.

— J'ai toujours voulu te le dire, et puis ce n'était jamais le moment. Le temps a passé.

Elle se tait, toute à ses souvenirs, ceux d'une jeunesse qui s'invitent dans un présent où ils n'ont pas leur place.

— Il m'a téléphoné. Tu ne peux pas savoir combien j'ai été heureuse. Et puis, il m'a parlé de toi, de l'intention qu'il avait de te reconnaître comme sa fille. Je lui ai demandé de te laisser tranquille. Il ne m'a pas écoutée. Peut-être a-t-il eu raison.

Marie s'essuie le visage avec son mouchoir, puis elle ajoute :

— On était si bien ensemble, mais il avait décidé d'habiter Grasse. Moi, je voulais rester ici pour m'occuper de ma mère. Et nous nous sommes bêtement disputés. Il avait des ambitions que je croyais démesurées. Je redoutais d'être très malheureuse avec lui car il était intransigeant, si sûr de lui et peu préoccupé par les autres. J'ai rompu. Par dépit, j'ai épousé ton père, enfin celui qui t'a donné son nom. Tu te souviens le couple que nous faisions. Des disputes chaque jour, des reproches. Ça ne pouvait pas marcher entre nous. Pauvre Sandrine, c'est de ma faute si tu as enduré une telle enfance !

À cet instant, Sandrine se sent très proche et très semblable à sa mère. Elle voudrait l'aider à porter cette peine qui dormait sous la cendre du temps et qu'un coup de téléphone vient de réveiller.

— Qu'est-ce que tu me conseilles ? demande la jeune femme.

— Oublie tout ça.

En début d'après-midi, Sandrine décide de mettre son mari dans la confidence. Le père de Baptiste, Olivier Gaspect. Ce nom cache le mystère d'un homme avec qui elle a vécu pendant neuf années et qu'elle ne connaît toujours pas. Une armoire à glace capable de renverser des montagnes, qui plie le genou devant sa mère. Un habile mécanicien et un commerçant estimé à Barjols. S'il sait prendre les bonnes décisions pour son affaire, il reste toujours indécis quand il s'agit de lui-même.

Entre Sandrine et son mari, il y a toujours eu Jacote. Un homme vêtu en femme qui veut tout diriger et surtout garder son fils. Au début de leur mariage, sa jalousie envers sa bru rendait la vie impossible au jeune couple qui habitait le vaste appartement au-dessus du garage. Sandrine a décidé Olivier à faire construire la maison dans laquelle elle vit encore, à la sortie du village, sur la route d'Alès. Jacote a quand même su semer la discorde entre les jeunes époux en répétant chaque jour à Olivier que Sandrine était une femme légère qui le trompait sûrement. Excédée, Sandrine a mis Olivier face à ses responsabilités : « C'est elle ou moi ! » s'est-elle un jour exclamée. Olivier, déstabilisé à la pensée que sa femme pouvait le tromper, a choisi le garage. Il est allé vivre chez sa mère, qui n'attendait que ça, et a laissé la maison à Sandrine et Baptiste.

Après deux années, l'habitude s'est installée. La véritable confrontation entre les époux, toujours repoussée, a cédé la place à une situation figée, durcie sous une chape de non-dits, de vies qui ne se mélangent plus, de questions qu'ils n'osent plus se poser.

Pourtant, c'est toujours vers Olivier que Sandrine se dirige quand quelque chose ne va pas. Les larges épaules du garagiste, sa voix calme, son attitude tranquille semblent repousser l'adversité. Il sait trouver les mots qui rassurent, surtout pour la jeune femme qu'il n'a jamais cessé d'aimer.

Sandrine lui apprend sa rencontre avec son véritable père, les menaces à peine voilées de Julien, son demi-frère, et enfin le curieux dîner au domaine des Maures.

— Cela n'augure rien de bon ! conclut Olivier. Tu feras ce que tu voudras, mais, à ta place, je renoncerais. Ces gens-là ne te disent pas tout ! Le vieux a besoin de toi pour empêcher son fils de dilapider sa fortune et de vendre le précieux domaine à un étranger !

— Tu as peut-être raison !

La réaction de Baptiste l'étonne et la rassure. Elle a hésité avant de lui parler, car elle le sait extrêmement sensible à tout ce qui la touche.

— Qu'est-ce que tu veux que ça me foute ? maugrée-t-il. J'ai déjà un grand-père que je n'ai pas vu dix fois dans ma vie, alors tu peux m'en mettre un second et même plusieurs pourvu qu'ils me laissent tranquille !

Baptiste a parlé comme ça pour crâner. Il aime jouer aux durs devant sa mère, au petit homme qui ne redoute rien. Pourtant, il a peur de tout et craint que ce changement dans la famille ne sépare un peu plus ses parents.

Ou que l'on vienne faire du mal à sa mère.

Baptiste n'a pas longtemps à attendre. Ce qu'il redoutait se confirme.

Le soir même, il est devant le portail lorsque sa mère arrive. Elle a un air bizarre. Il touche son œuf-caillou, pense aux fées de la colline. Quelque chose lui dit qu'il va avoir besoin de leur protection.

— Qu'est-ce qui t'arrive ?

— Rien, mais il faut que je te parle !

Sandrine a peur. Le premier drame vient de se produire. Julien et son Russe richissime y sont-ils pour quelque chose ?

Baptiste regarde longuement sa mère. Il la trouve si belle avec ses mèches blondes au milieu de ses cheveux noirs ! Chaque fois qu'elle est tracassée, il se sent coupable de quelque chose. Ce soir, il aimerait tant prendre ses soucis, les enfermer en lui. Il a l'habitude de souffrir, d'entendre des moqueries, des rires méchants qui le détruisent ! Pour lui, c'est banal, pas pour ceux qu'il aime.

— Tu vas divorcer d'avec papa pour te remarier avec un homme que je détesterai ? questionne Baptiste.

La spontanéité du garçon fait fleurir un léger sourire sur les lèvres de Sandrine, qui l'attire près d'elle.

— Il ne s'agit pas de ça.

— Je sais ! fait Baptiste qui veut toujours avoir le dernier mot. C'est à propos de mon nouveau grand-père ?

— En effet !

Cette réponse ne satisfait pas Baptiste, qui reste sur la défensive.

— Ton nouveau grand-père, comme tu dis, a été malade.

— Si ce n'est que ça ! rétorque Baptiste avec un air dédaigneux. Je ne vois pas pourquoi tu t'en fais.

— Il est mort.

Sandrine se tait, toute à ses doutes. Il y a deux jours encore, François Rivière était en pleine forme. Sa soudaine maladie ressemble fort à un empoisonnement. Baptiste ne comprend toujours pas.

— Qu'est-ce que ça peut nous faire ?

Ce grand-père n'est qu'un nom pour lui, un souci pour sa mère, sa mort la libère de tracas futurs. Baptiste le gomme volontiers de sa vie comme une tache sur une feuille de papier.

— Je voudrais que tu viennes avec moi, demain, à son enterrement.

Un enterrement ! Baptiste se souvient vaguement de la mort de son grand-père Gaspect, de la marche derrière le corbillard, des grandes personnes qui parlaient à voix basse. Depuis, il comprend la solennité des cortèges funéraires, même si les tombes ne l'effarouchent pas. Après l'orage, il va souvent ramasser des escargots dans le cimetière de Barjols parce que c'est là qu'il y en a le plus, mais ce contact avec la mort ne le laisse pas indifférent. Il pressent quelque chose de monstrueux.

— Mais pourquoi j'irais ? s'étonne Baptiste. Je ne l'ai jamais vu.

— C'est vrai, mais il faut que tu viennes quand même. Ton grand-père voulait te connaître, il n'en a pas eu le temps. Comme moi, tu hérites de ses biens, même s'il n'est pas aussi riche qu'on le dit.

Baptiste n'insiste pas. Il voudrait se payer un ordinateur très performant pour ses jeux, il voudrait s'acheter des tas de choses, mais à cet instant il comprend qu'être riche ne suffit pas.

— On est très bien comme ça ! dit-il avec cette sagesse qui étonne parfois Sandrine. Puisque tu veux que je vienne avec toi, je le ferai, mais tu sais que j'ai horreur d'embrasser des tas de gens que je ne connais pas !

Le lendemain, Sandrine appelle Baptiste assez tôt. Le garçon se douche et prend le costume sombre que sa mère lui a acheté pour le mariage de Cécile Bret, l'hiver dernier, déjà trop petit. Il n'aime pas le pantalon qui gratte aux mollets et la veste trop étroite pour ses épaules. Il a encore grossi, terrible constatation qui le met de mauvaise humeur.

— Tu vas faire la connaissance de Julien Rivière, mon demi-frère.

— C'est donc mon demi-oncle !

— Si tu veux. Il y aura aussi beaucoup d'autres personnes.

— Je m'en fous !

Ils passent au garage Renault, déjà ouvert.

— J'emmène Baptiste ! annonce Sandrine à Olivier par la vitre ouverte.

Olivier s'étonne de voir son fils étranglé par sa cravate sombre.

— Je t'expliquerai ce soir ! précise Sandrine en démarrant. On est déjà en retard.

Ils arrivent au domaine des Maures vers 10 heures. Quelques personnes attendent devant la grille du parc, mais pas la foule que redoutait Baptiste. Le garçon donne la main à sa mère comme s'il était un tout petit enfant. La villa est assez jolie, mais pas exceptionnelle.

Baptiste, qui s'imaginait un château de conte de fées, est déçu. Les gens de Barjols parlent d'une propriété de milliardaire, ce n'est qu'une maison provençale sur une colline comme il y en a tant !

Julien Rivière reçoit froidement sa « sœur » et lui glisse à l'oreille :

— Que faites-vous ici ? Ce n'est pas votre place !

— J'ai reçu un appel de Me Leroux.

— Viens, on s'en va, dit Baptiste.

— Non ! réplique sèchement Sandrine, qui pense à sa mère.

Elle l'a appelée pour lui annoncer la mauvaise nouvelle. La vieille femme s'est écriée entre deux sanglots : « Je le savais. Il m'a téléphoné quelques heures après son hospitalisation. Il m'a dit qu'il allait mourir. Je t'en supplie, oublie cet homme qui vient trop tard dans ta vie ! »

D'autres personnes arrivent. Julien les accueille en prenant un air affecté. Sandrine et Baptiste vont ensuite se recueillir devant le cercueil posé dans une grande pièce sur des tréteaux. Baptiste s'imagine dans cette boîte de chêne, hermétique, enfermé pour l'éternité, et grimace.

Quand le cercueil est chargé dans la voiture aux vitres sombres tendues de rideaux noirs, Sandrine, Baptiste et Julien Rivière sont priés de prendre place sur les sièges réservés à la proche famille. Baptiste s'en serait bien passé, mais il ne peut pas refuser. Le véhicule démarre et part lentement vers le cimetière du Lavandou où le défunt a souhaité reposer face à la mer. Une dizaine de voitures forment un cortège bien ordinaire. Sandrine est de plus en plus mal à l'aise. Des frissons l'agitent, elle se sent tout à coup fiévreuse.

Pendant la cérémonie, Baptiste se force à penser à autre chose pour oublier qu'il se trouve dans une église où il ne comprend rien de ce que fait et dit le curé. Il pense à Louise et se jure de moins manger.

À la sortie du cimetière, Sandrine, pressée de s'en aller, salue Julien qui précise :

— J'ai demandé une contre-expertise. D'autres tests ADN vont enfin faire éclater la vérité.

— Quelle vérité ? Votre père semblait sûr de lui.

— Mon père n'avait plus toute sa raison. Tout ceci retarde la vente du domaine, et c'est regrettable.

— Je crois me souvenir que... que votre père s'opposait à cette vente ! remarque Sandrine.

— Peut-être, mais j'ai un besoin urgent d'argent !

Elle s'éloigne du cimetière en donnant toujours la main à Baptiste. Une petite femme se détache d'un groupe et vient à leurs devants. Grand-mère Marie embrasse Sandrine et son petit-fils.

— Je tenais à être là.

Puis, se tournant vers Baptiste qu'elle n'a pas vu depuis un mois, elle ajoute :

— C'est quand que tu viens à la maison pour faire tes devoirs de vacances ?

Baptiste grogne. Grand-mère Marie ne peut pas s'empêcher de faire l'école. Plusieurs fois par semaine, elle rassemble les enfants de sa rue et redevient l'institutrice qu'elle n'a jamais cessé d'être. Quand Baptiste est contraint d'aller passer quelques jours en Avignon, où il s'ennuie, elle ne cesse de le harceler avec la grammaire, les maths et la géographie. Marie a le talent de dénicher des pays dont personne n'a jamais entendu parler ou des capitales si lointaines qu'on peut douter de leur existence !

— Et l'orthographe, c'est toujours aussi catastrophique ?

Sur la liste des gens qu'il déteste, grand-mère Jacote est en tête, Baptiste place grand-mère Marie juste derrière, loin devant Gaétan, ses professeurs de français et de gymnastique.

— Bon, il faut qu'on s'en aille ! dit Sandrine en embrassant sa mère, qui précise :

— Sois très prudente. François m'a dit que de grosses menaces pèsent sur toi.

— Il t'a dit ça ?

— Oui. Il était persuadé d'avoir été empoisonné.

À son retour de l'enterrement, Sandrine Gaspet a de la fièvre. Son abattement est tel qu'elle n'a pas la force de repartir pour l'agence. Elle passe l'après-midi à somnoler sur le canapé. Elle a froid malgré la chaleur, claque des dents, puis son malaise s'estompe.

Elle passe une assez bonne nuit, ce qui la rassure. Le matin, elle se prépare en évitant de faire du bruit pour ne pas réveiller Baptiste. Elle se fait chauffer une tasse de café au four à micro-ondes et regarde le jour se lever par la fenêtre. Un profond écœurement lui retourne encore l'estomac, mais elle va mieux. Les oiseaux chantent, c'est l'été, le début des vacances. La rue est moins animée que d'ordinaire : beaucoup de gens sont partis.

Elle boit lentement son café en se disant que si François Rivière avait été empoisonné, les médecins de l'hôpital s'en seraient aperçus.

Elle se retourne. Baptiste est là, à la porte, qui la regarde. Il n'a pas bonne mine. Ainsi, en pyjama, ses rondeurs de préadolescent reprochent à la jeune mère un manquement qu'elle ne saurait définir.

Elle prend son sac à main, l'embrasse.

— À ce soir, mon chéri. Fais bien attention à toi.

Baptiste a l'impression qu'elle s'est voûtée, que tout son corps s'est affaissé. Elle marche la tête enfoncée dans les épaules, comme si elle portait un énorme fardeau invisible.

— Tu devrais aller voir le médecin. Franchement, tu n'as pas l'air en forme !

— Rassure-toi, je vais y aller ce matin. Je rentrerai de bonne heure.

Sandrine traverse la cour. Baptiste regarde la Clio verte manœuvrer dans la rue pour faire un demi-tour.

Il s'attarde dans la maison, dont le silence apprivoisé à cette heure ne s'adresse qu'à lui, passe dans la salle de bains. La glace au-dessus du lavabo lui renvoie l'image de son large visage, ses joues, ses épaules rondes d'une bonne couche de graisse. Il soulève son bras droit, énorme, arrête un instant son regard sur ses petites mains potelées, disproportionnées par rapport aux poignets. Des mains de bébé aux doigts boudinés, aux ongles rongés jusqu'au sang. Il s'est tant de fois fait taper sur les doigts, mais rien au monde ne peut le faire renoncer à cette mauvaise habitude.

Son estomac gargouille. En temps ordinaire, il s'offre un solide petit déjeuner avec les croissants du congélateur réchauffés au micro-ondes et tartinés de beurre. Un moment de volupté, d'oubli, de plaisir infini, celui des papilles, de la mastication, de l'estomac qui se remplit. Ce matin, il y renonce ; le visage défait de sa mère lui noue la gorge.

Il reste un long moment près de la fenêtre. M. Blanchon sort avec ses deux chiens. Une fourgonnette entre dans la cour de la gendarmerie. La journée sera encore ensoleillée, chaude, une belle journée de Provence avec sa lumière qui éclate jusqu'au fond de l'être, si forte qu'elle bloque les pensées, intense, souveraine.

Il s'installe devant l'écran de son ordinateur, commence un jeu, mais ses pensées sont ailleurs. François Rivière a été empoisonné et personne n'a rien fait pour le sauver. Alors, il a peur.

Tout à coup, un ressort se déploie en lui, violent, fouette ses muscles. Il donne une pichenette à l'écran et court vers la colline, son refuge qui se dresse au-dessus du village, un peu à l'écart. Baptiste connaît tous les sentiers, les vieux oliviers qui lui racontent des histoires d'un autre temps, les vignes abandonnées où Jallin, le facteur en retraite, lui a dit que nichaient des grives musiciennes et qu'il était facile de les attraper. Le garçon imagine des oiseaux qui grattent une guitare du bout de leurs ailes. Jallin lui a expliqué comment on disposait une pierre plate avec une baguette de noisetier pour les piéger, mais Baptiste a horreur de faire du mal aux animaux.

Il arrive sous l'olivier qui surplombe un tertre. Un arbre dont personne ne connaît l'âge, au tronc plein de crevasses, torturé pendant des siècles de mistral et d'orages, un vieillard déplumé dont il reste encore quelques branches à l'ombre salvatrice dans cet océan de soleil. Le bruit strident des cigales n'en finit pas de râper du fer rouillé. Autrefois, pour s'amuser, Baptiste en capturait une et la lestait d'un brin d'herbe planté dans l'abdomen. L'insecte libéré s'envolait et, au lieu de retourner se poser sur une branche, montait droit vers le ciel jusqu'à disparaître dans l'azur.

Il s'assoit sur cette pierre plate où il vient écouter la nature presque tous les jours. Parfois, Jallin, qui passe sa vie à marcher dans les collines, s'arrête et lui dit quelques mots. Baptiste et le vieil homme se parlent peu, mais ils se sentent proches, réunis par le désir de solitude dans les taillis.

Ce matin, le garçon ne veut voir personne, pourtant l'impression d'une présence lui fait tourner vivement la tête. Louise, vêtue d'une robe blanche, monte dans le sentier. Baptiste se demande comment cette fille nouvellement arrivée du Nord a pu découvrir ce chemin perdu entre les gentianes, les ajoncs et une multitude d'épineux. Elle lui sourit.

— Je t'ai vu de ma fenêtre. Alors j'ai compris que tu étais malheureux. Tu donnais des coups de poing à l'air, des coups de pied dans les cailloux qui volaient devant toi. C'est parce que Gaétan t'a dit que tu étais gros ? Faut pas faire attention !

— Non, c'est pas pour ça ! Gaétan est un voyou qui ira tout droit en prison. Il peut dire ce qu'il veut, je m'en fous !

— C'est pourtant vrai que tu es gros ! réplique la fillette. Tu devrais faire attention. Ma mère dit que ce qu'on mange conditionne notre santé et notre intelligence. Regarde comme je suis légère ! Tu manges trop de graisses animales. C'est très mauvais et quand tu seras vieux tes artères seront bouchées, tu mourras d'un infarctus.

— Je m'en moque ! Et puis, tu ne t'es pas regardée ! Tu es pâle comme un linge ! C'est pas étonnant si tu ne manges que de la salade !

— Je ne mange pas que de la salade ! Je mange du bifteck de soja, des betteraves et des tas d'autres plantes indispensables à la santé ! Ma mère et moi sommes végétariennes.

— Moi, je mange de la viande, du confit de canard avec beaucoup de graisse, des rillettes, du saucisson, et même des tripes !

Louise fait une grimace de dégoût.

— Pauvre vieux, je te plains ! Tu es plein de toxines, alors forcément tu ne peux pas être intelligent !

Baptiste se dresse, ses petits poings en avant, menaçant. Louise fait un pas en arrière.

— N'oublie pas que je suis la fille du capitaine Sulvanne et que c'est lui le chef des gendarmes...

— Et alors ?

Le garçon cesse de crâner avec ses minuscules poings capitonnés de bourrelets, et se laisse tomber sur la pierre plate brûlante. Louise s'assoit à côté de lui et pose sa main aussi légère qu'une plume sur ses cheveux noirs en broussaille.

— Un garçon, c'est courageux !

— Va-t'en ! Je ne veux plus te voir !

— C'est comme tu veux !

Elle s'éloigne sur le sentier.

— Reste, lui crie-t-il.

Louise se plante devant lui, le fixe de ses beaux yeux bleus. Il regarde un instant sa silhouette droite, ses cheveux blonds qui s'épanouissent en grosses boucles pleines de lumière.

— Ma mère est malade !

Il a lâché cette vérité comme un crachat, comme du vomi qui pèse en lui depuis l'enterrement. L'arrogance de Julien Rivière le poursuit jusqu'ici, au milieu de la garrigue. Julien déteste sa mère ! Pendant la cérémonie, les regards qu'il lui lançait étaient pleins de haine.

— Si ta mère est malade, elle va se soigner, et puis voilà !

Il secoue sa grosse tête en forme de poire.

— Je ne sais pas, mais je sens que c'est grave, même si elle ne m'en dit rien.

Baptiste n'a pas une grande expérience de la vie, mais ses jeux vidéo, ses lectures, les films téléchargés ont averti ce garçon de douze ans de ce que les adultes sont capables de faire pour de l'argent. Julien, avec ses yeux de lynx, ne veut pas partager la fortune paternelle. Baptiste a voulu en parler avec sa mère, mais c'était trop difficile, alors il a renoncé en se disant qu'il se faisait de la bile pour rien.

Il abandonne Louise et court au village en se laissant emporter par la descente, passe devant la fontaine où les mêmes désœuvrés regardent passer le temps en bavardant autour du scooter de Gaétan, toujours assis sur la selle. Personne ne fait attention à lui quand il se dirige vers l'ancien lavoir et la petite rivière asséchée.

Il s'arrête, essoufflé, à l'ombre de l'église, regarde longuement le clocher qui plonge dans l'azur, planté dans la direction du paradis. Des voitures sont garées sous les platanes de la place. Une fourgonnette aux vitres cachées par des rideaux noirs, porte arrière ouverte, attend. Des chants viennent de l'intérieur. Baptiste a l'impression de revivre l'enterrement de son nouveau grand-père et serre dans sa main son œuf-caillou.

Les cloches sonnent, des hommes chargent le cercueil dans la voiture. Le véhicule s'éloigne lentement en direction du cimetière, suivi par une foule silencieuse.

Baptiste mesure la solennité du moment. En retrait, il redevient ce spectateur de la vie en trompe l'œil que montrent la télévision ou les jeux d'ordinateur. La réalité est tout autre, celui qui a perdu, celui qu'on enterre ne peut pas recommencer la partie !

Quand le cortège s'est éloigné, le garçon s'approche lentement des portes de l'église, puis marche dans l'allée centrale. Une odeur mêlée d'encens et de la foule assemblée quelques instants plus tôt l'étreint. Il avance vers l'autel et sa grande croix dorée, ses saints au regard apaisant. Baptiste ignore tout de la foi. Il n'en connaît que ce qu'il a pu lire et ce que raconte l'actualité avec les islamistes fauteurs d'attentats. Pour lui, la religion porte un fond de guerre et d'affrontements. Pourquoi ce Dieu que l'on dit immensément bon a-t-il fait les hommes mortels ? N'est-ce pas la pire injustice que de naître avant les autres et de devoir mourir bientôt ? La vérité, c'est que le jeune garçon n'a plus confiance dans l'avenir.

Près de la fontaine, Gaétan trône encore sur la selle de son scooter. Une fille s'est adjointe au groupe, Mélanie Masserin, dont le père est prof de maths au collège.

— Tiens, le gros ! se moque Gaétan. Mais ma parole, tu viens de l'église ! Voilà que tu vas prier maintenant !

Baptiste passe sans lever la tête. Gaétan le rattrape d'un bond.

— Mais dis donc, tu vas être poli avec tes copains !

— Fous-moi la paix !

— Vous avez vu ce gros cul ? fait Gaétan en se tournant vers les autres ! C'est qu'il joue les snobs !

En même temps, il saisit Baptiste par le col de la chemise et l'oblige à s'arrêter. Baptiste se débat, mais l'autre le tient fermement.

— Tu vas t'excuser ou je baisse ton pantalon devant tout le monde !

Baptiste sait que Gaétan aime tellement jouer les fiers-à-bras qu'il est capable de mettre sa menace à exécution. Non, jamais cette humiliation !

— Bon, je m'excuse !

— Et tu crois être quitte comme ça !

Le père Monjumeau, qui tient le magasin de chaussures, revient de sa promenade et s'arrête devant le groupe.

— Qu'est-ce qu'il t'a fait ? demande-t-il à Gaétan. Tu vas le laisser tranquille, oui ?

Gaétan libère Baptiste, qui s'éloigne en remerciant le commerçant. La colère bout en lui ; il ne sait pas ce qu'il fera, mais il fera quelque chose, c'est certain.

Quand le jeune garçon arrive chez lui, une surprise l'attend : sa mère est revenue du travail. Elle est assise sur le canapé à sa place habituelle, son sac à main posé à côté d'elle comme si elle ne faisait que passer dans sa propre maison.

— Voilà, dit-elle, je suis venue chercher mes affaires. Je vais être hospitalisée dès ce soir à Marseille.

— Pourquoi ? Je trouve que tu vas mieux.

— Le docteur ne comprend pas ce que j'ai. Il veut faire des analyses pour me soigner plus efficacement. Je ne resterai à l'hôpital qu'un jour ou deux.

Sandrine ne dit rien de sa peur, pourtant Baptiste comprend mieux que quiconque tout ce qui touche à sa mère. Sa sensibilité à vif remarque des détails qui échappent aux autres.

— Tu aurais dû refuser de voir ton nouveau père.

Sandrine tourne vers son garçon un regard qu'elle veut étonné.

— On était bien tranquilles, tous les deux ! poursuit-il. On n'avait pas besoin de lui, de ses parfums et de sa villa sur la mer.

— Mais ça ne change rien ! insiste Sandrine sur un ton qui manque de conviction.

— Si, ça change tout !

— Écoute, je vais d'abord me soigner. Ensuite, nous parlerons de ça. Ces gens-là, on ne les verra plus, je te le promets. C'est vrai qu'il y a l'héritage, mais c'est une bonne chose, je vais pouvoir agrandir mon agence et toi, tu pourras faire des études pour devenir quelqu'un ! Je vais passer voir papa pour tout lui expliquer.

Sa mère cherche à le rassurer, mais Baptiste n'a plus l'âge de croire tout ce qu'on lui dit.

— C'est de l'argent qu'on n'a pas gagné, alors...

Une voiture s'arrête devant le portail. Une portière claque. Baptiste frissonne en pensant à Julien Rivière, à son regard de lynx. Son père entre en salopette bleue de mécanicien. La pièce semble trop petite, le plafond trop bas pour cet ancien pilier de l'équipe de rugby de Barjols. Les cheveux courts, le front dégagé, son regard est franc. Ses employés disent de lui qu'il est un bon patron, exigeant mais généreux. Contrairement à son père à qui il a succédé, Olivier boit peu et a su gagner la confiance d'une importante clientèle.

Il embrasse d'abord Baptiste puis Sandrine. Depuis qu'ils vivent séparés, ils s'entendent bien. Sandrine a voulu garder la maison, il a accepté et continue de payer les traites de l'emprunt sans rien lui demander. Il continuera tant qu'elle ne recevra pas un autre homme là où Baptiste a fait ses premiers pas. En réalité, il souhaite reprendre la vie commune et ne fait rien qui puisse compromettre son espoir.

— Je t'ai vue arriver ! dit-il. Ce n'est pas ton habitude de rentrer à midi. Qu'est-ce qu'il y a ? Les gens parlent et bien des choses arrivent jusqu'au garage...

— J'allais passer te voir, dit Sandrine. Je vais être hospitalisée ce soir pour un ou deux jours.

— Mais qu'est-ce qui t'arrive ?

— Le docteur Picard parle d'une infection qu'il faut analyser sérieusement.

— Tu ne m'enlèveras pas de l'idée que tout ceci est bizarre ! fait Olivier.

— Au fait, Baptiste aimerait dormir ici pendant mon absence.

— Pourquoi pas ? Il est assez grand pour ça, à condition qu'il ne passe pas la moitié de la nuit devant la télé ou son ordinateur.

— Je te jure que non ! lance Baptiste, satisfait de la permission de son père.

— Tout ça n'est pas bon ! insiste Olivier en s'asseyant dans le fauteuil, en face de Sandrine. Ton pseudo-père était en pleine forme, et voilà qu'il meurt après deux jours d'hospitalisation. Et maintenant, c'est toi qui es malade. Oui, je trouve ça bizarre.

— François Rivière avait quatre-vingt-deux ans. Il était très usé malgré les apparences.

— Je persiste à penser que tu aurais dû signer ce que te demandait Julien Rivière.

— Non ! s'insurge Sandrine. Pourquoi aurais-je cédé à des pratiques de voyous ? On est encore dans un pays de droit, que je sache !

— Certes, les bandits sont généralement punis, mais cela ne change rien au triste sort des victimes !

Baptiste reste debout au milieu de la pièce, entre son père et sa mère. Jamais il ne s'est senti aussi solidaire de l'un et de l'autre.

— T'en fais pas pour Baptiste et téléphone-moi dès que tu en sais un peu plus. Surtout, soigne-toi bien ! dit Olivier en se dirigeant vers la porte.

Comme chaque fois qu'il quitte Sandrine, Olivier voudrait la prendre dans ses bras, lui dire qu'il l'aime toujours, mais il redoute une réponse qui lui ferait mal, car c'est elle, excédée par les reproches de Jacote, qui est à l'origine de leur séparation.

La jeune femme monte dans sa chambre, Baptiste l'entend ouvrir la valise qui se trouve dans le placard.

Elle redescend quelques instants plus tard. D'ordinaire, quand elle part en voyage, Sandrine met beaucoup de temps pour préparer ses affaires et vérifier qu'elle n'oublie rien. Ce midi, quelques minutes ont suffi, la preuve, pense Baptiste pour se rassurer, qu'elle va revenir très vite.

— Bon, je m'en vais ! dit-elle en serrant le garçon dans ses bras. Sois gentil avec grand-mère Jacote.

— Oui, oui.

Grande, osseuse, une voix d'homme enroué, Jacote est un cerbère vêtu en femme. Baptiste redoute ses ordres et les taloches qu'elle distribue généreusement. Tout le monde plie devant elle, même Olivier, même les clients, qui ne l'aiment pas. Elle ne comprend rien aux jeunes, rien aux ordinateurs, et voudrait que Baptiste passe ses journées à lire.

Le garçon enfouit son trousseau de clefs dans sa poche avec l'œuf-caillou qu'il caresse du bout des doigts. L'envie de pleurer lui pique les yeux. Il enfourche son vélo. Louise sort de la gendarmerie. En passant près d'elle, il lui dit : « Je vais revenir ! » et il s'éloigne, en appuyant sur les pédales, mais déjà essoufflé au bas de la petite côte.

Au garage Renault, Baptiste se trouve nez à nez avec sa grand-mère, qui le trouve encore grossi.

— Mais enfin, tu te caches pour manger ? C'est vrai que ta mère te passe tout ! Eh bien, moi, je mettrai des cadenas aux placards et au frigo s'il le faut !

Elle allume une cigarette et poursuit :

— Et pour t'aider à passer le temps, on va faire une petite dictée !

La torture de la dictée souffle à Baptiste une question perfide :

— Tu fumes encore ? Tu ne devais pas arrêter ?

— De quoi tu te mêles ?

Baptiste a marqué un point et ne veut surtout pas laisser filer l'avantage :

— Le tabac, c'est mauvais pour ta santé ! dit-il d'un ton plein de reproches empoisonnés. Tu devrais t'arrêter avant le cancer du poumon !

— Rentre à la maison, on a du travail !

Après le déjeuner, Baptiste rejoint son père au garage, puis s'éloigne sur son vélo, la machine de la liberté. Il traverse le village jusqu'à sa maison, dont il a fermé les volets pour préserver les tapisseries du soleil. La chaleur est toujours aussi écrasante. L'été se moque des faiblesses des hommes et la maladie de Sandrine ne changera rien à l'ordonnance des saisons. Une grosse peine noue le cœur du jeune garçon. « Pauvre maman ! » pense-t-il. Enfin, il traverse la cour avec une seule pensée en tête : prendre les gâteaux secs du placard et manger, se goinfrer, son plaisir, car, à midi, grand-mère Jacote l'a rationné : une seule fois du civet et un seul morceau de pain.

Il entre et constate que les volets qui donnent sur la colline sont décrochés. La petite porte est ouverte. Comment a-t-il pu oublier de la verrouiller ? La certitude que quelqu'un est entré pendant son absence l'intrigue, la preuve : l'odeur de tabac mêlée à une autre senteur étrangère à cette maison. Ici, personne ne fume.

Il passe dans la salle de séjour. Le placard est ouvert, des papiers sont étalés sur le carrelage, tous les dossiers de sa mère ouverts, épars.

Un bruit à l'étage le fait sursauter. Deux hommes, la tête couverte d'une cagoule, descendent l'escalier quatre à quatre, passent par la petite porte et sautent par-dessus le muret entre les thuyas. Baptiste les voit disparaître dans le taillis. Que cherchaient ces cambrioleurs ?

Pris de panique, le garçon sort en courant, enfourche son vélo, traverse le village en trombe. Hors d'haleine, suant, il raconte à son père sa rencontre inattendue. Olivier s'excuse auprès du client avec qui il discutait, prend une voiture.

— Monte !

À la maison, ils découvrent l'ampleur des dégâts : des papiers jonchant le sol, des placards vidés de leur linge, de la vaisselle cassée. Olivier avertit la gendarmerie voisine. Le capitaine Sulvanne arrive quelques instants plus tard avec deux gendarmes. Baptiste remarque combien le père de Louise est grand et fort, plein d'autorité quand il marche entre la table et le canapé comme un général après la bataille.

Baptiste raconte dans le détail ce qu'il a vu, les deux hommes cagoulés qui sont descendus précipitamment de l'étage.

Pendant une partie de l'après-midi, les gendarmes ratissent la maison, relèvent les empreintes, cherchent des indices qui pourraient les conduire aux cambrioleurs. Ce n'est que vers 7 heures que le capitaine Sulvanne donne l'autorisation à Olivier de ranger les dossiers et de remettre de l'ordre.

— Ce n'est pas un cambriolage ordinaire ! dit-il. Rien n'a été volé à part, peut-être, des papiers, mais cela, seule Mme Gaspect pourra nous le dire.

Olivier retourne à son garage, persuadé plus que jamais que la mort de François Rivière, la maladie de Sandrine et le cambriolage de sa maison sont liés à l'héritage du domaine des Maures. Baptiste s'attarde dans la cour, regarde autour de lui, les pins sur la colline, le platane devant le portail contre lequel il a posé son vélo, les maisons qu'il découvre comme s'il rentrait après une très longue absence.

— Bonjour !

Louise est au portail. Elle porte un tee-shirt rouge et

un bermuda blanc. Elle s'approche gravement de Baptiste.

— Tu es seul ? Il paraît que tu as fait fuir des cambrioleurs !

— Ouais. J'ai vu ton père.

— T'en fais pas ! Il aura tôt fait de les arrêter ! Il a l'habitude !

— En attendant, j'ai pas pu échapper à la dictée de grand-mère Jacote. Et comme j'ai fait beaucoup de fautes, elle m'a dit que demain, j'en ferai deux !

Louise ouvre de grands yeux épouvantés.

— Deux dictées ! Pauvre Baptiste ! Tel que je te vois, l'orthographe n'est pas ton fort. Si tu veux, je t'aiderai !

— Pourquoi ? Tu es bonne, toi ?

— Je suis bonne en tout ! J'ai toujours été la première de ma classe. Il faut dire que maman me fait travailler et qu'elle sait s'y prendre !

Cette fois, la fillette l'agace vraiment avec ses airs supérieurs, sa mère végétarienne qui sait tout et son père capitaine de gendarmerie.

— Je t'ai vu, ce matin, quand Gaétan se moquait de toi. Mon père a dit qu'il méritait une bonne leçon. Alors, ta mère est partie à l'hôpital ? Paraît qu'elle a une maladie bizarre !

— Qu'est-ce que t'en sais ?

— C'est ce qui se dit ! ajoute Louise.

— Je ne vois pas le rapport avec les cambrioleurs ?

— Il y en a sûrement un ! Tu penses bien que les voleurs qui ne cherchent pas l'argent ou les bijoux, qui se contentent de lire les papiers, ont de bonnes raisons. Papa a dit que tout ça ne sentait pas bon et a averti sa hiérarchie.

— Sa quoi ?

— Sa hiérarchie. Enfin, ses chefs qui vont décider

de la suite à donner à cette affaire. Mais franchement, tu manques de vocabulaire !

Louise s'approche de lui et le regarde intensément.

— Tu sais que tu pourrais être beau ! Si tu étais moins gros, je pourrais tomber amoureuse de toi !

Baptiste revient au garage car il n'ose pas retourner seul à la maison. Ce soir, il dormira chez grand-mère Jacote, malgré l'odeur de tabac qui s'incruste partout, malgré le risque d'être réveillé à 8 heures du matin pour faire une dictée.

Il s'attarde au garage, passe voir son père, qui est au téléphone dans son bureau. Olivier n'a pas sa voix habituelle. Enfin, il dit en soupirant :

— Nous passerons demain matin avec Baptiste.

Il repose le combiné, lève sur son fils un regard plein d'angoisse.

— Ta mère est infectée par un curieux microbe que les médecins ne connaissent pas. Ils redoutent que ce soit très contagieux. Elle est dans une pièce isolée. Demain, nous devons aller nous faire faire une prise de sang.

— Une prise de sang ? s'écrie Baptiste, qui a horreur des piqûres.

— Oui. On doit y aller à jeun.

— Ça, jamais ! crie le garçon en s'éloignant.

Plusieurs fois dans la nuit, Baptiste s'est réveillé en sueur à la pensée de la prise de sang. Il a échafaudé plusieurs moyens pour y échapper, dont la fuite dans les collines, et a fini par se résigner.

Le lendemain, à 7 heures, grand-mère Jacote vient le tirer du lit où il faisait semblant de dormir. Son père l'attend dans la cuisine. Ils partent sans un mot.

Finalement, Baptiste est fier de lui. Quand l'infirmière approche l'aiguille de son bras, il se force à penser à son œuf-caillou, à Louise et à ses cheveux blonds. Et il ne sent rien.

Son père lui a promis un solide petit déjeuner avec des croissants au beurre et des pains au chocolat, mais tous les deux sont pressés de rentrer à Barjols. On leur a refusé de voir Sandrine, même derrière la vitre de la pièce où elle reste confinée.

Dans la matinée, à Barjols, l'événement est au cœur de toutes les conversations. Qui en a parlé le premier ? Les gendarmes ? Le docteur Picard, qui fait des consultations à l'hôpital ? L'isolement de Sandrine Gaspect dans une pièce spéciale à l'hôpital de Marseille ouvre les portes à toutes les supputations.

« Paraît que c'est le sida ! » Le mot terrible est lâché et il court d'une conversation à l'autre, tourné dans tous les sens et surtout à l'envers pour voir ce qu'il cache.

Au Huit à huit, les gens s'arrêtent entre les rayons et commentent l'événement. Jusque-là, cette maladie était inconnue dans la bourgade, elle ne concernait que les grandes villes et quelques rares marginaux, des homosexuels ou des coureurs d'aventures. Mais aucune femme de Barjols ! La rumeur prétend que le cancer de Me Macchelin, le notaire mort l'année passée, était une sorte de sida, mais on le dit par détestation, parce que ses airs de saint et sa manière de faire la morale aux autres déplaisaient.

Olivier Gaspect ne décolère pas. Depuis deux jours, les gens fréquentent moins son garage. Ceux qui s'arrêtaient pour bavarder un instant passent et se contentent d'un vague salut. Mais ce n'est pas là le plus grave. L'amour qu'il porte à Sandrine saigne en lui, le déchire. Le sida lui montre un visage de la jeune femme qu'il refuse, une vie d'où il est absent. Des relations avec des hommes de passage. Olivier, qui ne l'a jamais trompée, trouve là la confirmation de ce que ne cessait de lui répéter sa mère et qui fut à l'origine de leur séparation.

Baptiste comprend le sens des regards qui s'attardent sur lui. Il n'ose plus traverser le village sur son vélo ou à pied. Il se sent rejeté, comme s'il était lui-même porteur du mal.

Le docteur Picard a beau expliquer que Sandrine souffre d'une infection dont on ne connaît pas l'agent, que son isolement n'est qu'une précaution, mais qu'elle n'est sûrement pas atteinte du sida, personne ne le croit. Olivier lui-même se dit que le bon médecin cherche à préserver l'honneur d'une femme et la quiétude de son mari qu'il a vu tout enfant.

Baptiste revient tous les jours à sa maison, dont il ouvre les volets et les fenêtres pour faire entrer le soleil, mais il n'y dort pas : le souvenir des cambrioleurs l'incite à la prudence et il préfère supporter les remontrances de

Jacote. Depuis longtemps, il a épuisé les réserves de gâteaux secs et de chocolat. Il n'a plus rien à manger et son estomac le tiraille sans cesse ; sa grand-mère le surveille et refuse de lui donner de l'argent de poche.

Louise le fuit. Quand il la croise, la fillette répond vaguement à son bonjour et s'éloigne. Baptiste erre seul dans la colline en serrant son œuf-caillou dans sa main droite, puis rentre au garage. Son père l'envoie faire une course qui le contraint à traverser le village à vélo. Près de la fontaine, le groupe de Gaétan est là, autour du garçon qui joue aux durs devant deux filles. Baptiste veut appuyer sur les pédales pour passer très vite, quand sa roue avant bute sur un caillou et il s'étale sous les rires. Il se relève, brosse son pantalon. Gaétan est devant lui.

— Alors, mon gros, on n'arrive plus à se tenir sur un vélo !

— Fous-moi la paix !

— T'approche pas de nous ! On sait jamais !

Les autres rient. Des exclamations fusent. Gaétan revient vers son scooter, objet de sa domination sur les modestes cyclistes, s'assoit sur la selle.

— Alors, comment va ta mère ? demande Arthur, qui veut se faire valoir.

Baptiste veut remonter sur sa machine, mais la chaîne a sauté du pédalier, il s'éloigne à pied.

— Le sida ! fait Bryan, on sait comment ça s'attrape !

— Ma mère n'a pas le sida. Les médecins cherchent sa maladie, mais c'est pas le sida ! hurle Baptiste, excédé.

— Bien sûr ! C'est une maladie inconnue !

Quelques grossièretés suivent cette affirmation. Baptiste fuit aussi vite qu'il peut. La colère lui donne des palpitations.

— Maman, je jure que je te vengerai ! s'exclame-t-il.

Baptiste va jusqu'à sa colline, le seul endroit où il peut être lui-même, s'assoit sous un gros olivier qui, depuis des siècles, a vu d'autres hommes, d'autres malheureux. Maintenant, ses forces l'abandonnent. Il n'en peut plus. Son gros corps cède sous son propre poids. Il voudrait s'allonger au soleil et se dissoudre dans la lumière.

Enfin, il se redresse, continue à pied, abandonnant son vélo sous l'olivier. La colline n'appartient qu'à ceux qui ont su l'apprivoiser, ceux qui n'ont rien d'autre que leur solitude à trimbaler. Au bout du chemin se trouve la ferme de tante Jeannette. C'est une cousine de Jacote. Jeannette est toute petite, maigre, pliée dans un tablier d'autrefois. Depuis la mort de Jacques Marron, son époux, la vieille femme vit avec ses poules et ses dindons qui font la roue et éclatent de rire à chaque bruit.

Baptiste trouve Jeannette dans son potager, ce carré de terre rouge caillouteuse qu'elle s'acharne à cultiver en s'éreintant à porter des arrosoirs d'eau. Une source se trouve dans la petite propriété sur laquelle les anciens ont érigé une croix en pierre grise pour attirer la protection de Dieu sur ce trésor dans une Provence trop sèche. Un puits a été creusé, Jacques avait installé une pompe électrique qui sert toujours.

Quand il arrive, suant, Jeannette est en train de donner du grain à ses volailles. Elle pose son seau et l'embrasse sans un mot.

— Ça me fait plaisir de te voir. Comment tu t'en sors ?

— Ça va ! Je suis chez grand-mère Jacote.

Jeannette reprend son seau et continue de jeter des poignées de grain aux poules, qui se disputent la manne. Baptiste mesure tout de suite que la cousine n'est pas comme d'habitude avec lui. D'ordinaire, elle rit, raconte des blagues et le gave de bonbons.

— Tu as des nouvelles de ta mère ?

— Oui. Je lui ai parlé au téléphone hier au soir. Elle dit que ça va mieux.

— Faut l'espérer.

Baptiste repart. Jeannette ne le retient pas, ce qui lui fait très mal : personne n'a besoin de lui. Il n'est plus d'ici.

En arrivant à son vélo, il s'assoit de nouveau à l'ombre. Louise est là, qui sort du taillis.

— Mon père ne veut pas que je vienne avec toi. À cause du sida ! Moi, je m'en fiche !

Elle a un petit rire de défi qui fait un bien immense à Baptiste, puis ajoute :

— Ils savent tous comment ça se transmet, mais ils ont peur et puis, le sida, c'est quelque chose de répugnant !

— Pourquoi tu parles comme ça ? s'emporte Baptiste. Pourquoi tu dis du mal de ma mère ? Elle n'a pas le sida ! Ton père devrait le savoir !

— Il le sait, mais il dit qu'on n'est jamais assez prudent !

— Je le déteste !

Baptiste n'en peut plus. Il faut qu'il se libère de la tension qui se comprime en lui. Il a mal partout, ses mots ne savent plus exprimer les contradictions de son esprit. Sa mère, une putain ? C'est ce qu'il lit dans les regards des autres et qui le tenaille au plus profond de son cœur. Car sa mère, c'est la personne qu'il aime le plus au monde. Et cette petite chipie lui dit qu'elle est répugnante !

Il explose, le gros, bondit de tout son poids sur Louise, qui ne s'attendait pas à cette charge. Ils roulent sur l'herbe sèche. La fillette pousse un cri. Baptiste prend conscience de sa faiblesse, lui qui fuit devant Gaétan. Il lâche prise.

— Mais qu'est-ce qui te prend ? crie Louise. J'y suis pour rien, moi, si tu es malheureux.

Baptiste s'est assis sur la pierre plate et pose sa tête sur ses genoux. Il pleure sans retenue, en faisant une grimace qui enlaidit son visage rond. Louise s'approche de lui.

— C'est vrai que les gros pleurent plus que les autres ! constate-t-elle. Baptiste, regarde-moi.

Elle tente de lui relever la tête, mais il s'obstine. Il ne veut pas montrer ses larmes de garçon ridicule.

— Je vais m'en aller bien loin d'ici. J'irai à Marseille pour voir ma mère une dernière fois et je me jetterai dans la mer.

— Qu'est-ce que tu racontes ? Tu n'auras jamais le courage !

— Tu ne peux pas comprendre, toi. Qu'on se moque de moi, c'est pas grave, c'est même normal, mais qu'on dise que ma mère a le sida, je ne peux pas le supporter parce que c'est une injustice. C'est une maladie répugnante, tu l'as dit toi-même. Alors, pourquoi je vivrais puisque je suis répugnant, moi aussi ?

Louise lui prend la main, visiblement touchée par sa détresse.

— Faut pas se fier aux apparences. Tu crois que je suis très heureuse, que tout va bien pour moi, mais c'est pas vrai.

Baptiste dresse sa figure rouge mouillée et lance un regard interrogateur à la jeune fille.

— Pourquoi tu te plaindrais ? Tu es la fille du capitaine de gendarmerie, tu as une mère gentille, tu es la meilleure élève de ta classe et puis...

— Et puis quoi ?

— Et puis, tu es belle avec tes cheveux blonds, tes yeux bleus. Tu es aussi fine qu'une libellule, alors que moi, je suis un gros tas, un bourdon. Ma grand-mère Jacote me rationne, mais je triche. J'ai mangé tous les gâteaux et les conserves qui se trouvaient dans la maison. Depuis deux jours, je n'ai plus rien. Alors, j'ai mal à l'estomac, j'ai mal partout parce que la faim, chez moi, c'est aussi une maladie honteuse !

D'un geste rapide, elle repousse ses cheveux qui ont roulé sur sa figure.

— Ce que personne ne sait, c'est que je suis tout aussi malheureuse que toi !

— À d'autres ! Tu dis ça pour me donner du courage ! Je ne vais pas te plaindre !

Près de Louise, Baptiste a l'impression d'être un animal familier, un gros chien qui cherche la caresse. À la pensée de la maladie répugnante de sa mère, il s'imagine en lézard, en crapaud rebutant.

— Oui, je suis malheureuse ! poursuit Louise. Ma mère m'oblige à être végétarienne et je rêve de manger du bifteck. Et puis, ma mère veut que je sois la meilleure partout, mais c'est pas pour moi qu'elle fait ça, c'est pour elle, pour se rassurer et pouvoir dire qu'elle a fait un petit génie. Parfois, j'ai envie de m'en aller, de lui échapper pour toujours.

Un sourire méchant éclaire son visage gracieux. Elle s'assoit à côté de Baptiste et pose familièrement son bras sur ses épaules.

— Tu sais de quoi je rêve ?

— Non.

— Je rêve de partir pour un pays lointain ! fait-elle en dressant la tête. Pour ne plus avoir à travailler le piano. Je déteste le piano ! Je voudrais pouvoir regarder une fleur sans que ma mère me fasse une leçon de choses, je voudrais me laisser aller, manger ce qui me fait plaisir et mal écrire sur mes cahiers.

— À quoi ça te servirait de mal écrire ? Moi, j'aimerais bien avoir une belle écriture et des compliments chaque fois que je rends mon travail, mais j'y arrive pas !

— Tu ne comprends pas que la vraie vie, c'est pas l'école et le chemin tracé par tes parents, c'est pas de jouer aux durs comme Gaétan. La vraie vie, c'est de faire ce qu'on a envie, ce qu'on porte en soi, mais les parents ne le comprennent jamais.

— Et qu'est-ce que tu portes, toi ?

— Des tas d'envies ! Loin de mes parents et des grandes personnes. Je voudrais partir dans une île où les hommes vivent presque nus toute l'année, où c'est toujours l'été et où on mange les fruits qui tombent des arbres !

— Ça n'existe pas !

La fillette consulte sa montre.

— Faut que j'y aille. Ce soir, ma mère va chez le coiffeur, je pourrai m'échapper. Rendez-vous chez toi. Tu as toujours la clef de ta maison ?

— Oui, mais qu'est-ce que tu veux faire ?

— T'expliquer des choses que j'ai lues dans le bureau de mon père et que personne ne sait.

— À cause du sida ?

— Le sida et autre chose. Je te dis : j'ai lu des trucs et puis j'ai entendu mon père parler avec un commissaire de police. Enfin, il paraît que ta mère...

— Quoi, ma mère ?

— Ils ont parlé d'une enquête sur une histoire bizarre. J'ai pas tout compris, mais j'ai entendu que les résultats des analyses indiquaient que la maladie de ta mère n'était pas comme les autres !

— Qu'est-ce que tu me racontes ?

— Ils ont parlé aussi d'un mort enterré il y a quelques jours et qu'on allait déterrer pour faire des prélèvements et déterminer la véritable cause de sa mort. Qu'est-ce que je me ferais passer si mon père savait que je t'ai raconté tout ça !

— Ce mort qu'on va déterrer, c'est François Rivière, mon nouveau grand-père ? demande Baptiste.

— Je ne sais pas ! À ce soir. Je vais essayer d'en savoir un peu plus.

Louise s'éloigne en courant dans le sentier. Baptiste rentre au village. Finalement, il n'est plus aussi malheureux qu'il le croyait. Louise ne l'a pas rejeté, il pense encore à la douceur de sa main sur ses cheveux.

Ce que la fillette lui a dit sur sa mère le tracasse. Il se rend au garage Renault avec l'envie d'en parler à son père, mais une fois arrivé, il se retient : Louise a peut-être tout inventé.

Le soir tombe. Quelques nuages se sont formés au-dessus des collines. Les jardiniers espèrent un peu de pluie, mais ils savent bien que les orages de Provence sont souvent secs. Baptiste se rend au Huit à huit. Avec les vingt euros trouvés dans un vieux porte-monnaie de sa mère, il achète deux beaux biftecks, qu'il cache dans le frigo de sa maison. Le diable lui a soufflé une mauvaise pensée qui le fait sourire. Au garage, la grand-mère Jacote s'inquiète de ce qu'il a fait durant l'après-midi.

— J'ai fait vingt kilomètres à vélo ! ment-il.

— C'est bien ! Demain, on révise la conjugaison des verbes du premier groupe.

Le garçon jette un rapide coup d'œil à sa montre et sort.

— Où t'es parti encore ?

— Je ne suis pas certain d'avoir fermé à clef la porte de la maison, je vais vérifier.

Il pédale avec une vigueur qu'il ne se connaissait pas, passe sur la place de la fontaine mais ne fait pas attention aux sifflets des habitués de l'endroit. Il entre dans la maison en pensant aux biftecks. Quelques instants plus tard, Louise, qui devait le surveiller, arrive discrètement par l'entrée de la cour.

Elle porte un livre qu'elle ouvre sur la table.

— Regarde, ici c'est la Provence !

— Oui, et alors ?

— Alors, ici, tout en haut, c'est Beauvais.

— Qu'est-ce que tu veux que ça me foute ? répond Baptiste, dérangé dans ses intentions.

— Et puis, tu es trop bête ! Je ne vais rien te dire. Salut, je m'en vais !

La présence de Louise a rappelé à Baptiste son intention de maigrir. Il rentre chez sa grand-mère. Son père ferme les portes du garage, le garçon pose son vélo et lui demande :

— Tu as des nouvelles de maman ? Tu sais quand elle va rentrer ?

Olivier hausse les épaules.

— Non, elle ne va pas rentrer. Les médecins ne savent toujours pas ce qu'elle a !

Baptiste pense à ce que lui a dit Louise, mais il se tait. Si le médecin et les gendarmes n'en parlent pas, c'est qu'ils ont leurs raisons et qu'il ne faut pas gêner leur enquête.

Le lendemain, vers 11 heures, le garçon retourne à sa maison. Louise le rejoint presque aussitôt.

— Tu m'as bien dit que tu avais envie de manger de la viande ? demande-t-il.

— Oui, mais ma mère me l'interdit !

— Alors, regarde ce que j'ai acheté !

Il ouvre le frigo et montre les deux barquettes de bifteck.

— Viens, on va se les faire cuire !

— Oui, mais toi, tu n'as pas le droit de manger, puisque tu dois maigrir !

— C'est vrai ! répond Baptiste d'une voix éteinte. Ma grand-mère me le dit tous les jours.

Il met la poêle sur la plaque à induction, le beurre se met à grésiller en répandant une bonne odeur.

Baptiste y pose délicatement le bifteck, qui rissole en cuisant. Il ajoute un peu de sel.

— Tu vas voir comme c'est bon !

Il en salive ; il pourrait engloutir la viande en quelques bouchées. Il sort une assiette, la place devant Louise, dont le regard mutin s'est allumé. Enfin, d'un geste sûr, il fait glisser la viande dans l'assiette.

— Bon appétit ! dit-il en s'asseyant en face de la fillette qui n'ose pas planter sa fourchette dans le mets interdit. Tu veux que je te montre pour la couper ?

— Je ne suis pas un bébé ! s'emporte-t-elle en détachant délicatement un petit carré qu'elle porte à ses lèvres.

La fourchette s'arrête, comme si Louise hésitait encore à commettre le sacrilège. Enfin, les dents blanches retiennent le morceau fumant. Elle mastique lentement. Baptiste avale la salive qui encombre sa bouche.

— Qu'est-ce que c'est bon ! dit enfin la gamine, qui savoure aussi les charmes de la désobéissance.

— Je sais ! fait Baptiste, conscient d'avoir parfaitement réussi la cuisson.

Il pense à l'autre tranche. Alors, n'y tenant plus, il remet la poêle sur la plaque. Le beurre restant de la première cuisson crépite de nouveau. Il y pose le deuxième bifteck.

— J'en aurai assez ! fait Louise.

— Oui, mais je dois la faire cuire. Tu comprends, elle va passer la date et il faudra la mettre à la poubelle !

— Ah bon...

Louise a avalé son bifteck quand Baptiste pose le sien dans son assiette avec un regard gourmand.

— Si je le mange, c'est pour ne pas le laisser perdre ! insiste-t-il. C'est qu'il m'a coûté cinq euros !

— Oui, je comprends, répond Louise. Cette viande est vraiment très bonne. Dis, tu m'en achèteras d'autre ?

Baptiste coupe de grosses parts qu'il avale sans presque les mâcher.

— Je voudrais bien, c'est que...

— Tu as peur de te faire attraper ?

— Non, mais j'ai plus d'argent !

— Je t'en donnerai demain !

Quand il a fini de manger, Baptiste nettoie les deux assiettes sous le robinet, les essuie rapidement avec le torchon posé sur le radiateur, les replace dans le placard.

Louise est grave.

— Si ma mère savait, ce serait terrible !

— Bof, c'est pas une bêtise !

— Mais tu ne te rends pas compte que ma mère est capable de me frapper. Chez nous, la viande est interdite ! Elle dit que les hommes doivent respecter les animaux et ne plus manger leur chair. Elle dit aussi que nous devons laisser leur place aux animaux, qu'on ne doit pas les considérer comme des produits alimentaires, mais comme des êtres qui ont les mêmes droits que nous !

— Elle est bizarre, ta mère ! Et ton père laisse faire ?

— Il s'en fout ! Lui, il mange ce qu'il veut quand il est en service et que ma mère ne le voit pas. Des fois, il lui dit qu'elle est complètement folle, mais il lui cède toujours. Il ne s'intéresse qu'à son travail.

Baptiste boit au robinet et s'assoit de nouveau près de la table de la cuisine. Il mangerait bien encore un peu, mais il n'a plus rien.

Louise réfléchit un moment, puis déclare :

— J'ai essayé d'en savoir plus sur ta mère. J'ai écouté à la porte du bureau de la gendarmerie. Mon père a dit que le commissaire Gardini était chargé de l'enquête et qu'on ne lui disait plus rien depuis qu'on a déterré ton grand-père.

— Mon grand-père ? Tu veux parler de François Rivière ?

— Oui. Mon père dit que le commissaire pense qu'il n'est pas mort d'une maladie naturelle et que l'état de ta mère pourrait être aussi lié à l'héritage. Alors, voilà ce qu'on va faire : j'ai bien réfléchi. On va aller la voir et elle nous parlera, à nous.

— Tu es folle ? Comment veux-tu aller à Marseille et entrer dans l'hôpital ? Et puis, elle est isolée dans une chambre. Personne ne peut la voir, personne ne peut lui parler.

Baptiste se lève de sa chaise et marche dans la cuisine. Son menton luit de graisse.

— C'est impossible, je te répète.

— Ce que tu dis n'est pas faux, reprend la fillette. Mais il doit bien y avoir une solution. Il suffit de réfléchir pour la trouver !

— Non, il n'y a pas de solution puisque tes parents te chercheront dès que tu seras partie. Mon père et ma grand-mère mc chercheront aussi. Je te dis que nous ne pouvons rien faire !

— Et puis, poursuit Louise, si on a voulu s'en prendre à ta mère, eh bien, toi aussi, tu es en danger.

— Pourquoi donc ?

— Parce que tu es aussi l'héritier de ton grand-père !

Baptiste n'avait pas pensé à cela.

— Écoute, dit-elle en se levant à son tour et en marchant vers la fenêtre, c'est ta vie qui se joue. On va s'en aller. Je te cacherai. Mes parents, ta grand-mère et ton père nous chercheront. Comme ils n'auront aucune piste, ils croiront qu'on a été enlevés et pendant ce temps les policiers feront leur travail. Et puis, ta mère va bientôt sortir de l'isolement. On pourra la voir.

— Et tu crois qu'on ira loin avec toutes les polices de France au cul !

— Mais oui, les policiers sont aussi bêtes que leurs pieds. On trouvera une planque formidable. On mangera de la viande, du saucisson, des rillettes, rien que des trucs bien gras.

— Tu es complètement frappée, ma vieille. Moi, je ne marche pas !

— Comme tu veux ! Mais s'il t'arrive quelque chose, ce sera de ta faute. Je te donne l'occasion de te sauver et tu trembles comme une grosse poule mouillée !

La fillette quitte la maison et s'évanouit dans la lumière du soir. Baptiste reste un long moment à penser à cette folle escapade. Comment faire confiance à Louise ? Pourtant la tentation est grande de se cacher en compagnie de la fille d'un capitaine de gendarmerie.

Le lendemain matin, Baptiste ne peut échapper à la dictée. Jacote, transformée en maîtresse d'école, marche dans la cuisine en jetant un regard méfiant à son petit-fils assis à table. La langue entre les dents, le garçon s'échine à écrire des mots courants tout à coup terriblement compliqués. Il ne sait plus s'il faut un *h* à *abri* et combien de *p* et de *l* à *enveloppe*. Son esprit est entièrement occupé par ce que Louise lui a dit. Elle a quand même du cran, la fille du capitaine Sulvanne, et il n'a su lui montrer que sa peur.

Jacote dicte en séparant bien les syllabes et en faisant des liaisons appuyées, ce qui devrait aider l'élève distrait. La grand-mère répète la menace :

— Je t'ai bien dit : tu ne sortiras pas d'ici tant que tu feras une seule faute à ce petit texte de rien du tout ! Je dis bien : une seule faute, et un accent oublié, c'est aussi une faute !

Elle exagère, Jacote ! Elle profite de la situation, mais pas pour longtemps.

Vers onze heures et demie, il est libre ou presque. Il passe voir son père, qui est en conversation avec un client et ne prend pas le temps de l'écouter, puis annonce à sa grand-mère :

— Je vais ouvrir les fenêtres de la maison. Tu dis toi-même qu'une maison fermée sent mauvais !

— Fais vite ! Tu dois copier trente fois *appeler* avec deux *p* et un seul *l*.

Baptiste est déjà loin. Ce matin, il pédale comme s'il pesait vingt kilos de moins. Quelques nuages restent accrochés à la colline. Il pourrait bien faire orage dans la soirée, cela ne l'inquiète pas.

Il arrive à la maison, Louise l'attend. Jamais Baptiste n'aurait pensé que cette fille de gendarme, si bonne élève, si appliquée, soit capable de tant d'audace. Lui redoute cette plongée dans l'inconnu qui se terminera forcément très mal, pourtant il n'imagine pas un instant de s'en priver. Il a pris son portable que Jacote lui a confisqué. Le portable, c'est pour appeler sa mère quand il reste seul, désormais, la grand-mère estime qu'il n'a plus besoin de ce luxe de petit-bourgeois.

Louise a attaché ses cheveux en une queue-de-cheval qui lui fait la figure plus ronde que d'habitude et des yeux plus grands.

— Comme j'avais envie de rire hier au soir à la maison ! Ma mère qui me servait une salade de soja et moi qui pensais au steak ! La tête qu'elle ferait si elle savait ce qu'on prépare !

Baptiste ouvre la petite porte, côté cour. Depuis qu'il a surpris les cambrioleurs, il redoute toujours cet instant. Quelle surprise l'attend à l'intérieur ?

Tout va bien. Personne n'est entré pendant son absence. Il passe dans la cuisine et range la poêle qu'il avait oubliée sur l'évier.

— Tu es prêt ? demande Louise. On part cet après-midi. Je vais demander à ma mère la permission d'aller à la piscine, ce qu'elle ne pourra pas me refuser. Je vais y aller en vélo vers 2 heures, quand papa sera retourné à son bureau. Je t'attendrai sur la route de Saint-Maximin. N'oublie pas : pas de téléphone, pas de montre, rien !

— Et pourquoi ?

— Le téléphone, ça se repère. Les montres, en nous indiquant l'heure, nous obligeraient à faire ce que nous faisons tous les jours !

La peur triture autant l'estomac de Baptiste que la faim. Ce matin, il n'a mangé qu'une tartine avec si peu de beurre qu'il n'en sentait pas le goût.

— On va se faire prendre ! Je te dis que c'est impossible de réussir.

— Il faut savoir ce que tu veux ! Tu es en grand danger. Les hommes que tu as vus chez toi venaient pour te tuer. Ils ont inoculé une maladie nouvelle à ta mère pour s'en débarrasser, comme ils se sont débarrassés de ton grand-père, et tu veux laisser faire... Bravo !

— Qu'est-ce qu'on y peut ? insiste Baptiste. Les policiers sont là pour nous protéger. Je vais tout raconter à mon père.

— Tu n'y penses pas ! Ce serait la meilleure manière de hâter ton sort. Ceux qui te guettent n'attendent que ça pour agir ! Écoute, je suis la fille du capitaine Sulvanne. Je sais des choses que j'ai pas le droit de répéter.

Baptiste se moque :

— La réalité, ce n'est pas un jeu vidéo ! Sur ton écran, tu es toujours la plus forte, mais dans la vie, c'est bien différent !

— Je ne joue pas aux jeux vidéo. L'ordinateur, chez moi, c'est fait pour des exercices de maths, pour jouer aux échecs, pour chercher sur Internet des villes et des pays, mais pas pour des jeux stupides !

— Je te plains ! Avec une mère comme la tienne, je comprends que tu aies envie de te faire la malle !

— Elle me prend pour un bébé, réplique la petite fille. Je vais lui montrer que je suis capable de me débrouiller seule et que j'ai besoin de respirer !

Baptiste regarde Louise avec de gros yeux étonnés.

La fillette veut infliger une bonne leçon à sa mère, pourquoi ne profiterait-il pas de l'occasion pour en assener une à grand-mère Jacote, pour l'obliger à renoncer aux dictées et aux mots compliqués ?

— C'est d'accord ! dit-il enfin.

— Alors, on se retrouve vers deux heures et demie sur la route de Saint-Maximin ! précise Louise. On va bien s'amuser !

Baptiste ouvre les bras comme un jars qui veut tenter de s'envoler et les laisse tomber le long de son gros corps. Il n'est pas complètement convaincu, mais la seule pensée que Jacote va se faire du souci aplanit tous les dangers.

Il referme la maison. En pédalant, il se souvient qu'il n'a pas ouvert les volets, mais tant pis. À partir de cet instant, une nouvelle vie commence. Il pousse un gros soupir en s'arrêtant devant le garage. Son père le voit et lui fait un petit signe. S'il pouvait se douter ! Ceux qui se moquent de lui, près de la fontaine, feront une sacrée tête quand ils apprendront que le gros pataud est parti avec une fille, et pas n'importe laquelle, la fille du capitaine de gendarmerie.

À table, grand-mère Jacote, l'index levé, assène des règles d'orthographe. Baptiste écoute d'une oreille distraite en pensant à Louise. Franchement, sous ses allures de très bonne élève, la fillette ne manque pas de rouerie. Pendant que Jacote, en apportant le plat de pâtes fumantes, rabâche que *appeler* c'est comme *attraper*, deux *p*, deux *t*, un seul *l* et un seul *p*, Baptiste pense à la route de Saint-Maximin qu'il connaît bien. C'est là qu'il va retrouver Louise, mais après, où iront-ils ? Et ce soir, quand il fera nuit, où dormiront-ils ? Dehors ? Il secoue la tête en regardant la petite ration de pâtes que grand-mère lui a servie.

— J'ai appelé ta mère, dit Olivier.

— *Appeler*, fait Baptiste, deux *p* et un seul *l*. Je connais la musique !

— Elle va mieux ! précise son père. C'est le médecin qui le dit, mais il dit aussi qu'on ne doit pas se réjouir trop vite.

— La gendarmerie t'a dit ce que cherchaient les cambrioleurs ? demande Baptiste.

— Non ! J'ai appelé le nouveau capitaine, mais j'ai l'impression qu'il ne veut rien me dire.

Baptiste s'étrangle, tousse. Son père se vide un verre de vin. Cette fois, Jacote, dont les mèches qui s'échappent du chignon tremblent, explose.

— Tu as vraiment besoin de boire du vin ? Si ton père avait moins bu, il serait encore là !

— Faut pas exagérer ! s'insurge Olivier. Je n'en prends qu'un verre pour le fromage.

— C'est comme ça qu'on commence ! tranche Jacote, qui de sa vie n'a bu une seule goutte d'alcool.

— Tu fumes bien, toi !

— J'ai pris cette mauvaise habitude quand j'étais jeune et, crois-moi, je le regrette tous les jours.

Quand son grand-père Gaspect est mort, Baptiste avait quatre ou cinq ans. C'était un homme de très forte corpulence. Jacote dit que tous les défauts de la famille viennent de lui : il mangeait abondamment et pesait plus de cent kilos, il buvait jusqu'à trébucher, il parlait beaucoup et travaillait peu. Baptiste n'a pas oublié son large visage rouge piqué de poils blancs de barbe, sa voix lente et douce, les clins d'œil qu'il lui faisait quand grand-mère le fâchait.

Baptiste ne cesse de consulter sa montre, ce qui étonne Jacote. Il parle beaucoup, comme pour cacher quelque chose. Ses joues rouges dénoncent son excitation.

— Toi, tu as imaginé quelque bêtise !

— Non, non ! Je veux aller faire du vélo !

— Avec cette chaleur, tu n'y penses pas !

Il attend que son père soit retourné au garage. Comme il redoute que Jacote ne lui invente une corvée, il prend sa casquette et veut s'échapper sans bruit. De la cuisine, sa grand-mère, à qui rien n'échappe, lui crie de revenir dans une heure pour terminer son travail d'orthographe. C'est ça, il reviendra !

Le voilà qui pédale dans la rue principale, la rue de la République. En passant sur la place, il croise Gaétan et ses amis. Tous éclatent de rire en voyant le gros s'éreinter dans la petite côte du supermarché. S'ils savaient ce qu'il s'apprête à faire, ils seraient verts de jalousie !

Pour souffler, Baptiste fait un détour par sa maison. Il a besoin de revoir le grand canapé où sa mère aime se reposer le soir en regardant la télévision. Il prend l'argent de sa tirelire, celui que maman interdit de dépenser, un billet de cinquante euros. C'est peu, mais il s'en contentera. Doit-il s'encombrer de vêtements de rechange ? Il est bien assez lourd comme ça !

Enfin, après un dernier coup d'œil à chaque pièce, il sort en serrant son œuf-caillou. Il se brûle en posant ses mains sur le guidon du vélo, mais cette douleur est aussi du plaisir malgré la grande appréhension qui alourdit ses jambes. Ses pieds manquent de force sur les pédales, il a peur, pourtant il ne donnerait sa place pour rien au monde et accepte d'avance la punition, quelle qu'elle soit.

Il bifurque en prenant un sentier qui contourne les dernières maisons, ce sentier plein de bosses et de creux, parcours idéal pour les amateurs de bi-cross. Le voilà sur la route de Saint-Maximin, Louise n'est pas là. Lui aurait-elle posé un lapin pour se moquer du simplet qui gobe tous les poissons d'avril, même en plein été ?

La sueur coule dans ses yeux et brouille sa vue. Sa chemisette est trempée, il doit sentir mauvais puisque les gros sentent plus fort que les autres. Il a oublié de s'asperger d'un peu d'eau de toilette, tant pis : il gardera ses distances quand Louise lui parlera.

La route blanche miroite, l'air vibre au-dessus du goudron qui coule en liquide noir. Les cigales font un tel raffut qu'elles gênent les pensées du garçon déjà à bout de forces. Enfin, il s'arrête à l'ombre d'un platane pour souffler. Trois heures sonnent au clocher de Barjols. Louise n'est toujours pas là ! Il s'assoit dans les herbes sèches sans se préoccuper de la prudence ordinaire qui veut que l'on fasse fuir une éventuelle vipère. Il respire vite, tout au tumulte de son corps surchauffé.

Louise arrive sur son vélo. Ses cheveux libres dépassent d'un chapeau de paille à larges bords qui lui donne l'aspect d'une jeune fille.

— Eh bien, toi...

Le sourire de la fillette l'éblouit autant que le miroitement du soleil. Elle porte un petit sac à dos bleu.

— C'est mes affaires de piscine ! dit-elle en posant le pied à terre, mais j'ai ajouté ce qui est nécessaire pour notre voyage. Alors, tu es toujours d'accord ?

Il pourrait encore refuser, dire que c'était pour jouer, que sa grand-mère l'attend, qu'il fait trop chaud pour aller se perdre sur les routes, qu'ils partiront demain...

— Bien sûr ! s'entend-il dire.

Louise pose son vélo contre le tronc du platane et vient s'asseoir à côté de lui. Une voiture arrive dans la longue ligne droite. Le garçon a le réflexe de vouloir se cacher.

— Pour l'instant, on ne risque rien ! dit Louise. Personne ne nous cherche : je suis à la piscine et toi, tu fais du vélo. Alors, pas de panique ! Tu dois te maîtriser. Ton attitude te trahit !

Il s'assoit de nouveau en s'écartant de quelques dizaines de centimètres à cause de son odeur de transpiration.

— Écoute, poursuit Louise, j'ai bien étudié la question et j'ai fait parler papa. L'affaire est très sérieuse. Le commissaire Gardini, d'Aix, enquête dans les milieux mafieux de la Côte et en particulier sur les nouveaux milliardaires. Il paraît que le domaine des Maures de ton nouveau grand-père vaut plus de cinq millions d'euros et qu'il intéresse les promoteurs.

— Les quoi ?

— Qu'est-ce que tu es ignare ! Des gens qui veulent construire un hôtel de luxe.

— Ça, je le sais. J'ai entendu ma mère en parler au téléphone ! précise Baptiste.

— Alors, tu es toujours d'accord pour se cacher et ensuite rejoindre ta mère à Marseille ?

— Mouais, mais c'est impossible ! objecte Baptiste. Tu comprends : impossible ! De toute façon, on n'ira pas très loin. Ce soir, ton père nous aura retrouvés !

— Tu parles drôlement pour quelqu'un qui doit affronter des bandits !

L'escapade considérée comme un jeu prend une tournure qui ne lui convient pas. Baptiste, c'est un bon gros qui ne pense qu'à manger, un garçon tranquille qui ne demande rien d'autre que de vivre avec sa mère et de se promener dans les collines. Il n'aime la violence, les malfaiteurs qui cherchent à s'accaparer un trésor, qu'avec ses jeux vidéo, parce que là, il peut tuer et être tué sans douleur, sans que cela change rien. Il a toujours su faire la différence entre le réel et le virtuel. Pas Louise.

— Tu me parles comme si on était derrière notre console. Mais avec les vrais bandits, on ne fera pas le poids !

La fillette s'approche de lui et le regarde bien fixement dans les yeux.

— C'est vrai que tu pues ! dit-elle.

Elle se lève et enfourche son vélo.

— On a assez parlé, maintenant il faut pédaler.

Il n'insiste pas. Son odeur l'incommode tout à coup et il voudrait pouvoir essuyer la sueur qui coule sur ses joues. Louise pédale devant, légère comme une danseuse. Lui, lourd insecte maladroit, écrase la selle de ses grosses fesses moites. Au bout de la petite côte, Louise s'arrête.

— Alors, qu'est-ce que tu fais ? Si tu crois qu'on va arriver à Marseille en traînant !

— J'en peux plus ! dit-il en posant le pied.

— Si tu étais moins gros...

Ces paroles le vexent, là, au sommet de cette côte qu'il a eu la force de gravir. Et puis, Louise qui sait tout, qui le prend pour un larbin, l'agace.

— Et toi, si tu étais un peu moins sèche ! Tu n'as que les os ! Avec des fesses pointues comme une équerre !

Il n'est pas mécontent de sa repartie. Louise pousse son chapeau qui dégage son visage et son regard fixe, le même que celui du capitaine Sulvanne quand il s'adresse à ses hommes.

— Tu peux critiquer, mais sans moi, tu serais peut-être déjà mort !

Il ne répond pas et passe devant elle, se laissant emporter par la descente.

— Alors, tu viens ou quoi ?

Le soir arrive. Ils pédalent depuis des heures. Baptiste a mal aux jambes, le dos en purée ; il a soif et faim. La perspective de dormir à la belle étoile ne l'enchante pas. Surtout avec l'estomac vide. Ils arrivent dans un village, le premier depuis leur départ. Ils s'arrêtent au panneau, à l'ombre de grands platanes.

— On peut y aller ! décide Louise. Personne ne nous cherche encore. Et puis mon père n'avertira pas ses collègues avant d'avoir fait son enquête. On peut donc entrer dans le village et aller acheter à manger et à boire. Ensuite, on essaiera de trouver un endroit caché pour passer la nuit.

Baptiste n'a plus la force de contester. La seule pensée de boire et de manger lui suffit pour l'instant. Il remonte en selle et pédale lentement en grimaçant jusqu'à une place et un petit supermarché. Ils posent leur vélo en retrait, entrent dans le magasin. La fraîcheur les surprend.

Au rayon des gâteaux et des brioches, ils achètent plusieurs paquets, puis des fruits et deux bouteilles de Coca. À la caisse, Baptiste sort son billet de cinquante euros. Louise lui lance un regard réprobateur : cinquante euros, c'est un trop gros billet pour des enfants, cela suffirait à les faire repérer, mais la caissière ne fait aucune remarque. Une fois dehors, la fillette précise :

— Il ne faut pas donner des gros billets, ça attire l'attention. La prochaine fois, c'est moi qui paierai.

Ils ouvrent une bouteille de Coca et boivent longuement. Baptiste se sent revivre. Le liquide frais et pétillant coule dans son gosier ; un bien-être infini l'envahit.

— Viens, on va trouver un endroit tranquille pour se reposer. On mangera tout à l'heure.

Le garçon obéit puisqu'il n'a rien à objecter, malgré l'envie de grignoter des gâteaux secs.

Au bout de quelques minutes, les deux enfants quittent la route, s'enfoncent dans un chemin creux qui ressemble à celui que Baptiste emprunte quand il se promène sur la colline derrière chez lui. De grosses pierres libres les gênent. Louise fait un écart, manque tomber.

— On va marcher ! dit-elle. C'est plus facile pour repérer un endroit convenable où dormir.

Baptiste redoute de passer la nuit en ce lieu inconnu.

— Et si quelqu'un nous surprend ? Et s'il pleut ?

— Franchement, t'es aussi trouillard que gros !

Ils arrivent au bout d'un torrent asséché. Louise décide.

— On va s'installer ici !

— Mais on n'a pas de tente, on va dormir comme des chiens ?

— Faut savoir ce que tu veux !

Baptiste n'en peut plus. Il pose son vélo sur les cailloux brûlants et s'assoit en retrait. La faim le torture. Il ouvre le sac de provisions et prend le paquet de chips.

— Les chips, c'est plein de sel et les fritures donnent le cancer ! précise Louise.

— C'est très bon, les chips, et comme tu n'en veux pas, je ne vais pas me priver.

Il pioche dans le sac, mâche goulûment les pétales blonds qui craquent.

— Tu fais un bruit à ne plus entendre les cigales !

— Et alors, les cigales, on s'en fout !

Le paquet est vide. Baptiste récupère les miettes dans le creux de sa main.

— Je ne m'étonne pas que tu sois énorme !

Il a encore faim, mais il n'ose pas prendre un paquet de gâteaux dans le sac. Des nuages sombres s'amoncellent sur les montagnes de l'horizon. Baptiste, qui redoute l'orage, le remarque.

— Bientôt, ça va être notre fête !

— Mais non, la météo annonce du beau temps !

Il a la certitude que l'aventure va mal se terminer.

— Tu es vraiment un nul ! lance Louise.

Une telle remarque lui fait mal, pourtant l'inconscience de la fillette lui semble telle qu'elle ne peut qu'entraîner des catastrophes. Baptiste n'ose pas lui proposer de rentrer.

Le soleil est passé derrière les collines. La chaleur tombe et il fait très bon. Les cigales continuent de chanter, les chauves-souris patrouillent entre les touffes de buisson.

— On aurait dû s'acheter une tente. On va dormir là et les renards, les sangliers, les chiens errants vont venir nous renifler et peut-être nous mordre ! s'exclame Baptiste.

— Toi, tu ne seras jamais gendarme, c'est certain !

— Il n'y a pas que les gendarmes dans la vie !

Baptiste tend l'oreille. Un roulement lointain passe au-dessus des collines.

— C'est le tonnerre !

— Mais non, c'est le train. Tu n'as pas vu la voie ferrée qui suit la route ?

Baptiste doit s'occuper d'une manière ou d'une autre afin de ne pas penser à l'orage et ses dangers. Alors, il sort le paquet de gâteaux secs au beurre et se met à manger. De nouveau, le bruit de meule de ses mâchoires agace Louise.

— Des vacances avec toi, c'est pas une partie de plaisir. Maintenant on va dormir un peu. Ensuite, on repartira avant le jour qui se lève très tôt.

Elle dispose sa large serviette de bain sur les herbes sèches de la berge.

— Viens te coucher près de moi. Le vent s'est levé, je ne sentirai pas ton horrible odeur de sueur !

Il obéit, se meut avec lourdeur. Il s'allonge près de la fillette avec le sentiment de commettre une faute grave. Louise pose sa main sur son épaule. Il s'inquiète :

— Et si les bandits nous trouvent là ! Ils nous feront notre fête et personne ne le saura !

— Idiot, les bandits ne savent pas où on est. Personne ne le sait ! Dors !

Baptiste est tellement fatigué qu'il s'endort d'un coup. Avant de sombrer à son tour, Louise pense à ses parents qui la cherchent, sa mère en train de mettre la gendarmerie sens dessus dessous, son père qui fait l'important.

Baptiste est réveillé par un grand bruit. Dans la nuit très sombre, des éclairs illuminent le ciel et des montagnes de nuages. La pluie commence à tomber. Il pousse Louise, qui grogne et refuse de se réveiller.

— Vite ! s'écrie-t-il. L'orage !

La fillette ouvre les yeux, se dresse sur les coudes. Les éclairs qui se succèdent dans un bruit infernal lui montrent l'eau boueuse qui roule dans le torrent et lèche le bout de la serviette. Un déluge s'abat du ciel.

— Ça va mal ! se lamente Baptiste. On va se noyer ! Et nos provisions vont être gâchées !

— Arrête de geindre ! Viens, on va s'abriter sous un arbre !

— Mais tu es folle ! C'est interdit de s'abriter sous les arbres. On risque de se faire foudroyer !

— Tout ça, c'est des fadaises. Mon père s'est abrité

de nombreuses fois sous les arbres et il n'a pas été foudroyé.

— Vas-y, si tu veux ! Moi, je préfère être trempé.

Finalement, Louise se rend aux arguments de Baptiste. L'orage ne dure pas, le tonnerre s'éloigne et la pluie perd de son intensité.

— J'ai froid ! dit Louise.

Déjà, les oiseaux chantent. L'aube blanchit le ciel sur les collines. Les cigales se réveillent ; les deux enfants n'ont plus froid.

— Si on dormait encore un peu ?

Il fait doux. La terre fume. Ils se couchent sur la serviette mouillée, serrés l'un contre l'autre, et s'endorment à nouveau.

À Barjols, le soir tombe. Les martinets crient sur les toits qu'ils frôlent de leur vol rapide. Sur l'horizon, les nuages sombres s'amoncellent. Les jardiniers espèrent la pluie, mais ils savent bien qu'en Provence les orages d'été passent sans donner la moindre goutte. Il fait très chaud, une chaleur lourde qui écrase les épaules.

Martine Sulvanne arrête sa voiture dans la cour de la gendarmerie, monte à son appartement. Elle appelle Louise et, comme la fillette ne lui répond pas, compose nerveusement un numéro sur son portable.

— Allô ! crie-t-elle, impatiente. Jacques ? Louise a disparu !

L'inquiétude lui bloque la voix. Elle sanglote.

— Que se passe-t-il ? s'inquiète le capitaine Jacques Sulvanne. Elle est peut-être allée chez une copine, ou chez ce voisin, le gros...

— Non, elle n'est même pas allée à la piscine. Le maître nageur est formel, il ne l'a pas vue de l'après-midi. Je te dis qu'on l'a enlevée.

— J'arrive !

Le brigadier se trouve avec un collègue sur la route de Brignoles en train d'effectuer des contrôles de vitesse, au bout d'une ligne droite où les automobilistes ont tendance à oublier la limitation à quatre-vingt-dix kilomètres à l'heure. Sulvanne ne plaisante pas avec les règlements et veut des résultats, comme l'a demandé le ministre de l'Intérieur. Depuis son arrivée à Barjols, les procès-verbaux d'infractions de toutes sortes ont été multipliés par deux. Avec lui, la bonne vieille routine des gendarmes locaux est bousculée. Il refuse les arrangements : tout contrevenant doit être puni !

C'est un fort bel homme aux tempes grises, sportif, le visage carré. Il parle avec son accent du Nord qui allume un sourire condescendant sur les visages provençaux. En moins de trois semaines, malgré sa taille bien au-dessus de la moyenne, tout le monde est d'accord sur son compte : « Un péteux qui se prend pour Napoléon ! »

Il ordonne à son collègue de ranger le matériel. Même si Martine voit le malheur partout, quelque chose lui dit que la disparition de Louise n'est pas anodine. La gamine grandit, et sa mère continue de la traiter comme une petite fille, de lui imposer une manière de vivre qui ne lui convient pas. Martine est trop sûre d'elle, ancrée dans des convictions radicales qui l'isolent. Son austérité ne convient pas à une enfant de douze ans, et puis cette manière de ne pas la laisser jouer comme elle l'entend, de lui refuser l'accès à Internet et de vouloir faire d'elle une enfant prodige ! Jacques sait tout cela, mais il se heurte à un mur chaque fois qu'il tente d'en parler. Alors, il laisse faire : son métier le prend beaucoup et l'éducation reste une affaire de femmes.

Le fourgon arrive dans la cour de la gendarmerie. Martine, qui attendait à la porte, se précipite, tombe dans les bras de son mari en sanglotant.

— Je te dis qu'on a enlevé Louise !

— Calme-toi et dis-moi clairement ce qui s'est passé !

— Je lui ai donné la permission d'aller à la piscine seule à vélo. Naturellement, j'ai téléphoné au maître nageur pour lui recommander de bien s'en occuper. Elle devait revenir vers 5 heures pour répéter son piano.

Je l'ai attendue sans me faire de souci, mais comme, à 7 heures, elle n'était toujours pas là, j'ai téléphoné à la piscine. Personne n'a vu Louise. Je l'ai cherchée dans les rues du village, j'ai questionné les gens et les jeunes que j'ai rencontrés, rien.

— Es-tu allée dans sa chambre ?

— Non, pourquoi ?

Jacques Sulvanne monte rapidement les marches du perron et grimpe sans un mot jusqu'à son logement. Dans la chambre de sa fille où Martine le rejoint, il découvre plusieurs indices qui ne peuvent pas échapper à un gendarme rompu aux enquêtes de routine.

— Elle n'a pas pris que ses affaires de bain ! Son portefeuille où elle range son argent qui se trouve toujours dans ce tiroir a disparu.

Martine, le mouchoir devant la figure, constate en effet que sa fille, en emportant son argent, avait prémédité sa fugue.

— Et puis, de la maison à la piscine, il n'y a pas un seul endroit sans habitation, sans personne. Si Louise avait été enlevée, elle se serait débattue, ce n'est pas la fille d'un gendarme pour rien. Elle est au courant de beaucoup de choses. Conclusion : Louise a fait une fugue !

Martine pousse un cri et s'effondre sur le lit de sa fille. Comment Louise, dont elle s'occupe tant, Louise, à qui elle consacre chaque instant de ses journées, peut-elle avoir fugué ? N'est-ce pas le pire des désaveux ? Sa vie s'écroule à cette constatation : sa fille ne l'aime pas et il ne lui reste rien !

Jacques pose sa main sur l'épaule de sa femme qui sanglote et lui demande de se calmer.

— Ce n'est probablement pas aussi grave. Elle est peut-être partie se promener et n'a pas su rentrer !

— Ah bon ? éclate Martine. Elle est partie se promener en emportant tout son argent !

— Bien. Tu ne m'as pas dit qu'elle bavardait parfois avec le gros garçon du garage Renault ?

— Si ! Baptiste représente tout ce que je déteste : sa grosseur montre qu'il se nourrit mal et qu'il est livré à lui-même.

— Ah ! fait le capitaine avec un air entendu. Je vais aller voir son père.

Jacques tourne les talons et sort de son pas martial. Martine, prostrée, entend la voiture manœuvrer dans la cour.

Le véhicule bleu s'arrête devant le garage. Olivier salue le capitaine. La gendarmerie se sert en essence chez lui, mais, d'ordinaire, ce n'est pas le chef qui vient faire les pleins de carburant.

— Je voudrais parler à votre fils, annonce froidement Sulvanne.

— Baptiste ? Qu'est-ce que vous lui voulez ?

— Il faut que je lui parle, insiste Sulvanne.

Olivier invite le brigadier à le suivre jusqu'à la maison, qui se trouve un peu en retrait du garage. En voyant le gendarme, Jacote écrase sa cigarette. Elle explique que Baptiste devait rentrer en milieu d'après-midi pour répéter son orthographe et qu'elle ne l'a toujours pas vu.

— Il va faire nuit ! Je vous promets qu'il va m'entendre, ce gredin !

— Je sais où est votre petit-fils, dit le capitaine d'un air grave.

— Ne me dites pas qu'il a fait une bêtise !

— Si, et une grosse : il s'est enfui avec ma fille !

— Quoi ?

Jacote n'en croit pas ses oreilles. Le gros Baptiste, maladroit et plutôt solitaire, s'est enfui avec une fille ! Ce n'est pas possible !

— Je ne vous crois pas ! Baptiste est encore un petit garçon.

— Je vous dis qu'ils ont fugué et qu'il faut les retrouver. L'orage menace.

— Comment va-t-on faire ? demande Olivier. Vous voulez que je prenne ma voiture et que je ratisse les environs ?

— Non, vous, ne bougez surtout pas ! répond Sulvanne, sûr de lui. C'est moi qui vais m'occuper de les retrouver. Surtout, vous n'en parlez à personne !

Le brigadier sort sans rien ajouter.

— Bien sûr qu'il ne faut pas en parler ! rouspète Jacote. Sa sainte fille est partie avec un lourdaud dont on dit que la mère a le sida ! La fille du gendarme ne fréquente pas tout le monde !

— Je vais quand même aller faire un tour sur les routes voisines, précise Olivier.

À la gendarmerie, Sulvanne convoque une réunion de crise.

— Ne dites rien à personne ! recommande-t-il. On n'avertit que quelques collègues dans les environs, mais d'une manière verbale. Il ne faut pas que la presse s'empare de l'affaire. Nous, on va patrouiller toute la nuit s'il le faut.

Il s'approche de la carte de la région affichée au mur et distribue les secteurs aux équipes qui s'apprêtent à partir.

— Une voiture restera ici dans le cas d'une urgence. Les autres vont parcourir toutes les petites routes. Moi, je resterai là pour coordonner les recherches. Dès que quelqu'un trouve un indice, quelque chose de bizarre, il m'avertit.

Le capitaine Sulvanne remonte ensuite à son appartement. Martine pleure en silence. Le monde s'effondre. Elle voulait que sa fille réussisse en tout, c'était le sens de sa vie. Et voilà que Louise la renie en s'enfuyant avec un gamin livré à lui-même, la renvoie à l'échec le plus cuisant qui soit. Elle voudrait mourir.

— Plus rien ne sera comme avant ! s'exclame-t-elle entre deux sanglots.

— N'exagère pas ! rectifie le capitaine. Ce n'est qu'une petite escapade que nous allons oublier bien vite.

Martine secoue négativement la tête. La belle harmonie est brisée, comme un vase jeté à terre : les morceaux sont trop petits pour les recoller.

— La confiance, c'est comme le verre, précise-t-elle. Aussi dur et aussi fragile.

Les heures défilent. Jacques Sulvanne reste en contact permanent avec les voitures qui patrouillent. Elles n'ont rien trouvé quand l'orage éclate. Des trombes d'eau tombent sur les collines, mais très vite le tonnerre se calme, le ciel s'éclaircit. À la gendarmerie, personne n'a dormi. Martine ne pleure plus et, pour garder l'espoir, se raccroche à ce qui, avec la fatigue, est devenu une évidence.

— Je te dis que Louise a été enlevée. Elle ne pourrait pas rester aussi longtemps sans me téléphoner. Il faut avertir toutes les gendarmeries, déclencher le plan enlèvement.

— Avait-elle son portable ?

— Elle l'a oublié sur la table de la cuisine, comme si elle l'avait fait exprès pour que je ne puisse pas la joindre.

Jacques Sulvanne se dit qu'en voulant préserver sa réputation, il a peut-être commis une bourde irréparable. L'enquête sur la mort de l'industriel François Rivière et la maladie de Sandrine Gaspect auraient dû le rendre prudent. Ceux qui en veulent à ces gens en veulent sûrement à Baptiste Gaspect. Ainsi, Louise, sa propre fille, est peut-être mêlée à une affaire criminelle de la plus haute importance. Il veut pourtant se faire rassurant et justifie sa discrétion.

— Tu comprends bien que je ne peux pas donner l'alerte. Louise est ma fille ; si elle a fugué, je vais être la risée de toutes les gendarmeries de France !

— Non, s'emporte Martine. Je ne comprends pas que tu fasses passer ta dignité de père après ta fierté de gendarme.

Le jour se lève. Les voitures reviennent les unes après les autres, se rangent dans la cour. Les hommes, fatigués, ont juste le temps de rentrer chez eux prendre une douche et se raser. Ils devront, aujourd'hui encore, être présents sur les routes très fréquentées en cette période de l'année.

Une femme de grande taille entre dans la cour de la gendarmerie. Elle a le visage sec et le regard austère, la voix rauque des grands fumeurs. Olivier Gaspect marche à côté d'elle. Le visage fatigué, il semble perdu.

Le capitaine les reçoit lui-même. Jacote lui envoie un regard froid.

— Toujours rien ! fait Sulvanne.

— J'ai fouillé la maison à la recherche de quelque chose, mais rien ! dit Olivier. Franchement, je commence à me poser des questions !

— Eh bien, nous, on s'en pose depuis le début ! tranche Jacques Sulvanne.

— Qu'est-ce que vous allez faire ?

— On va donner l'alerte, mais dans la discrétion. Pour être efficaces, les gendarmes et les policiers doivent travailler en paix. Il y a sûrement un rapport entre cette disparition et l'héritage de Mme Gaspect. Le commissaire Gardini de la PJ d'Aix enquête déjà sur cette affaire.

Martine, qui est restée en retrait, assise dans un coin de la pièce, se dresse tout à coup.

— Tout ceci est de votre faute ! crie-t-elle à Jacote. Ma petite Louise a été entraînée dans une histoire qui ne la concerne pas. Tout ça à cause de votre garnement !

— Mon petit-fils n'est pas un garnement ! s'emporte Jacote. Il est aussi bien élevé que votre fille modèle.

— Bien élevé ? s'insurge Martine. Mais il traîne dans la rue toute la journée.

Jacote fait face. Elle veut être la seule à pouvoir dire du mal de Baptiste et ce n'est pas cette blonde délavée qui va lui faire la leçon.

— Excusez ma femme qui est anxieuse ! intervient Jacques Sulvanne en se plaçant en face de Jacote, presque aussi grande que lui.

L'anxiété mine la vieille femme, qui n'a plus la force de pousser sa colère plus loin. De même, Martine s'effondre dans les bras de son époux. Les deux gendarmes de faction échangent un regard amusé.

— Viens ! dit Olivier en tirant sa mère vers la porte.

La lumière vive les réveille. Le soleil haut dans le ciel chauffe les cailloux de la berge. Baptiste ressent sa brûlure sur ses bras nus. Il ouvre les yeux. À son tour, Louise bouge et se dresse vivement sur les coudes.

— Quelle chaleur !

Elle fait quelques pas sur la berge, s'arrête devant le torrent dont le flot a baissé aussi vite qu'il était monté. Baptiste est courbaturé. Il a soif et faim, il rêve d'un bon petit déjeuner avec des tranches de brioche. Un mal de jambes le fait boiter, des crampes nouent son estomac, mais il a passé une nuit dehors sous l'orage et il n'est pas mort de peur. Louise fredonne :

— J'imagine ma mère en train de se lamenter ! « Ma pauvre Louise, elle si fragile, elle si bien élevée ! » Je suis certaine qu'elle a alerté tout le monde. Pense un instant que les ravisseurs me fassent manger de la viande ! Sacrilège !

Elle a un rire méchant qui ressemble à une grimace. Baptiste, assis sur les galets, regarde distraitement le courant. Le bruit de l'eau se mélange à celui des cigales.

— Ma grand-mère a sûrement fumé plus d'un paquet de cigarettes. J'ai intérêt à en profiter parce que ça va être ma fête quand je vais rentrer !

— Ta grand-mère fume ? demande Louise avec un air de dégoût.

— Oui, mais elle se cache ! Quand les gens viennent à la maison, elle jette son mégot ; ça pue le tabac dans toute la maison !

— Quelle horreur ! Le tabac donne le cancer de la gorge et des poumons. Il entraîne aussi des maladies de cœur !

Louise marche sur la berge. Baptiste la regarde attentivement, car il la trouve très belle dans la lumière éclatante du matin. Tout à coup, le pied de la fillette dérape sur des cailloux, elle trébuche et tombe à l'eau en poussant un cri.

Baptiste se précipite, l'aide à se relever. Ses vêtements ruissellent. Les belles boucles blondes de ses cheveux sont collées à son front. Baptiste ne voit plus que ses grands yeux bleus.

— Mais qu'est-ce qui te prend ? Tu es vraiment maladroite !

— Il faut que je sèche mes vêtements. Je peux pas repartir comme ça. Et puis mon chemisier va être fripé.

— Qu'est-ce que tu en as à foutre ! rétorque le garçon. Cette nuit, tu étais aussi mouillée et...

— Non ! fait Louise. Il faut que je pose mes vêtements pour les faire sécher au soleil. Cela ne prendra que quelques minutes sur les cailloux brûlants.

Elle fouille dans son sac à dos, puis range la serviette.

— Tu vas aller te cacher derrière ce rocher. Je ne veux pas que tu me voies me déshabiller !

— Bof, tu sais..., lâche Baptiste goguenard, comme s'il était indifférent à la nudité de Louise.

— Non, il faut que tu te caches. Et gare si tu me regardes !

Baptiste part se cacher derrière le rocher contre lequel il s'adosse. La chaleur monte et il a faim. Il sait que la journée ne se passera pas sans qu'une patrouille de police ne tombe sur eux.

— Je te vois ! crie Louise. Je t'ai dit que tu ne devais pas me regarder.

— Mais je te regarde pas ! bougonne le garçon, agacé par les manières de Louise.

— Si, je sais que tu me regardes !

— Mais non ! J'en ai rien à foutre !

— Allez, tu peux me regarder, mais tu ne le diras à personne !

Les minutes passent. Louise se promène entièrement nue sur les galets qui brûlent la plante de ses pieds. Elle cherche Baptiste, toujours derrière le rocher.

— Quelle sainte nitouche tu fais ! s'écrie-t-elle.

— M'en fous !

— De toute façon, ajoute-t-elle, je suis presque une jeune fille. Maman me dit que je vais bientôt avoir mes premières règles !

Baptiste soupire. Les considérations de Louise l'exaspèrent. C'est à cause d'elle qu'ils sont là, au bord de ce torrent sans nom, à cause d'elle qu'ils doivent supporter la faim, la soif, les courbatures. Il a envie de rentrer chez lui, de demander pardon à sa grand-mère et de reprendre sa vie de gros dont on se moque, mais qui reste libre.

— Tu entends, je suis presque une jeune fille, alors tu comprends que je ne peux plus te laisser m'approcher quand je suis nue !

— Dépêche-toi. Il faut qu'on parte.

Habillée, la fillette apparaît devant lui.

— On y va ?

Ils regagnent leurs vélos dont les chromes brillent au soleil à côté d'un taillis d'épineux. Baptiste, qui traîne la patte, pense aux gâteaux mouillés par l'orage. Il s'assoit sur une grosse pierre plate.

— Qu'est-ce que tu fais ? demande Louise.

— J'en ai marre. Toutes les polices nous recherchent. On ne va pas faire deux kilomètres sur la route sans se faire prendre. Alors, je propose qu'on arrête là, qu'on se laisse retrouver. Et puis j'ai faim ! Comment on va faire pour acheter à manger, hein ?

— Tu veux que je te dise ? reprend la fillette. Tu es une vraie mauviette qui ne pense qu'à bouffer ! Tu as l'occasion de maigrir et tu râles !

— Je m'en fous de maigrir !

— Autre chose. Si on se laisse prendre, les bandits comprendront qu'il leur reste peu de temps. Ils te tueront. Ici, personne ne sait où on est et c'est la cachette la plus sûre !

Ils poussent leurs vélos jusqu'à la route départementale. Une voiture passe en trombe et ne les voit pas.

— Tu sais quoi ? fait Louise, on va se cacher près du torrent et on va attendre la nuit. Alors, on ira jusqu'à une gare, on prendra le train pour Marseille.

— Et tu crois qu'il y aura un train pour Marseille dans la prochaine gare, exprès pour nous ? Et puis, les voyageurs de ce train vont s'étonner de nous voir sans nos parents.

— Mais on n'est plus des petits. Les garçons et les filles de notre âge qui voyagent seuls ne manquent pas. On ne va pas prendre un train de voyageurs, mais un autre, un train qui transporte des voitures !

— Tu es complètement folle. Qu'est-ce qu'on va manger ? De l'herbe, des racines ? s'inquiète Baptiste.

— Je te jure bien que c'est la dernière fois que je pars en voyage avec toi ! s'insurge Louise. Si ce n'était pas pour te sauver, je te planterais là et je m'en irais !

— Bon débarras ! fait Baptiste en lâchant son vélo et s'asseyant sur les herbes sèches.

Tout à coup, Louise s'approche du garçon.

— Tu as pris ton portable ?

— Oui. Je l'ai coupé, c'est toi qui me l'as demandé.

— Tu aurais dû le laisser chez toi comme j'ai fait du mien. On peut nous repérer, alors, donne-le !

Baptiste sort son portable d'une poche intérieure.

— Il est ringard ! se moque Louise. C'est un modèle préhistorique ?

Elle pose l'appareil sur une pierre plate et le frappe avec un gros caillou.

— Mais qu'est-ce que tu fais ? Je vais drôlement me faire engueuler, moi !

— Tu n'auras qu'à dire que tu l'as perdu.

Sandrine Gaspect se pose des questions sur la nature de sa maladie. Après cinq jours d'isolement, elle est transférée dans une chambre ordinaire : les analyses indiquent qu'elle n'est pas contagieuse. Elle a eu la chance que les premiers symptômes alarment son médecin et qu'il la fasse hospitaliser. Le docteur Marigaud, spécialiste des maladies infectieuses, interdit cependant les visites, mais assure Olivier qu'il pourra bientôt voir sa femme.

Ce grand gaillard est un homme délicat au sourire engageant qui inspire la confiance. Il entre dans la chambre où Sandrine vient d'arriver, s'assoit sur la chaise du visiteur dans une attitude complice qu'il n'adopte jamais avec ses autres patients.

— Madame Gaspect, j'ai enfin tous les résultats de nos analyses qui me laissent perplexe. Le staphylocoque doré qui a failli vous coûter la vie est extrêmement rare, pour ne pas dire unique. Il s'apparente à d'autres bien connus, mais celui-ci a muté. Il aurait dû vous tuer sans qu'aucun symptôme apparaisse. Votre organisme a su fabriquer les anticorps et c'est quasi miraculeux !

Une infirmière entrouvre la porte et fait un signe au docteur Marigaud.

— L'inspecteur Gardini demande à voir Mme Gaspect.

— Dites-lui qu'il peut entrer, mais il ne doit pas trop fatiguer la malade.

Il sort en laissant la porte ouverte. Une infirmière accompagne un homme assez fluet, portant une grosse serviette et des lunettes de myope à forte monture. Ses cheveux courts, noirs, très raides, son attitude réservée lui donnent l'aspect d'un fonctionnaire des impôts. Autour de lui flotte une vague odeur de tabac et de miel propre aux fumeurs de pipe.

Il attend que la porte soit fermée pour s'asseoir sur la chaise qu'occupait l'instant d'avant le docteur Marigaud, pose sa serviette sur ses genoux.

— Madame, j'ai une mauvaise nouvelle à vous annoncer. La presse n'en a pas parlé parce que nous voulons être discrets pour travailler calmement. Votre fils Baptiste et la petite Louise Sulvanne, la fille du capitaine de gendarmerie de Barjols, ont fait une fugue. Nous n'avons pour l'instant aucun indice pour les retrouver.

Sandrine fronce les sourcils. Baptiste, un fugueur ? Ce n'est pas dans le tempérament de ce gros garçon paisible. Comme Jacote, elle pense que c'est encore un enfant qui ne s'intéresse pas aux filles. Alors, pourquoi serait-il parti avec Louise Sulvanne ? La peur lui noue le ventre. Les larmes brouillent sa vue.

— Une fugue, dites-vous ? Vous êtes certain ? demande-t-elle.

— C'est la thèse que nous privilégions. Baptiste a été aperçu dans votre maison et ensuite à vélo sur la route de Saint-Maximin. Louise, elle, devait se rendre à la piscine et elle n'y est jamais arrivée !

— Mon fils a un portable ! précise Sandrine. Vous pouvez assez facilement le localiser.

— Les deux enfants ont un portable. Louise a oublié le sien sur la table de la cuisine, dans l'appartement de ses parents. Quant à celui de votre fils, il est impossible de le localiser, car il doit être en panne.

— Vous êtes certain qu'il ne s'agit que d'une fugue ? demande Sandrine d'une voix éteinte.

— C'est ainsi que nous qualifions leur disparition, mais nous n'excluons aucune autre hypothèse. Depuis le début de votre hospitalisation, Baptiste est bien chez sa grand-mère et votre ex-mari ?

— Olivier est encore mon mari, précise Sandrine, qui retrouve un peu d'aplomb. Nous ne sommes pas divorcés mais seulement séparés. Baptiste s'entend très bien avec son père, un peu moins bien avec sa grand-mère, mais cela ne suffit pas pour justifier une fugue.

Gardini pense aux deux cambrioleurs surpris par Baptiste, mais n'en dit rien à la convalescente.

— Quelle est l'attitude de votre demi-frère, Julien Rivière, à votre égard ? On comprend qu'il prenne très mal votre irruption dans sa vie, au moment de l'héritage.

— Julien a demandé une contre-expertise, rétorque Sandrine. Il refuse que je me trouve à côté de lui sur le testament de François Rivière.

— Avez-vous été menacée ?

— Julien m'a fait entendre que je pourrais avoir de mauvaises surprises.

Elle éclate en sanglots.

— Rassurez-vous, nous allons retrouver les enfants.

— J'ai peur pour eux, précise Sandrine. Très peur !

Gardini reste un instant le menton appuyé sur sa main à réfléchir, comme si les larmes de Sandrine le confortaient dans sa première idée. La peau claire de son crâne se voit sous ses cheveux peu épais taillés en brosse. Son portable sonne l'horrible *Lettre à Élise* égrenée en notes aigres. Gardini jette un regard rapide à la malade comme pour s'excuser d'une sonnerie aussi stupide, puis porte l'appareil à son oreille droite. Il écoute, le regard toujours posé sur Sandrine, puis s'exclame :

— Quoi ? J'arrive !

Il range son téléphone, se dirige vers la porte.

— Les gendarmes viennent de retrouver les vélos des enfants ! dit-il à Sandrine. Vous voyez que tout s'arrange !

— Seulement les vélos ?

— Sans les vélos, les gamins n'iront plus très loin. Avant ce soir, nous les aurons retrouvés.

Il ferme la porte. Sandrine entend ses pas s'éloigner rapidement dans le couloir. Gardini s'apprête à quitter l'hôpital quand le docteur Marigaud, qui l'attendait, lui fait signe.

— Monsieur le commissaire, j'ai une communication très importante à vous faire.

— Je n'ai pas le temps, je dois me rendre sur les lieux où ont été retrouvés les vélos des enfants.

— Je n'en ai que pour quelques secondes, mais je vous prie de m'écouter. Il en va sûrement de la vie de plusieurs personnes, et surtout ma découverte peut donner une orientation nouvelle à votre enquête. Je vous prie de me suivre dans mon bureau. Ce que j'ai à vous dire doit rester entre nous.

— Bien, fait Gardini, pressons.

Ils entrent dans le bureau, le docteur ferme la porte et invite le commissaire à s'asseoir.

— Voilà, j'ai fait faire des recherches sur le staphylocoque qui a failli coûter la vie à Mme Gaspect. C'est le même que celui qui a tué son père, François Rivière. Cela, nous le savions, mais ce n'est pas tout. Au début, les spécialistes du laboratoire ont cru se trouver en présence d'un bacille mutant, comme cela arrive souvent, mais les biologistes sont perplexes. Ils pensent que les risques sont infimes que le staphylocoque doré en question mute naturellement dans ce sens.

Gardini fronce les sourcils, remonte ses lourdes lunettes et braque son regard noir sur le médecin.

— Que voulez-vous dire ? Si j'ai bien compris, vous pensez que M. Rivière et Mme Gaspect ont été contaminés par un germe obtenu en laboratoire ?

— C'est probable ! Ce bacille ne se transmet à l'homme que par l'ingestion de fruits. Le docteur Léonin, qui dirige le labo, a fait des recherches. Il m'a indiqué que les biologistes militaires de l'ancienne Russie communiste étaient très avancés dans ce domaine. Cela peut être une indication pour votre enquête. Soit Mme Gaspect et son père ont été volontairement contaminés par quelqu'un qui souhaitait les faire disparaître « naturellement », soit ils se sont contaminés eux-mêmes en mangeant des fruits destinés à quelqu'un d'autre ! En tout cas, je me devais de vous faire part de ces précisions qui supposent un acte criminel.

— Surtout, n'en parlez à personne ! Ceci doit rester très confidentiel si on veut remonter la piste. Je reviendrai dans la soirée questionner Mme Gaspect sur son emploi du temps de ces derniers jours. Selon vous, la contamination remonte à combien de temps ?

— Huit à dix jours, peut-être moins. Les expériences faites sur des souris montrent que cela va assez vite.

— Merci. Je repasserai vous voir, et surtout pas un mot. Faites en sorte qu'il n'y ait aucune fuite du labo.

Gardini quitte l'hôpital en se disant que cette affaire sera vite réglée. Tout est clair : un richissime mafieux russe convoite un domaine sur la Côte. Refus de vente du propriétaire, qui se découvre une fille naturelle. Julien Rivière, qui ne veut pas partager le magot, s'arrange avec le Russe pour que son père et sa nouvelle sœur meurent « naturellement ». Mais la jeune femme échappe au microbe bricolé, ils font cambrioler sa maison pour trouver quelque chose de compromettant dans la comptabilité de son agence afin de l'obliger à vendre. Comme ils n'ont rien trouvé, ils enlèvent le fils qui était en compagnie de la fille du capitaine de gendarmerie. Tout est simple, pourtant il doit être très prudent : on ne s'attaque pas à un industriel russe proche du Kremlin sans preuves de sa culpabilité. Pour l'instant, ce ne sont que des présomptions.

À Barjols, la fugue de Baptiste et de Louise alimente toutes les conversations. Les gendarmes ne cessent de ratisser le pays, de faire parler les gens afin de trouver le moindre indice. Martine Sulvanne se lamente et s'en prend à tout le monde. Jacote l'a rabrouée si fort qu'elle ne sort plus de la gendarmerie où son mari tente de la rassurer. Quand il apprend que le commissaire Gardini, déjà chargé d'enquêter sur le cambriolage, va s'occuper de l'affaire, ses doutes deviennent des certitudes, raison pour laquelle il évite d'en parler à Martine.

Le capitaine se rend sur les lieux où les vélos ont été retrouvés. Des policiers ratissent l'endroit. Plusieurs indices montrent que les enfants ont passé la nuit au bord du torrent et qu'ils en sont partis dans la matinée. L'inquiétude demeure : les fouilles dans les alentours ont permis de retrouver le portable de Baptiste, rageusement écrasé à coups de pierre.

Le commissaire Gardini, qui pense toujours à ce que lui a révélé le docteur Marigaud, inspecte rapidement les lieux. Il est persuadé que sous cette fugue d'apparence banale se cache une énorme affaire d'héritage pressentie par le cambriolage. Sulvanne le salue. Gardini remarque que c'est un parfait sportif mais dont le regard, juge-t-il, indique un manque de réflexion. « C'est pour cela qu'il est gendarme ! » pense le policier.

— Je suis le père de la petite Louise, dit le capitaine, surpris par l'horrible odeur de tabac du commissaire. Mes hommes et moi avons patrouillé toute la nuit.

— Ah bon ! Et qu'est-ce que vous avez découvert ?

— Rien...

— Je vous prie de regagner votre gendarmerie et de laisser travailler mes gars. Ce sont des spécialistes !

Vexé une fois de plus, Sulvanne voudrait protester, mais le petit commissaire est déjà loin. Il examine les vélos en myope, en s'approchant exagérément.

— Les chiens ont bien retrouvé les traces des enfants, lui apprend l'un de ses collaborateurs. Mais on les perd à la route. On pense qu'ils sont montés dans une voiture.

— Une chose est certaine, conclut le commissaire. Les enfants sont venus ici de leur plein gré et ils y ont passé la nuit. Que s'est-il passé ensuite ? Est-ce que quelqu'un les attendait pour les emmener ? Ont-ils été attirés dans un piège ? C'est ce que nous devons découvrir. A-t-on trouvé des traces, des empreintes qui ne seraient pas d'eux ?

— Non.

— Savez-vous s'ils ont mangé ? demande encore Gardini.

— Non. Nous avons peu d'éléments. La pluie a lessivé l'endroit. Cependant, nous avons trouvé un paquet de chips vide et une peau de saucisson.

— Pas d'épluchures de fruits ? Des pommes en particulier ?

— Non, mais cela ne veut rien dire. La montée du torrent pendant l'orage a tout emporté.

Dunois, le commissaire adjoint, qui s'était éloigné en aval du torrent, revient portant un chapeau de paille boueux.

— Voilà ce que je viens de découvrir !

— C'est le chapeau de Louise ! s'exclame Sulvanne.

Gardini intervient :

— Surtout, évitez de parler de tout cela. C'est moi qui dirige cette enquête. Rien ne doit être fait sans que j'en aie donné l'ordre. Demandez à vos hommes de rester discrets.

Il s'éloigne, monte dans sa voiture et reprend la route d'Aix, certain que la solution de cette disparition ne se trouve pas là. Il retourne à l'hôpital, peste contre le parking trop petit qui l'oblige à manœuvrer avant de trouver une place. Il entre dans l'immeuble par la porte des urgences et rejoint Sandrine Gaspect dans sa chambre. Sandrine, un mouchoir roulé en boule dans la main droite, pleure. Pour elle, tout est clair : la disparition de Baptiste est liée à l'héritage de François Rivière.

— Avez-vous des nouvelles ? demande-t-elle entre deux sanglots. Je suis terriblement inquiète. Ils sont capables de tout !

— De qui voulez-vous parler ? Des enfants ?

— De Julien Rivière et de ce milliardaire russe qui veut acheter le domaine des Maures.

— Un milliardaire russe, dites-vous ? fait Gardini en posant sa grosse sacoche sur ses genoux. Quand avez-vous mangé des pommes pour la dernière fois ?

Sandrine se mouche, réfléchit un instant. Une odeur sucrée de tabac hollandais se répand dans la pièce.

— Pouvez-vous me répondre ? insiste Gardini.

— Oui, il y a une dizaine de jours, au domaine des Maures, en compagnie de François et de Julien Rivière.

— Julien Rivière en a-t-il mangé ?

— Oui, j'en suis certaine, car je me souviens de sa manière nerveuse de mordre dans le fruit qu'il n'a pas pelé.

Gardini est perplexe. Pourquoi Julien n'a-t-il pas été incommodé ? Parce qu'il est l'empoisonneur et qu'il a mangé une pomme saine ?

— Vous ne devez en parler à personne ! insiste

Gardini. Par mesure de précaution, je vais demander qu'on vous garde encore quelque temps ici où vous êtes en sécurité. Deux de mes hommes surveilleront votre porte. Je ne sais pas encore si je vais autoriser votre mari à vous rendre visite.

— J'ai peur pour Baptiste ! murmure Sandrine.

— Je ne vous cache pas que je suis inquiet, moi aussi, répond le commissaire en sortant.

— J'en ai marre ! hurle Baptiste, à bout. Je vais arrêter la première voiture qui va passer et je vais demander au chauffeur de me ramener chez moi.

Le garçon, assis sur une souche en contrebas de la route, pleurniche. Il a mal partout. Son corps n'est que courbatures, douleurs vives. Son estomac gargouille, il n'a plus la force de se tenir sur ses jambes.

En face, debout, les bras croisés, Louise le regarde sévèrement. Ses cheveux secs s'embrouillent en entrelacs de boucles qui moussent en lumière dorée.

— Je te plains, mon pauvre Baptiste. Si tu dois faire la guerre, tu seras le premier tué !

— Mais je veux pas faire la guerre ! s'emporte le garçon. Je veux rentrer chez moi. C'était pas une bonne idée de partir tous les deux !

— Et tu crois que les bandits vont rester bien tranquilles ? Tu te trompes ! Il faut continuer à se cacher. Regarde, on a passé une nuit sous l'orage et ça n'était pas si terrible ! Et puis j'ai une idée.

Baptiste dresse la tête, lève ses yeux noirs sur la fillette qui marche en long et en large devant lui comme le professeur de français face au nul en orthographe qu'il est.

— On va se cacher en attendant la nuit, puis on ira dans une gare !

— Ma vieille, tu ne sais même pas où il y a une gare, et puis je ne veux pas laisser mon vélo !

— Moi non plus. On va les cacher dans les taillis. Les voleurs de vélos n'auront pas l'idée de venir ici.

— Bravo, madame je-sais-tout ! Et la nuit, comment on va faire pour se diriger dans le noir ?

— On va suivre le cours du torrent. Les rivières passent dans des villes, et dans les villes, il y a toujours une gare !

— Une gare, sûrement ! Mais si on se trompe de train et qu'on se trouve à Paris ou plus loin encore ?

— À Beauvais ! fait la fillette avec un sourire. J'y ai plein de copines et de copains. Mais c'est vrai qu'on serait très loin de Marseille.

— Maintenant, tu fais ce que tu veux, annonce Baptiste en se levant, moi, je monte sur la route et j'arrête la première voiture qui passe !

Il grimpe le raidillon en grimaçant. Il accepte d'avance la punition de Jacote et les remontrances de son père pourvu qu'on lui donne à manger et à boire. L'escapade avec une folle a assez duré. La chance ne leur sourira pas toujours ! Cette nuit, ils ont échappé de justesse à la foudre et à la noyade, pourquoi prendre encore des risques inutiles ?

Louise le rattrape.

— Arrête, tu vas tout faire rater !

— M'en fous !

Il l'écarte du bras et monte sur la route. Louise, légère comme une plume, le rejoint.

— Je t'en prie, Baptiste, cache-toi ! On est si bien tous les deux !

Il aurait envie de la croire tant sa voix s'est faite suppliante.

— Écoute, on va s'approcher d'une ville sans se montrer et on ira acheter à manger et à boire ! Je te le jure ! insiste Louise.

— Qu'est-ce que ça va changer, on nous reconnaîtra ! Autant arrêter une voiture, ça ira plus vite !

— Viens, passons encore cette journée tous les deux, loin de ma mère, de son piano et de ses recommandations. Je te promets que si ce soir on n'a pas trouvé le moyen d'aller à Marseille, on se montrera !

Baptiste ne l'écoute plus, il n'écoute que son estomac. Ce soir, il n'aura plus la force de marcher, il sera à l'agonie.

Une voiture arrive, sorte de camionnette déglinguée. Il lui fait des signes en se plaçant au milieu de la route. Louise reste en retrait. La camionnette s'arrête. Baptiste s'approche de la portière. Le conducteur lui sourit. C'est un curieux homme d'une cinquantaine d'années, les cheveux longs qui tombent sur ses épaules. Il est très brun, des yeux d'aigle sous des sourcils démesurés, un nez en faucille, des lèvres fines sur des dents éclatantes de blancheur.

— Madré !

Il hésite. Louise se place devant Baptiste.

— On va à Marseille !

Le regard d'oiseau de proie va de la fillette à Baptiste qui, les épaules basses, sue déjà abondamment.

— Mais c'est un miracle ! s'exclame l'homme en fredonnant quelques notes. Le voilà, mon thème tant recherché ! C'est le grand architecte de l'Univers qui vous envoie ! Le maître de l'harmonie parce qu'il est lui-même harmonie absolue ! Vous venez de me souffler le thème absolu sur lequel je peux broder plus de cent variations !

Baptiste envoie un regard amusé à Louise, qui ne se démonte pas. Pendant ce temps, l'homme prend une feuille de papier à musique posée sur le siège du passager, à côté d'un énorme chien. Il sort un crayon de sa poche et inscrit quelques notes en fredonnant toujours.

— Merveilleux ! Que puis-je pour les envoyer de la création universelle ?

Baptiste retient l'envie de rire qui lui comprime les poumons. Il baisse les yeux quand Louise se tourne vers lui. Puis, n'y tenant plus, il pouffe. L'homme semble n'y prêter aucune attention.

— On fait partie d'un club, précise Louise avec effronterie. Pendant les vacances, on nous apprend à nous débrouiller. Nos parents nous ont lâchés à Digne et on doit les rejoindre par nos propres moyens à Marseille !

— Peuchère ! fait l'autre, qui remarque l'accent pointu de la fillette, si différent de celui du garçon. Vous savez que c'est dangereux en période d'été avec tous ces fous qui courent les routes !

— On sait. Emmenez-nous !

— Montez, mais je ne vous emmènerai pas à Marseille.

À côté du chauffeur, le berger allemand les regarde, la langue pendante car il fait très chaud dans ce véhicule sans climatisation.

— Ah oui ! fait l'homme. Montez derrière, trouvez un peu de place. On va aller chez moi, après on avisera.

En un bond, Louise saute dans la camionnette. Baptiste s'accroche aux montants et tente lourdement d'escalader le rebord. La fillette lui tend la main.

— Quel mal dégourdi tu fais ! Tu vois bien qu'il faut maigrir !

— Tu m'emmerdes !

La plate-forme arrière est remplie de bûches en vrac. Les deux enfants s'accrochent aux ridelles tandis que le véhicule repart sur la route tortueuse. De brusques coups de volant projettent les passagers sur le tas de bois puis contre les piquets métalliques qui tiennent la bâche. Ils se taisent ; d'ailleurs le bruit de ferraille couvrirait leur voix. Ils pensent tous les deux la même chose : l'homme qu'ils viennent de rencontrer est complètement fou, c'est bien leur chance ! Baptiste ne peut s'empêcher de rire en pensant à la manière dont il écrivait les notes en fredonnant.

Le voyage leur semble interminable. Baptiste râle à chaque embardée tellement la douleur dans ses jambes est insupportable. Louise le regarde méchamment.

Enfin, après avoir cahoté dans un chemin de terre où elle a soulevé des nuées de poussière blanche, la camionnette s'arrête près d'un mas isolé, entouré de hauts buis et d'oliviers. Le chien sort le premier et tourne en aboyant autour de son maître qui invite les enfants à descendre. Il est beaucoup plus grand qu'il ne paraissait au volant. Ses longs cheveux volent autour de sa tête maigre et haute comme des plumes grises. Son regard, qui semblait sévère tout à l'heure, est au contraire accueillant.

— Bienvenu dans la maison du fada !

Louise saute au sol, Baptiste doit s'y reprendre à deux fois pour enjamber les bûches et se laisser lourdement glisser. Il a envie de dire la vérité à cet homme et d'en finir, mais Louise lui impose le silence.

— Baptiste est mon cousin. Moi, je suis de Beauvais et je passe mes vacances ici.

— Eh bien, moi, je suis le fada ! C'est comme ça que les idiots du pays m'appellent ! Mon véritable nom est Antonio Puchierri, violoniste.

— Violoniste ? s'étonne Baptiste, qui boite et grimace à chaque pas.

— Violoniste ! insiste l'homme. Grand virtuose du roi des instruments. Réincarnation de Paganini dont j'ai les longs doigts et le talent. Je poursuis l'œuvre entamée dans ma vie précédente. Venez.

Baptiste se pince les lèvres et tient sa main devant la figure pour ne pas montrer son hilarité. C'est bien leur chance, ils sont tombés sur le seul dingue de la région !

Ils entrent dans la maison, un ancien mas rénové avec goût. La vaste pièce les surprend par sa fraîcheur. Des violons sont accrochés aux murs par dizaines, d'autres sont posés en vrac sur la longue table. Une écritoire avec du papier à musique se dresse devant un fauteuil près d'une cheminée qui conserve les tisons de l'hiver précédent.

— Vous voici dans l'antre du maître ! dit Antonio Puchierri. Je vous dois la merveille des merveilles. En effet, dès que je vous ai vus, tout s'est éclairé dans mon esprit. C'était le fa dièse qui manquait à mon idée du début. Vous comprenez, le ton de si bémol mineur est extrêmement difficile à manier ! Il n'est pas naturel, alors bien sûr...

Baptiste se gondole, la main toujours devant la figure. Il ne peut s'empêcher de pouffer une fois de plus. Des larmes de rire roulent sur ses joues, surtout quand il voit Louise, très sérieuse, écouter les propos auxquels elle ne comprend rien. Il en oublie ses douleurs d'estomac.

— J'apprends le piano ! dit-elle.

— Le piano ! Instrument faux par nature ! Qu'entends-je ? Maestro, mon Guarneri !

Le chien, qui s'était assis devant son maître, passe dans la pièce voisine et revient en portant par la poignée une boîte à violon. Le musicien l'ouvre délicatement et en sort un instrument d'une magnifique couleur dorée.

— Mon Guarneri. Un chef-d'œuvre. Le meilleur compagnon. Vous allez avoir le privilège d'entendre ce fameux thème que je cherche depuis des mois et que votre irruption sur la route a enfin dévoilé.

L'homme prend le violon, fait courir l'archet sur les cordes pour en vérifier l'accord puis se met à jouer. Une mélodie d'une grande pureté s'envole, puissante, riche de notes qui caracolent dans un rythme endiablé. Baptiste, qui n'est pas particulièrement sensible à la musique, se laisse prendre par la féerie du violon dont la voix, allant des graves imposants aux aigus les plus légers, le touche au fond de son être. Lui qui ne pouvait s'empêcher de rire quelques instants plus tôt sent l'émotion gonfler son cœur d'une envie de pleurer. Louise ne bronche pas. Jamais elle n'a entendu pareille musique et comprend combien l'élève pianiste a un long chemin à parcourir pour atteindre une telle virtuosité. Pourquoi sa mère l'a-t-elle obligée à jouer du piano quand elle vient de découvrir que le violon est son instrument ? Pourquoi sa mère pense-t-elle toujours à sa place ? Plus jamais elle ne sera la petite fille dévouée d'une Martine Sulvanne qui l'exhibe afin d'écraser les autres par une supériorité artificielle.

La musique s'arrête, Louise fait une grimace, Baptiste entend de nouveau les réclamations de son estomac. Il se sent tout à coup mou comme une chiffe. Le musicien pose doucement l'instrument dans son écrin de velours et regarde les enfants en souriant.

— J'ai fait quelques fautes, vous l'avez sûrement entendu. Par exemple, la deuxième variation, j'ai manqué d'audace, le véritable ton c'est le sol majeur, d'ailleurs je m'en suis rendu compte en cours de jeu et j'ai changé. Je me doute que cela vous a choqués !

Baptiste, qui a de nouveau envie de rire, baisse la tête pour ne pas montrer son hilarité de gros bêta.

— Bon, nous verrons cela plus tard. Je suppose que vous avez faim et soif.

— Oh oui ! fait Baptiste.

Antonio Puchierri emmène les enfants à la cuisine, qui se trouve dans une aile de la vaste maison. Il ouvre le réfrigérateur.

— Je vous propose de déjeuner avec moi. Je n'ai

pas grand-chose ! De la charcuterie, je peux vous faire cuire une entrecôte et des nouilles, ça va ?

— Ça va ! fait Baptiste, qui retrouve sa bonne humeur.

Louise regarde autour d'elle et s'étonne.

— Vous n'avez pas de télévision ?

— Sûrement pas ! Seulement une petite radio pour me tenir au courant. Je ne me laisse pas distraire. Mon travail est essentiel ! Mon œuvre intemporelle ne doit pas être polluée par les scories du monde. Je n'ai qu'un téléphone portable pour que mes clients puissent me joindre.

— Vos clients ? Vous êtes commerçant ?

Il baisse la tête en posant la poêle sur la plaque de la cuisine.

— Eh bien, oui, je dois vous l'avouer, j'ai cédé à la pression du bien-être, de la vie facile ! Pour avoir le temps de mettre au point mon œuvre symphonique, loin des horribles tendances de la musique contemporaine, j'écris de la musique pour le cinéma. On peut d'ailleurs réussir des chefs-d'œuvre sur commande !

— Vous faites des musiques de films ? demande Baptiste en usant d'un vocabulaire qui lui est plus familier.

— Il faut bien vivre et comme je n'ai pas le courage d'avoir froid en hiver, comme j'aime le confort et l'argent, je consacre un peu de temps au commerce et je ne le regrette pas. Il m'arrive même d'être content de moi !

— Moi, j'aime la viande pas trop cuite ! précise Baptiste, qui considère qu'on tarde à se mettre à table.

Antonio lui envoie un regard curieux et le garçon regrette d'avoir parlé.

— Les pâtes sont cuites d'hier ! dit le musicien en sortant une boîte du frigo. J'en fais pour une semaine, ensuite un petit coup de micro-ondes car je n'ai pas de temps à perdre en tâches secondaires.

Dans la poêle, le beurre grésille avec une bonne odeur qui accentue les douleurs de Baptiste. Le musicien y étale trois entrecôtes qui la remplissent et débordent sur les côtés. Il ouvre un placard, prend trois assiettes qu'il dispose sur la petite table, des verres et sort du frigo une grosse bouteille d'eau.

— Asseyez-vous !

Louise prend place avec un air ravi quand Antonio pose dans son assiette une entrecôte fumante. Baptiste doit se faire violence pour ne pas se jeter sur la sienne. Il attend que Puchierri se soit servi et qu'il pose la casserole de nouilles sur la table.

— Je n'ai pas de pain ! fait-il. J'ai oublié d'en acheter.

Baptiste ne tient plus. Il s'empare de sa fourchette, taille d'un coup de couteau rapide une large langue de viande, qu'il engouffre. Le plaisir le submerge. Il retrouve goût à la vie. En face de lui, Louise coupe sa tranche en petits morceaux qu'elle mastique lentement, comme pour bien les savourer. Sa nouvelle désobéissance au dogme maternel la remplit de bien-être. Baptiste lui envoie des regards satisfaits.

En quelques secondes, il a englouti l'entrecôte et louche sur la casserole de nouilles.

— Tu avais une belle faim, mon garçon, constate Antonio. Prends des pâtes si tu veux.

Baptiste ne se le fait pas dire deux fois. Dans sa précipitation, il s'est servi très largement. Louise le regarde comme pour le rappeler à un peu de tenue.

— Mon cousin est gourmand ! précise-t-elle en avalant la dernière bouchée de l'entrecôte. C'est pour ça qu'il est gros ! Il n'arrive pas à se rationner.

Maestro attend, assis, la tête plus haute que la table, attentif aux gestes de son maître.

— Tu vas avoir les restes, comme d'habitude ! précise Antonio en posant sa main sur le museau du chien.

Baptiste termine son assiette. Il a tout mangé, même le gras de l'entrecôte.

Une voiture arrive par la petite route. Antonio la voit s'arrêter dans la cour et s'étonne.

— Les flics ! Qu'est-ce qu'ils me veulent encore ? C'est pas vous par hasard qu'ils recherchent ?

Louise a le réflexe de se planter devant le musicien :

— Il ne faut pas leur dire que nous sommes là. Je vous en supplie, monsieur, ne le dites pas.

— Je ne veux pas d'histoires ! Je suis un honnête musicien.

— Personne n'en saura rien ! On ne dira rien, je vous en supplie, monsieur !

Les deux hommes en uniforme frappent à la porte principale.

— Ne bougez pas ! Ils me connaissent. Ici, tout le monde me connaît, ce qui est normal puisque je suis un génie !

Antonio Puchierri va au-devant des gendarmes. L'un d'eux demande :

— Monsieur Puchierri, pardonnez-nous de vous déranger. Nous sommes à la recherche de deux enfants, un garçon plutôt gros et une fillette d'une douzaine d'années environ. Vous n'avez rien vu de particulier ?

— Non. Ce matin, je suis allé à Saint-Maximin, mais je n'ai rien remarqué. D'ailleurs, en ce moment, je suis très pris par ma musique. Entrez donc.

— Vous composez pour un film qu'on verra bientôt ? fait l'un des hommes pour montrer qu'il s'intéresse au travail de l'artiste.

— Certes ! Une histoire qui se passe dans le Grand Nord. Je cherche une musique aussi pure que la glace et légère comme des flocons de neige.

— Vous allez sûrement y arriver, monsieur Puchierri ! Nous n'allons pas vous importuner plus longtemps !

Une bonne odeur de viande cuite flotte dans l'air.

— Mais vous ne m'importunez pas. Entrez. Je vais vous faire entendre ce que j'ai trouvé ce matin. Maestro, mon Guarneri !

Le chien va chercher l'étui à violon, qu'il pose sur une chaise.

— Bel animal et bien dressé ! juge un des deux gendarmes.

Dans la cuisine, les deux enfants se regardent. Baptiste a de nouveau envie de rire. Louise le pince très fort.

La musique recommence et, cette fois encore, le charme opère. Les gendarmes restent immobiles dans l'entrée du mas, étonnés par la virtuosité du fada.

— On s'y croirait ! dit l'un d'eux. C'est vraiment très réussi.

— C'est ça à quelques notes près, rectifie Puchierri. Je ne veux pas abuser de votre temps. Je me produis chaque année au festival de Saint-Maximin. J'aurai le plaisir de jouer ce caprice avec ses variations. Du pur Paganini !

— Bon, nous, on doit continuer notre enquête. Si vous voyez quelque chose d'anormal, faites-nous signe. Nous sommes à la recherche de deux gamins de Barjols. Ils ne devraient pas être très loin, mais avec tout le monde qui se trouve en Provence à cette époque, on peut redouter qu'ils aient fait quelque mauvaise rencontre !

— Je ne manquerai pas de vous avertir si je découvre quelque chose, mais cela m'étonnerait, cet après-midi va être consacré à mettre au point ce dont vous n'avez entendu qu'une ébauche !

Les gendarmes remontent dans leur voiture et s'éloignent. Puchierri revient vers la cuisine, où Baptiste peut enfin se libérer du gros rire qui l'écrasait quelques instants plus tôt. Maintenant qu'il peut se laisser aller, l'envie a disparu d'elle-même.

— Me voilà votre complice et passible de prison ! dit le violoniste. Vous allez m'expliquer pourquoi vous êtes partis de chez vous ?

— Pourquoi ? répond calmement Louise en cherchant ses mots. Je vais vous le dire. La maman de Baptiste est à l'hôpital à Marseille et nous allons la voir !

— Ç'aurait été plus simple de demander à son père de vous emmener !

— Non, poursuit Louise, sa maman et son papa ne s'entendent plus. Ils sont séparés.

— Alors, écoutez-moi bien. Ici, tout le monde me connaît. Les gens m'appellent le fada parce qu'ils ne comprennent pas tout ce que je fais, mais ils m'aiment bien et je ne veux pas d'histoires. Vous devez vous rendre à la gendarmerie la plus proche. Je vais vous emmener.

— Mais on n'est pas à un jour près, monsieur ! supplie Louise. On aime tant votre musique. Gardez-nous encore un peu. Ensuite, c'est juré, on se rendra à la gendarmerie.

— On va voir ! concède Puchierri, embarrassé.

À Barjols, l'émotion est à son comble. Spontanément, un grand nombre de personnes se sont portées volontaires pour participer aux battues prévues sur un vaste périmètre autour de l'endroit où ont été retrouvés les vélos.

Effondrée, Jacote fume cigarette sur cigarette. Son grand corps a fondu, elle se traîne d'une chaise à l'autre comme une très vieille femme, incapable de faire quoi que ce soit.

Olivier n'a rien changé à ses habitudes, mais le cœur n'y est pas. Il est persuadé que la fugue a été suivie d'un enlèvement lié à l'héritage de Sandrine. Il ne s'est pas gêné pour en parler, mais que font les policiers ?

Ce soir, il se rend sans espoir à la gendarmerie où le capitaine Sulvanne a interdit à Jacote de reparaître. Toujours rien. La preuve est faite que Louise et Baptiste ont passé la nuit au bord du torrent, mais étaient-ils seuls ? Qui les a emmenés ? Louise et Baptiste, presque des adolescents, pouvaient se défendre, crier, or personne n'a rien entendu, rien vu. Les quatre voitures qui sont passées très tôt sur la route incriminée n'ont rien constaté d'anormal. Les fouilles n'ont livré aucun indice. Une certitude, cependant : Louise et Baptiste n'ont pas été surpris et emportés par le torrent en crue.

Olivier rentre chez lui. Jacote, qui fume sa vingtième

cigarette de la journée, le questionne du regard. « Toujours pareil ! » dit-il en s'asseyant. Il fait frais dans la maison, les stores baissés maintiennent une pénombre agréable, mais l'odeur du tabac est insupportable.

Olivier en veut à Sandrine :

— Je lui avais dit que c'était un nid de serpents, qu'elle ne devait pas parler à ces gens ! Voilà le résultat !

— C'est pas possible que deux enfants de cet âge disparaissent, s'envolent en fumée ! Moi, je suis sûre que les gendarmes nous cachent des choses, s'insurge la vieille femme de sa voix rauque. S'ils avaient bien cherché la nuit dernière, ils les auraient retrouvés !

Olivier s'est assis près de la table de la cuisine. Sur le buffet, dans un cadre en carton, une vieille photo le représente avec son père, lors d'une partie de pêche sur le lac de Sainte-Croix. Son père qui lui ressemble un peu, mais en plus fort. Les clients du garage lui en disent encore du bien. Jean Gaspect était un excellent mécanicien et toujours très arrangeant pour ceux qui n'avaient pas les moyens de le payer. Il lui arrivait parfois de boire un peu trop, c'est vrai, mais personne ne lui en voulait.

Olivier prend une bière dans le bac du frigo, la décapsule avec la lame de son couteau. Jacote lui envoie un regard plein de reproches : comment peut-il penser à boire de la bière quand son fils est peut-être entre les mains des pires tortionnaires ?

— Et toi, tu restes là, sans rien faire !

— Que veux-tu que je fasse ?

Lui aussi a besoin de donner libre cours à sa colère. Il ne dort plus depuis trois jours. Le garage tourne au ralenti. Les clients, sensibles au drame qui touche le garagiste, ont remis leurs rendez-vous. L'angoisse l'étouffe.

— Tu es bien le fils de ton père ! poursuit Jacote. Tu restes dans ton coin, tu fais ton petit train-train, le reste, les autres, tu t'en moques !

— Ce garage a tourné avec mon père et il continue avec moi, rugit-il. Et comme tu ne voulais pas de ta bru, tu t'es arrangée pour lui pourrir la vie au point qu'elle a voulu se séparer de moi !

Jacote lui jette un regard meurtrier.

— Avec ses idées de travers, ta Sandrine ne pensait qu'à son agence à l'autre bout du département. Et qui devait s'occuper de Baptiste ? Moi, bien sûr ! Et puis, tu te souviens de ce qui se disait.

Jacote a touché le point sensible d'Olivier. Il n'a jamais eu la preuve que sa femme le trompait, mais le doute a suffi.

— Tu as une langue de vipère ! Tu veux tout commander, aussi Baptiste a foutu le camp à la première occasion !

— Si Baptiste n'avait que sa mère pour s'occuper de lui, ce serait un voyou !

Olivier sort en claquant la porte. Il passe au garage, monte en voiture, démarre en trombe. Ce qu'il va faire, il en a envie depuis le début de l'hospitalisation de Sandrine. Il vient de choisir son camp ; la fugue de Baptiste aura au moins servi à cela.

Il roule trop vite, puis se dit que la plus élémentaire prudence serait de lever le pied. Pourtant, il a hâte d'arriver.

À l'entrée d'Aubagne, un barrage de police l'oblige à s'arrêter. Il montre ses papiers et poursuit sa route avec la certitude que toutes les polices de Marseille sont déjà au courant de son arrivée. La preuve : les autres barrages de police le laissent passer sans rien lui demander.

À l'hôpital, Olivier se gare dans le parking ; de nombreuses places sont disponibles puisque l'heure des visites est passée. Il se présente à l'accueil et explique qu'il doit absolument voir sa femme.

— Je vous prie de patienter quelques instants ! dit l'hôtesse en décrochant son téléphone.

Les minutes passent. Olivier trépigne d'impatience. Enfin, la jeune femme lui indique un numéro de chambre à l'étage. Il n'a pas la patience d'attendre l'ascenseur et court dans l'escalier. Il longe un interminable couloir en suivant les numéros affichés sur les portes. Enfin, il arrive, étonné que personne ne lui ait demandé ce qu'il faisait là. Il frappe, entre.

Sandrine l'attendait, probablement avertie par la réceptionniste. Il s'arrête à la porte, la regarde longuement. Ici, dans cet hôpital, ce qui les sépare s'estompe. Elle lui murmure un bonsoir triste.

— Merci d'être venu ! dit-elle.

Alors, le garagiste impassible ne peut résister à la peine qui le submerge ; l'armoire à glace craque. Il baisse la tête pour ne pas montrer l'envie de pleurer qui contracte son visage.

— Notre pauvre Baptiste ! murmure-t-il en se précipitant vers Sandrine et en la serrant contre lui.

Ils pleurent tous les deux à présent ; leur douleur les unit au-delà de leurs divergences. Enfin, Olivier se dresse.

— Je ne comprends pas ce qui se passe, s'inquiète-t-il. La radio ne parle que de cette histoire. J'ai été convoqué par le commissaire, qui m'a posé des tas de questions sur nous deux, sur toi, sur moi, sur nos fréquentations.

— Ils ont aussi questionné ma mère ! réplique Sandrine. Ils cherchent des indices, des détails qui pourraient les conduire vers les ravisseurs.

— On les connaît, les ravisseurs. Je ne comprends pas qu'ils n'aient pas arrêté ce Julien Rivière ! Tout vient de lui !

— Non, répond Sandrine en soupirant. Tout vient de ce milliardaire russe qui veut acheter le domaine des Maures. Julien Rivière est le seul lien avec cet homme très important dans son pays. C'est probablement pour cela que les policiers le laissent tranquille.

— Mais alors pourquoi ils nous embêtent, nous ? On n'a pas assez de peine comme ça ?

— Peut-être pour mettre en confiance les véritables coupables.

Sandrine s'essuie les yeux. Il lui prend la main qu'elle lui abandonne.

— En attendant, notre pauvre Baptiste est peut-être...

— Non ! crie Sandrine.

Une lame a traversé le brouhaha de l'hôpital. Un infirmier ouvre la porte et questionne Sandrine du regard.

— Ce n'est rien ! dit-elle.

Silencieux, Olivier pense à ce qui se dit à Barjols sur sa femme, à la rumeur qui lui a fait choisir le garage et sa mère. Il s'en veut.

— Je t'aime, dit-il. Je n'ai jamais cessé de t'aimer. Je veux que tu saches que depuis qu'on est séparés, je n'ai jamais eu d'autre femme !

Elle lui sourit. La fugue de Baptiste les rapproche en permettant d'aborder des sujets devenus tabous entre eux.

— Je te jure que j'abandonnerai ma mère et son garage. Nous partirons loin de Barjols, pour recommencer à zéro. Dis, tu le veux ?

— Il faut que tu partes, maintenant ! murmure Sandrine. Ta visite m'a fait du bien.

Sans rien ajouter, Olivier sort en claquant la porte qui fait le bruit d'une bombe dans le couloir vide. Il sort en marchant très vite, la tête baissée. Sandrine n'a pas répondu à la question qui le taraude, elle n'a pas cherché à le rassurer. Il arrive sur le parking, cherche du regard sa voiture. Deux hommes l'arrêtent.

— Monsieur Gaspect ?

— Que me voulez-vous ?

— Vous conduire au commissariat. Le commissaire Gardini a des questions très précises à vous poser.

— Mais il m'en a déjà posé des tas !

— Il veut vous en poser d'autres.

— Vous ne croyez pas qu'il ferait mieux d'aller voir du côté du domaine des Maures, votre commissaire ?

— C'est son affaire ! Nous, on obéit aux ordres.

— Vous avez bien dormi ?

Louise et Baptiste ont passé la nuit à l'étage, dans une chambre encombrée d'instruments de musique. Puchierri a préparé le petit déjeuner avec des croissants et des brioches.

— Maestro, mon Guarneri.

Le chien va chercher l'étui à violon, qu'il apporte délicatement en tenant la poignée dans sa gueule. Antonio Puchierri place cérémonieusement son instrument sous son menton.

— Vous comprenez que le violon se prend dans les bras, se pose sur le cœur, c'est un instrument d'homme alors que le violoncelle est celui d'une femme.

Baptiste jette un regard amusé à Louise, qui garde son sérieux. La fillette sait mieux que lui entrer dans le jeu du fada pour en tirer tout ce qu'elle veut.

— Et le piano ? demande-t-elle en regardant le superbe Pleyel à queue encombré de bibelots.

— Le piano, c'est une usine, une machine à faire des notes en série. Tu ne maîtrises jamais la musique du piano, qui t'échappe dès que tu as frappé la touche. La note s'en va, libre, elle vit sa vie à elle et toi, tu ne peux plus lui insuffler ton âme. Avec un violon, c'est tout à fait différent, la note t'appartient, te ressemble entièrement. Tu peux changer ton vibrato selon ce que tu veux exprimer...

Encore une fois Baptiste a envie de rire. Il ne comprend pas qu'un homme puisse s'intéresser à de telles futilités. Il aime la musique, certes, les sons agréables, mais pas plus que cela. Et puis, cet Antonio aux longs cheveux qui passe des heures à écrire des notes sur une portée lui semble en dehors du temps.

— J'ai composé pour vous une fugue, sur le thème que vous m'avez inspiré !

Le musicien joue une mélodie très douce et gaie, puis pose son violon avec la délicatesse d'une mère qui couche son enfant.

— C'est très beau ! dit Baptiste, ému.

— J'ai préparé une version pour piano très facile ! ajoute le musicien en tendant une partition à Louise. C'est en la mineur, tu connais ce ton ?

— Ben, heu... Peut-être.

— Regarde comme c'est facile !

Il s'assoit devant le piano et joue la mélodie que les enfants ont entendue au violon.

— Vous savez jouer de tous les instruments ! s'exclame Baptiste avec admiration.

Visiblement anxieux, le musicien jette de constants coups d'œil à la porte.

— Tiens, dit-il à Louise, tu vas aller à l'étage, dans la pièce de musique.

— Laquelle ? Celle où on a dormi avec la peau de zèbre tendue au mur ?

Toutes les pièces de cette maison sont encombrées d'instruments variés, violons aux formes curieuses, banjos, guitares, luths et harpes dont la fillette ne connaît pas le nom.

— Non, la vraie. Celle qui est orientée vers l'Italie ! La pièce de droite sur le palier, tu trouveras une petite radio sur une étagère, tu l'apporteras.

La fillette court dans l'escalier. Antonio a mesuré la portée de son mensonge aux gendarmes quand ils sont passés une nouvelle fois, hier au soir. Les enfants sont chez lui depuis deux jours et il ne sait plus comment s'en débarrasser sans être inquiété. Il a cédé aux prières de Louise qui se dit fascinée par la musique du violon, et le voilà coincé. Le fada aime jouer les farfelus, parce que cela sert son image, mais ce nouveau jeu risque de lui coûter cher.

Louise apporte la radio. Les piles sont usées, il faut en chercher d'autres dans un des nombreux tiroirs de la cuisine. Enfin, Antonio capte France-Info et n'a pas longtemps à attendre : *Cela fait trois jours que nous sommes sans nouvelles de Louise et Baptiste, partis de chez eux à Barjols. La police a retrouvé leurs vélos à une trentaine de kilomètres du village, dans un taillis, près d'un torrent, mais dispose de très peu d'indices pour la suite de l'enquête.*

Baptiste tourne des yeux ronds vers Louise. Cette fois, ils sont allés trop loin. Les radios parlent d'eux, des centaines de gendarmes sont mobilisés. Il pense à son père et à sa mère encore à l'hôpital. Louise devance ses scrupules d'une phrase :

— Nos parents, c'est bien fait pour eux !

— Tu parles pour ta mère qui est folle, pour ton père qui se prend pour le maître de Barjols, mais mes parents à moi, ils sont pas comme ça !

— Ils sont séparés !

Baptiste baisse la tête.

— Les enfants, l'heure est grave !

Puchierri réfléchit ; des pensées très sombres traversent son esprit, d'ordinaire clair et seulement ouvert à la musique. En laissant monter ces deux enfants dans sa voiture, il est tombé au fond d'une nasse. Que peut-il faire ? Attendre ? C'est reculer pour mieux sombrer. Le fada va alors devenir le pire des détrousseurs de gamins, un pédophile, alors qu'il n'a cherché qu'à les héberger et leur faire écouter de la musique. Même dans son métier d'artiste où les dingues ne manquent pas, ce genre est mal perçu. Se débarrasser discrètement de Baptiste et Louise ? Personne ne le soupçonnerait et la vie continuerait, aussi agréable qu'elle a toujours été. Il grimace : comment une pensée aussi odieuse a-t-elle pu surgir à son esprit ? Antonio n'est pas un monstre. Son cœur déborde de générosité ! Le dieu de la musique ne peut cohabiter qu'avec l'amour, le bonheur de vivre. Sans quoi Paganini perdrait sa science du violon.

Il tourne le bouton de la radio, cherche une autre station. C'est l'heure du journal. Le drame de Barjols y est évoqué : *Les enfants sont partis de leur plein gré de chez eux, mais qui les attendait sur la route de Saint-Maximin ? Que cherchaient les deux cambrioleurs cagoulés surpris par le jeune Baptiste dans la maison de sa mère, Sandrine Gaspect ? On sait que Sandrine Gaspect est la fille naturelle d'un spécialiste en parfums, François Rivière, décédé récemment. La vente du domaine des Maures, sur la côte du Lavandou, pourrait être au centre de cette sordide affaire de gros sous.*

Antonio Puchierri tourne un regard curieux à Baptiste.

— Tu es le petit-fils de François Rivière ?

Baptiste s'étonne de cette question.

— Ben, il paraît que oui. C'était mon nouveau grand-père. J'étais à son enterrement et même que je suis entré dans le domaine des Maures.

Puchierri arrête la radio. Cette coïncidence le trouble.

— Pourquoi vous me demandez ça ? questionne Baptiste. Vous le connaissiez ?

— Non, mais je connais le monsieur qui veut acheter le domaine des Maures : M. Vladimir Gorbiev. Quelqu'un de très riche. C'est mon mécène.

Tout en parlant, le musicien réfléchit. Cette coïncidence bienvenue va lui permettre de se tirer d'affaire.

— Écoutez, je dois m'absenter pendant quelques jours. Vous pouvez rester ici, mais je vous conseille de vous rendre à la gendarmerie la plus proche !

Son projet est d'obliger Baptiste et Louise à quitter sa maison. Et, pour arrêter l'action judiciaire, il fera intervenir son mécène. Personne ne peut résister à ses dollars.

— Je vous ai rempli le frigo et les placards. J'espère que vous vous déciderez à téléphoner aux gendarmes. Je vous laisse un portable.

— On va appeler la gendarmerie, c'est promis ! fait Louise, heureuse de rester seule avec Baptiste.

— Vous direz aux gendarmes que j'ai été gentil avec vous, que je vous ai recueillis parce que vous aviez faim et que c'est vous qui m'avez demandé de mentir, parce que vous vouliez rester ici !

— On n'y manquera pas ! promet Louise avec un air mutin.

Puchierri monte en voiture et s'éloigne sur le chemin en soulevant un nuage de poussière. Baptiste laisse alors éclater sa colère.

— Toi, tu t'amuses bien ! Mais tu t'imagines ce qu'on va ramasser ? Ça fait trois jours que tout le monde nous cherche. Je veux téléphoner à mon père !

— Non, tu ne téléphoneras à personne ! décide Louise.

— Tu me casses les pieds ! s'exclame Baptiste. J'en ai rien à foutre de toi ! Je prends le téléphone qu'il nous a laissé et j'appelle mon père.

— Tu ne vas pas faire ça ! assure la gamine en se précipitant sur le téléphone qu'elle jette contre le mur.

L'appareil éclate en plusieurs morceaux.

— Voilà ! pleurniche Baptiste. Maintenant, on est coupés du monde ! Mais ça change rien, moi je prends la route et je vais jusqu'au prochain village, qui n'est pas très loin.

Le garçon part sur le chemin d'un pas décidé. Le sol desséché reflète une chaleur intense. Des nuages sombres sur l'horizon annoncent un prochain orage. Louise le rattrape.

— Écoute-moi !

— Non, je ne t'écoute pas. J'en ai marre ! dit-il en poursuivant sa route.

Une nouvelle idée vient de germer dans l'esprit de la fillette. Baptiste redoute à son regard espiègle une invention qui risque de les emporter un peu plus loin, sur une voie sans retour. Il s'arrête en face de la fillette.

— On va s'en aller d'ici, je te le promets, mais comme tout le monde nous cherche, on ne doit pas sortir avant la nuit !

— Et qu'est-ce que ça peut faire, puisqu'on se rend aux flics ? Tu es bien une fille, toi ! Tes histoires m'agacent.

Baptiste part se cacher derrière des genévriers et urine en surveillant Louise.

— J'ai vu ton zizi ! s'écrie-t-elle, espiègle.

Baptiste ferme vivement sa braguette. L'autre continue :

— Il est vraiment tout petit. Moi, j'en ai vu d'autres !

— Qu'est-ce que ça peut me foutre ?

— J'ai vu celui de mon père et celui de mon cousin quand on se baignait nus dans la piscine.

Baptiste ne répond pas. Il se laisse tomber à l'ombre d'un arbre. L'envie de pleurer l'assombrit. Il pense à son père qui rouspétait quand sa mère rentrait tard et se dit que la solitude d'Olivier est un peu la sienne.

— Bon, poursuit Louise, cette fois, j'ai la bonne idée. Le fada est sûrement allé avertir les flics, donc on doit se casser au plus vite. Voilà ce que je te propose :

on va prendre toute la nourriture du frigo, les boîtes de conserve des placards, et après on partira dans les collines.

— Et tu crois qu'on ne nous trouvera pas ? Les flics ont des chiens qui nous suivront à la trace. Et puis, ils ont des hélicoptères.

— Justement, j'y ai pensé. Je ne suis pas la fille du capitaine Sulvanne pour rien. Fais-moi confiance !

Les deux enfants reviennent à la maison. Dans un grand sac que Baptiste découvre au fond de la remise, ils entassent les provisions du frigo, les boîtes de conserve et plusieurs bouteilles de Coca.

— On a de quoi tenir quinze jours !

— Sûrement pas ! s'écrie Baptiste.

— Bien sûr, il va falloir que tu te prives un peu, mais ça te fera du bien. Si tu veux m'épouser, il faut que tu deviennes un véritable sportif.

— Mais je ne veux pas t'épouser ! s'exclame Baptiste.

— Tu parles comme ça parce que tu as peur que je refuse. Mais je sais que tu m'aimes. Si tu fais un effort, j'accepterai peut-être. Maintenant, je pense aux chiens. Mon père m'a dit que certains bandits entourent leurs chaussures de fourrure, c'est ce qui empêche les chiens de sentir leur odeur.

— Ah bon ? Et quelle fourrure on va prendre ?

— La peau de zèbre qui se trouve sur le mur de la chambre où on a dormi. On va en couper des morceaux pour entourer nos chaussures.

— Mais tu n'y penses pas ? Cette fois, c'est dit : je me rends aux flics !

— Viens !

Louise l'entraîne à l'étage. Avec une paire de ciseaux, elle taille des bandes dans la magnifique peau de zèbre. Le cuir est épais, elle grimace.

— Tu pourrais m'aider !

— Sûrement pas ! fait Baptiste, debout à la porte. Qu'est-ce qu'il va dire, le fada ?

Louise revient vers lui avec quatre morceaux de peau.

— Voilà, on va entourer nos chaussures.

Dans la cour, une petite porte donne sur les collines ; ils l'ouvrent. Le soir tombe sous la menace de l'orage. Le vent s'est levé. Baptiste frissonne. Ils s'éloignent, alourdis de leurs sacs et trébuchant à chaque pas.

— C'est d'un facile de marcher avec ça ! s'exclame Baptiste. Tu ne pouvais pas trouver autre chose ?

— Toi, tu n'es jamais content ! Je plains ta femme !

— Je ne me marierai pas !

De l'endroit où ils se trouvent, ils voient le mas du fada et la route blanche qui serpente entre les épineux et les genévriers. Un gros nuage de poussière indique qu'un véhicule arrive.

— Les flics ! fait Louise. On a eu de la chance ! Cachons-nous !

Elle oblige Baptiste à s'accroupir derrière des rochers. La peur donne faim au garçon, qui se met à grignoter des gâteaux secs et boit une bouteille de Coca.

— Si tu te maries avec moi, je te jure que je te mettrai au pas !

Baptiste ne se donne pas la peine de répondre.

Les quatre gendarmes, sous la responsabilité du sergent-chef Thibaut, ont pour mission de visiter toutes les maisons isolées de la contrée. Ils arrivent au mas du fada après avoir roulé sur un chemin caillouteux au flanc d'une colline aride. Le musicien est connu au pays, mais son originalité fait sourire les gens du hameau le plus proche.

— On l'a vu passer dans sa vieille voiture. C'est souvent qu'il s'absente pour sa musique.

Les gendarmes constatent que le mas a été restauré avec goût.

— Ça rapporte, la musique ! note l'un d'eux en mesurant l'importance des travaux qui ont fait de cette ancienne ruine une superbe maison provençale.

Les gendarmes font le tour du bâtiment. L'un d'eux constate que la petite porte qui donne sur la cour n'est pas fermée à clef.

— Chef, venez voir !

— Curieux ! observe Thibaut. Le propriétaire s'en va pour plusieurs jours et ne ferme pas ses portes... Il ne craint pas les cambrioleurs.

Ils entrent dans la maison, s'arrêtent un moment à regarder les instruments de musique accrochés aux murs.

— C'est un musée !

— Tiens, qu'est-ce que c'est, ça ?

Thibaut ramasse les morceaux d'un téléphone portable.

— C'est un modèle récent. Il a été projeté contre le mur à cet endroit.

— Étrange... On va relever les empreintes.

— Et ça ! fait un autre en montrant une feuille de papier à musique.

Le sergent-chef Thibaut jette un regard rapide sur les portées couvertes de notes, puis lit le titre : « Fugue en la mineur » et, en dessous, écrit au crayon à papier : « Pour Louise et Baptiste ».

— Cette fois, dit Thibaut, on a touché le gros lot !

Gardini, soucieux de trouver des preuves mettant en cause Vladimir Gorbiev, a bien conscience d'avoir perdu beaucoup de temps. Il s'est d'abord intéressé au bacille qui a causé la mort de François Rivière et a voulu savoir d'où venaient les pommes infestées. Le producteur a été retrouvé, un certain Charles Bontemps, qui habite Pompadour, en Corrèze. Ce Bontemps a été questionné, mais ne sait rien : ses fruits ont pu être aussi bien contaminés par le vent que par une main criminelle ou par des insectes. Le commissaire enquête dans les hôpitaux de la région. Aucun cas semblable à ceux de Rivière et sa fille n'a été observé. Il s'informe alors sur les lieux de consommation des fruits et doit abandonner : les pommes Bontemps sont vendues dans la plupart des pays de l'Union européenne.

— Cela ne veut pas dire qu'il n'y ait pas eu de cas semblables au sien ! souligne le docteur Marigaud. Ce bacille ressemble parfaitement aux autres et seule une analyse poussée permet d'en découvrir la particularité. Le hasard m'a beaucoup aidé pour le mettre en cause dans le cas de Mme Gaspect qui nous a conduit à M. Rivière. Je dois préciser que ce bacille, même s'il est issu d'un bricolage génétique, peut se trouver dans la nature depuis des années et s'être adapté à différentes conditions de vie sans perdre sa virulence, qui se manifeste dans des conditions bien précises. Le reste du temps, il est inoffensif !

— Donc, demande une dernière fois le commissaire, nous n'aurons jamais aucune preuve que Gorbiev est à l'origine de cette infection.

— Bien sûr que non.

Gardini se rend ensuite au domaine des Maures, interroge Julien Rivière, que la presse désigne comme un coupable possible. L'alibi du jeune homme a été vérifié : il a pris l'avion pour Paris la veille de l'enlèvement ou de la fugue des enfants et il n'est rentré que deux jours plus tard.

— Vous avez demandé à votre sœur de signer un acte par lequel elle renonçait à la succession. Vous l'avez menacée ! commence Gardini en essuyant les verres de ses lunettes dans un geste qui lui est familier.

Julien répond sans la moindre hésitation :

— Je lui ai demandé, en effet, de renoncer à l'héritage parce que j'ai de gros besoins d'argent et surtout parce qu'elle s'oppose à la vente du domaine à un milliardaire russe. J'ai un peu insisté, mais je ne suis pour rien dans le malheur qui la frappe.

Le commissaire lui fait énumérer dans le détail tout ce qu'il a fait depuis le fameux dîner en compagnie de son père et de sa sœur, prend des notes et conclut :

— Je vous demande de ne pas quitter la région. Je reviendrai vous voir bientôt !

Malgré les pressions qu'il subit, Gardini renonce momentanément à le placer en garde à vue : Julien n'a pas la carrure d'un meurtrier ; de plus, il reste le seul lien avec Vladimir Gorbiev, qui pourrait être au centre de cette affaire.

Comme il ne veut négliger aucune piste, le commissaire passe également à la question Marie Allère, lui fait raconter ses amours avec François Rivière ; il recherche et interroge Philippe Allère, puis rend visite à Jacote, qui se met en colère et lui reproche d'inquiéter les gens honnêtes plutôt que de chercher les ravisseurs de son petit-fils. Enfin, il bassine Olivier Gaspect avant de le libérer sans un mot d'excuse.

Gardini demande enfin que ses services fassent des recherches afin de localiser les pédophiles pouvant être présents en Provence au moment des faits. Il fait part de ses doutes à Dunois :

— Nous cherchons autour du domaine des Maures, mais il se peut aussi que la disparition des mômes soit totalement étrangère à cela. N'oublions pas qu'ils ont fait une fugue, qu'ils sont partis de chez eux de leur plein gré. La mauvaise rencontre, ils ne l'ont faite que le lendemain, au bord du torrent.

Olivier Gaspect regagne sa voiture restée dans la cour de l'hôpital, situé à quelques centaines de mètres du commissariat. La colère l'aveugle. L'honnête garagiste n'accepte pas d'avoir été humilié comme un vulgaire malfrat. Il rentre à Barjols en roulant très vite.

Il pile devant la grille du garage, sort vivement de la voiture dont il claque violemment la portière. Sa mère, prête à faire face, a compris à sa précipitation qu'il allait laisser éclater sa colère. Entre ces murs qui l'ont vu enfant, le gentil garagiste peut se laisser aller.

Il entre. Ses yeux, qui lancent des éclairs, s'arrêtent devant la haute stature rigide de Jacote qui, les bras croisés, attend la première charge. L'odeur de tabac prend à la gorge.

— Tu ne t'assois pas ? Je suppose que tu n'as pas mangé !

D'un geste vif, Olivier balaie l'assiette posée sur la table.

— Qu'est-ce qui te prend ? s'écrie Jacote.

— Ils m'ont mis à poil, les salauds. Ouais, ils m'ont fait dire des choses que je n'ai jamais dites à personne. Ils m'ont posé tant de questions que j'étais perdu. Je ne sais plus ce que je leur ai dit !

— Puisqu'ils t'ont lâché, c'est bien qu'ils n'ont rien à te reprocher !

— Que veux-tu qu'ils me reprochent ? Je paie mes impôts, moi !

Il ouvre le placard et prend une bouteille de vin et un verre. L'homme raisonnable ne maîtrise plus ses nerfs.

— Olivier, pose cette bouteille !

Il a besoin de s'étourdir, d'oublier son humiliation. Deux ou trois verres suffiront à l'endormir, lui qui n'a pas l'habitude de l'alcool.

— Ça ne changera pas grand-chose ! Je suis un minus.

C'est le sentiment qu'il a eu en face de Sandrine. Et puis, celui qui semble si sûr de lui avec ses clients, dont on tient compte des conseils, a été rabaissé par les policiers, violé dans sa vie intime.

— Ils m'ont tutoyé, les salauds ! Tu entends ? Ils m'ont pris pour un vulgaire voyou !

Le bouchon saute avec un bruit sec. Il remplit son verre et le boit d'un trait. Les vieilles rancœurs réapparaissent.

— D'ailleurs, tout ce qui arrive, c'est de ta faute !

— Qu'est-ce que tu racontes ?

— Oui. Sandrine et moi, on s'entendait bien. C'est toi qui m'as embrouillé avec ta langue de vipère. Toi aussi qui as tellement dégoûté Baptiste avec ton orthographe qu'il s'est fait la belle !

— Je t'interdis de parler comme ça !

Elle s'est approchée, comme une mère prête à corriger un enfant désobéissant. Il se dresse, fait face.

— Tous les malheurs viennent de toi !

Il boit deux verres d'affilée. Jacote veut lui arracher la bouteille, il se dresse, s'empare du couteau de cuisine qui se trouvait sur la table.

— Tu vas cesser de faire l'idiot !

Olivier mesure la portée de son geste. Il pose le couteau, se dirige vers la porte.

— Moi, je vais le retrouver, ce pauvre petit. Puisque personne ne veut rien faire, je vais aller voir ce Julien Rivière ! C'est lui le coupable, mais personne ne lui demande rien parce qu'il connaît beaucoup de monde !

La pensée de Sandrine l'aveugle toujours. Il va chercher son fusil, qu'il garde chargé dans son bureau au fond du garage depuis que des voyous ont voulu voler la caisse, court à sa voiture. Jacote tente de l'arrêter.

— Pousse-toi ! hurle-t-il.

— Arrête, Olivier ! Tu vas rentrer à la maison et poser ce fusil !

— Pousse-toi, je te dis ! Personne ne le cherche, ce pauvre garçon ! Au lieu de torturer les gens honnêtes, les flics feraient mieux d'arrêter les bandits ! Je vais faire le travail à leur place !

Il monte dans sa voiture et part en trombe.

Jacote rentre chez elle et téléphone à la gendarmerie.

— Il est en pleine crise ! Faut l'arrêter avant qu'il n'arrive un malheur !

— Qu'est-ce qu'il a dit ? demande le capitaine Jacques Sulvanne, fort éprouvé d'être tenu à l'écart de l'enquête.

— Qu'il savait où étaient les enfants et qu'il allait les chercher ! Il est parti en direction de Saint-Maximin.

— Très bien. On s'en occupe.

Sulvanne se tourne vers le lieutenant Leclenc.

— On ne dit rien à personne. Le commissaire Gardini serait trop heureux. On rattrape Gaspect et on le suit discrètement.

Les deux hommes partent à bord d'une voiture banalisée.

— Fonce ! Il faut le rattraper !

Ils n'ont pas beaucoup de mal. Au premier barrage ils reconnaissent la voiture de Gaspect.

— On a du pot, ce sont nos gars !

Le capitaine s'approche des hommes qui fouillent la voiture, fait signe au sergent Moine.

— Nous le suivons. Il pourrait nous conduire à une piste sérieuse. Enlève discrètement les cartouches de son fusil et laisse-le filer. On s'en occupe.

Le sergent obéit à son chef, pendant que les collègues prient Gaspect de les suivre jusqu'au fourgon. Enfin, Olivier peut repartir, étonné que personne n'ait remarqué son arme en évidence dans sa voiture.

Il poursuit sa route. L'intervention des gendarmes a tempéré sa colère. La fatigue prend le dessus. Ce n'est pas un meurtrier. Lui, le chasseur du dimanche, est incapable de tirer sur un homme.

Il arrive à Saint-Maximin et s'arrête sur la place. La nuit est sombre. Le vent s'est levé, des éclairs illuminent le ciel à l'horizon. La Provence a soif et attend la pluie d'orage. Les cigales se taisent et c'est leur silence qu'on entend, tellement leur bruit fait partie de l'été.

— C'est foiré ! dit Jacques Sulvanne. Nous, on rentre.

Ils marchent depuis deux heures, gênés par les morceaux de peau de zèbre attachés à leurs chaussures, empruntant au hasard les sentiers des animaux. Parfois, ils croisent dans le creux d'un vallon un mas entouré de murs ocres. Le soleil va bientôt se coucher. Ont-ils passé Saint-Maximin ou sont-ils encore proches de Barjols ? Ils n'en savent rien. Louise s'en moque : pour elle, la liberté de marcher suffit à son bonheur de l'instant. Baptiste grogne :

— On était partis pour aller voir ma mère à Marseille. Et puis on a changé d'avis. Et maintenant, j'ai l'impression qu'on tourne en rond.

— Moi, je sais ce qu'on fait ! répond Louise avec un air mystérieux. Rappelle-toi, je ne suis pas la fille du capitaine Sulvanne pour rien. J'ai mon idée.

— Et c'est quoi, ton idée ? demande le garçon en s'asseyant sur une pierre plate, car il n'en peut plus.

Il fouille dans son sac et trouve un paquet de gâteaux secs chocolatés.

— Mon idée, reprend Louise, c'est que tout le monde nous cherche. Tu es bien d'accord ? Les radios, les télés ne parlent que de nous !

— Ils ne vont pas tarder à nous retrouver et ce sera très bien, assure Baptiste. Le mieux, je te le répète, c'est de se montrer tout de suite.

Louise, qui croit toujours tout savoir, s'est pourtant trompée. Ils ont marché pendant près d'une heure vers le sommet de la colline qui se trouve derrière la maison du fada, puis ont obliqué sur la droite en direction d'une petite ferme. Pour ne pas risquer de se faire repérer, Louise a encore obliqué sur la droite et les voilà à moins de deux cents mètres de leur point de départ ! Baptiste reconnaît les arbres, les rochers, et même le chemin.

— Tu fais ta maligne ! s'écrie-t-il, mais tu n'as aucun sens de l'orientation. On a tourné en rond.

Louise regarde autour d'elle, s'arrête sur la toiture en contrebas.

— C'est le mas du fada ! précise Baptiste.

— Mais non, le mas du fada n'est pas fait comme ça ! Qu'est-ce que tu racontes ? On est à côté de Saint-Maximin !

— N'importe quoi ! fait Baptiste. Alors, la suite du programme ?

— On va dormir ici ! Il n'y a pas de route, on nous laissera tranquilles. On va se faire une cabane, une niche de survie avec des branches d'olivier et des herbes sèches. On dormira, puis demain, on repartira.

— Pour aller où ?

— On décidera quand ce sera le moment.

Louise fouille dans son sac et sort la petite radio du fada.

— Avec ça, on va pouvoir se tenir au courant.

Elle pose la radio sur une pierre. Le journal non stop de France-Info égrène les nouvelles du monde et parle des disparus de Barjols : *On est toujours sans nouvelles de Louise et Baptiste. La piste criminelle est désormais privilégiée. Les gendarmes de La Roquebrussanne ont arrêté un suspect qui aurait hébergé les enfants chez lui. Cette piste, considérée comme très sérieuse, ne répond pourtant pas à la question essentielle : que sont devenus les deux enfants ? Sont-ils encore en vie ?*

En entendant cela, Louise sourit, au comble du bonheur.

— Tu te rends compte que notre photo est dans tous les journaux, sur toutes les télés.

— Mouais, fait Baptiste, qui s'empiffre de gâteaux et boit son Coca à la bouteille. Mais ça va plus durer bien longtemps !

— Ça peut durer très longtemps ! Il suffit d'être malin. Maintenant, on se fait un petit lit bien douillet. On va dormir et demain, on s'éloignera d'ici. D'ailleurs, avec notre peau de zèbre sur les chaussures, les chiens ne peuvent pas nous retrouver !

— Et l'orage qui arrive ?

— Où tu as vu de l'orage, toi ?

Pour une fois, Louise a raison. L'orage qui menaçait s'éloigne des collines et ils s'endorment, serrés l'un contre l'autre. Louise souffle à l'oreille de son compagnon :

— Demain, il faut trouver un torrent pour te laver. Tu pues vraiment beaucoup !

Elle glousse. La joue fraîche de Louise contre sa grosse joue, ses bras posés sur son corps, ses jambes mêlées au siennes éveillent en Baptiste des sensations nouvelles et délicieuses. Son escapade lui aura au moins servi à découvrir cela.

— Je sais ce que tu veux, mais n'y compte pas ! dit la fillette. Il va falloir que tu me prouves que tu m'aimes et peut-être que dans deux ou trois ans, je te céderai !

Baptiste grogne et s'endort.

La nuit a été très calme. Baptiste se réveille avec quelques courbatures, mais il ne se plaint pas. Il s'éloigne dans le taillis. Louise, qui arrange ses cheveux avec le peigne qu'elle avait emporté pour la piscine, allume la radio et écoute les informations. Rien de nouveau depuis la veille. Elle est un peu déçue.

Ils grignotent des gâteaux d'apéritif très salés, boivent du Coca et repartent. Louise, avant de lever le camp, disperse les herbes et les branches d'olivier de leur bivouac.

— Il ne faut pas attirer l'attention des promeneurs !

— Qu'est-ce qu'on fait, aujourd'hui ?

— On se déplace. On continue d'échapper aux flics. Ça te plaît pas à toi d'être une vedette ?

— Si, mais je suis fatigué. J'ai mal aux jambes !

— Justement, s'insurge Louise, tu as l'occasion de maigrir, alors profites-en !

— Si on retournait à la maison du fada ?

— Sûrement pas ! C'est le meilleur moyen de se faire prendre !

Ils repartent. Leurs sacs à provisions sont encore lourds, mais Baptiste se dit que la pénurie ne tardera pas, alors que feront-ils ?

— Et puis, on n'a pas eu d'orage pendant la nuit, mais ça m'étonnerait qu'on passe la journée comme ça ! constate Baptiste en regardant la barre sombre de nuages sur l'horizon.

Le commissaire Gardini tient enfin un suspect. La découverte dans la maison isolée du musicien d'un téléphone portable cassé, que Louise a touché, de la page de musique dédiée aux fugitifs, relance les recherches, même si le commissaire ne comprend pas ce qui a poussé le fada à recueillir les enfants et à mentir à la police.

— Ils aimaient la musique et ils m'ont supplié de les garder pendant quelques jours ! se défend Puchierri. Je jure qu'ils ont été bien traités. J'ai composé pour eux une fugue en la mineur avec une transcription pour piano. La petite prend des cours !

Gardini pense à tout cela en roulant sur la route blanche entre les oliviers et les épineux qui conduit au mas isolé de l'artiste. Un fourgon de gendarmerie l'attend. Menotté, le musicien dont les longs cheveux partent en tous sens se tient devant eux, Maestro à ses pieds le regarde tristement.

— Les enfants que nous cherchons ont séjourné ici ! dit Gardini. Nous en avons la preuve : leurs empreintes sont partout.

— Mais je ne vous l'ai jamais caché ! répond le fada. Je vous redis ce que je ne cesse de répéter : je revenais d'Aubagne où j'avais rencontré un metteur en scène pour une musique de film qu'il m'a commandée. J'en ai profité pour acheter du bois à un marchand que je connais. J'ai trouvé ces deux enfants, un garçon assez gros et une fillette blonde. Ils avaient passé la nuit dehors, je les ai emmenés ici, je leur ai donné à manger. Ensuite, ils ont voulu écouter ma musique et sont restés deux jours. J'avoue que leur présence m'était très agréable. Voilà mon crime.

— Pouvez-vous nous expliquer ce que faisait ici ce portable cassé qui vous appartient, et qui porte lui aussi les empreintes de la fillette ?

— Je n'en sais rien. Quand j'ai su que toutes les polices cherchaient ces enfants, j'ai voulu les emmener à la gendarmerie de Saint-Maximin car j'avais un rendez-vous important. Ils ont refusé. Ils voulaient continuer leur cavale. Alors, je suis parti à mon rendez-vous en leur laissant la maison. J'avais l'intention de vous avertir, mais vous ne m'en avez pas laissé le temps, vous m'avez menotté comme un bandit de grand chemin. Je ne vais plus pouvoir jouer de violon pendant plusieurs semaines !

Puis, se tournant vers son chien :

— Maestro, demande mon Guarneri à ces messieurs. Et sois poli.

Le chien s'approche de la voiture de police restée ouverte et prend la poignée de l'étui dans sa gueule. Il apporte l'instrument à son maître. Puchierri le pose sur la table et ouvre lentement la boîte, gêné par la chaîne des menottes.

— Monsieur le commissaire, voici un des meilleurs violons du monde. C'est un Guarnerius del Jèsu. Joseph Guarneri, à ne pas confondre avec son oncle André, est le génie de Crémone. Élève de Stradivari, il a dépassé le maître, qui en était jaloux. Ce violon est une pièce unique, il vaut plus d'un million d'euros. Vous comprenez pourquoi les enfants voulaient écouter sa musique céleste ?

— Pardon ?

— Plus d'un million d'euros, je vous dis ! Ce violon était dans un coffre à Monaco. Son propriétaire n'osait le montrer de peur de se le faire voler. Et puis, moi, le plus grand musicien de mon temps, moi, la réincarnation de Paganini, j'ai pu l'acquérir ou en tout cas le jouer grâce à un mécène.

— Ah bon ?

— Oui, un Russe richissime et amateur de violon. Les Slaves ont un sens inné de la musique !

— Tiens, tiens ! murmure le commissaire, qui se dit que Puchierri pourrait être le lien entre la disparition des enfants et le domaine des Maures. Recommençons par le début ! insiste le policier. Vous vous appelez Antonio Puchierri, vous êtes d'origine napolitaine. Vous avez acheté et restauré ce mas il y a une dizaine d'années. Vous exercez le métier de musicien.

— Compositeur et virtuose du violon.

— Si vous voulez. Vous avez une amie, Gaella Reichtein, d'origine allemande. Elle habite Aix et c'est chez elle que les policiers vous ont cueilli.

— Gaella et moi ne sommes pas de vulgaires amants qui ne se rencontrent que pour faire l'amour. Notre entente est d'un autre niveau. C'est une excellente violoncelliste. Nous faisons surtout de la musique !

— Vous êtes le fils de Milo Puchierri, ouvrier en bâtiment venu à Nice dans les années soixante. Vous avez fait différents métiers avant de vous consacrer exclusivement à la musique. Dans ces différents métiers, il y a eu celui de cambrioleur. Si j'en crois mes renseignements, vous avez été condamné à une peine de prison de trois mois, il y a vingt-cinq ans, alors que vous aviez dix-neuf ans.

— Une broutille, une bêtise de jeunesse ! J'ai volé un violon. Un Lupot, excellent d'ailleurs, c'était pour ne pas travailler sur un mauvais instrument d'étude. Désormais, je suis parfaitement transparent. Je ne pense qu'à la musique et mes droits d'auteur suffisent à mon modeste train de vie.

Un des policiers descend de l'étage avec une peau de zèbre tailladée à plusieurs endroits.

— Regardez. Curieux, n'est-ce pas ?

Puchierri s'exclame sur un ton désolé :

— Mon zèbre du Congo !

Gardini se tourne vers le musicien, qui caresse d'une main légère les cordes de son violon. Un son aérien, comme venu de très loin, s'en échappe.

— Qu'est-ce que c'est, cette peau ?

— L'histoire de ce zèbre est trop longue à vous raconter. Je l'ai ramenée du Congo où j'étudiais les rythmes locaux pour écrire la musique du film *La nuit africaine*, que vous avez peut-être vu.

— Revenons aux enfants que vous avez hébergés. Où sont-ils ? À qui les avez-vous livrés ?

— Mais à personne. Je ne sais pas de quoi vous voulez parler. Je leur ai laissé la maison pour qu'ils ne soient pas à la rue.

— Ou avertir votre complice. Nos hommes ont relevé les traces d'une autre voiture que la vôtre et qui est venue ici après vous.

— Souvent, les gens se trompent à Moulin-de-Carcès et ils échouent dans ma cour qui est un cul-de-sac. Ils font demi-tour. C'est probablement ce qui s'est passé hier au soir.

Les policiers fouillent la maison de fond en comble, puis la cour, et ne découvrent aucun indice.

— Voilà qui est curieux ! s'exclame le commissaire. Les empreintes des enfants sont partout dans cette maison. Quelqu'un est venu les chercher, sinon ils seraient encore là.

— Ils peuvent aussi être partis !

— Certes, mais dans ce cas notre chien trouverait leur trace. Or, rien ! Nous venons de faire le tour de votre propriété, pas la moindre piste. Ils ne peuvent donc être partis que par la route ! Alors, cessez de jouer. Dites-nous pourquoi vous les avez enlevés !

— Je ne les ai pas enlevés. Je n'ai fait que mon devoir en les récupérant sur la route, en leur donnant à manger. J'ai voulu vous avertir de leur présence sans les brusquer, mais vous ne m'en avez pas laissé le temps.

Gardini se ronge l'ongle de l'index.

— On rentre ! dit-il à ses collègues. La garde à vue est prolongée.

Puchierri range délicatement son violon et l'emporte.

— Vous comprenez que je ne peux pas le laisser n'importe où !

— On trouvera un coffre solide pour le mettre dans nos locaux. Soyez tranquille, personne ne le volera pendant votre garde à vue et peut-être votre détention provisoire. Trop de charges pèsent sur vous.

— Et Maestro ? Mon doux compagnon !

— On le confiera à un chenil de première classe.

Tous remontent en voiture. Maestro se couche aux pieds de son maître. Gardini pose tout à coup une question qu'il a volontairement retardée jusqu'à cet instant :

— Comment s'appelle votre mécène, celui qui vous a acheté le violon ?

— Je ne puis vous le dire. C'est un secret. Le propriétaire d'un tel instrument refuse toujours de communiquer son nom. Vous devriez savoir, commissaire, que personne ne sait à qui appartiennent les œuvres d'art de grand prix, histoire de ne pas attirer les maîtres chanteurs.

— Oui, mais je suis policier et vous devez me répondre.

— Il s'appelle Vladimir Gorbiev.

« Cette fois, la boucle est bouclée ! » pense le commissaire sans montrer sa satisfaction.

Gardini ne perd pas de temps et, pour une fois, il a de la chance. Vladimir Gorbiev, qu'il n'avait pas réussi à joindre jusque-là, est à Genève. Il répond à sa convocation et arrive à l'aéroport de Marseille à bord de son Falcon en compagnie d'une flopée de collaborateurs dont deux prestigieux avocats. Gardini, qui l'attend avec ses collègues, comprend que tout cet aréopage est destiné à l'intimider et qu'il ne doit rien espérer de ce témoin particulier. Il s'avance à côté de son adjoint, Dunois, révolté par l'étalage de richesses de cet industriel en face de la misère du peuple russe. Épingler un tel personnage à son palmarès serait glorieux, mais les armes ne sont pas égales : d'un côté, la police française qui lutte pour la vie de deux enfants, de l'autre, un homme d'affaires, qui brasse des milliards de dollars dans le monde et bénéficie du soutien du Kremlin.

Gorbiev s'approche en souriant, salue les policiers. Il a une quarantaine d'années, les tempes déjà grises, la tête massive sous des cheveux noirs, les yeux légèrement bridés. Bel homme, svelte, parfaitement à l'aise dans son costume sur mesure, il parle un français sans accent.

— Je suis à votre disposition pour effacer tous les soupçons qui me portent préjudice. Les journaux d'opposition en profitent pour salir mon image. Nous pouvons nous entretenir dans ma résidence de Marseille qui se trouve à dix minutes d'ici. Je l'ai achetée par commodité, puisque mes affaires devront m'appeler de plus en plus souvent sur la Côte.

— Je préfère que nous passions au commissariat.

— Comme vous voulez !

Ils se rendent à Aix, les flics dans leur petite Peugeot, le magnat russe dans sa limousine blanche qui l'attendait devant l'aéroport.

— Je n'ai pas de temps à perdre, précise-t-il à l'intention de Gardini. Aussi, dans cette voiture, mes collaborateurs et moi-même avons-nous toutes les facilités pour travailler et communiquer avec le monde entier.

Une fois au commissariat, Gardini demande à Gorbiev de le suivre dans son petit bureau.

— Permettez-moi de garder près de moi mes deux avocats. Ainsi, ils n'auront pas à éplucher un dossier qui nous a fait perdre assez de temps.

— Ils peuvent venir, mais ils ne doivent en aucun cas prendre la parole.

Gardini s'installe à son bureau et fait asseoir ses visiteurs. Il feuillette un instant une chemise pour prendre le temps de préparer sa question.

— Monsieur Gorbiev, je crois savoir que vous vous intéressez au domaine des Maures, situé près du Lavandou.

— En effet. Je souhaite l'acheter. Sa vue sur la mer est exceptionnelle et je désire y construire un hôtel de luxe.

— Vous avez fait plusieurs propositions d'achat à M. François Rivière, propriétaire âgé de quatre-vingt-deux ans et décédé depuis.

— C'est simple, commissaire, je lui ai proposé de le payer cinq fois sa valeur ! Mais M. Rivière ne voulait pas vendre, et surtout pas à un Russe. Il estimait que la Côte d'Azur devait rester française !

— Et qu'avez-vous fait ?

— Je ne désespérais pas de le convaincre, mais il est malheureusement décédé.

— Ses héritiers sont Julien Rivière, qui travaillait avec son père dans l'affaire de parfumerie, et Mme Sandrine Gaspect, fille naturelle reconnue par M. Rivière et mère d'un des deux enfants disparus.

— Je sais tout cela ! dit Gorbiev, qui ne cache pas son impatience. Je sais aussi que Julien Rivière conteste la validité des tests ADN et a demandé une contre-expertise qui n'a pas encore eu lieu. En attendant, l'héritage ne peut se faire.

— La reconnaissance de M. Rivière suffit. Je pense aussi, poursuit le commissaire, que la mort de Sandrine Gaspect aurait simplifié les choses. Mme Gaspect, qui a été infestée par le même bacille que son père. Les spécialistes disent que ce bacille a probablement été bricolé dans les laboratoires russes.

Gorbiev éclate d'un grand rire en se tournant vers ses avocats qui rient avec lui.

— Il faut être français pour croire de telles sottises, commissaire. Les scientifiques sont loin d'avoir répertorié tous les germes qui nous veulent du mal.

— Reconnaissez que Mme Gaspect retarde vos projets. Sa disparition vous aurait bien arrangé !

— Que voulez-vous me faire dire, commissaire ? C'est vrai que cette femme se met en travers de mon chemin, mais je suis un gentleman.

— Et la disparition des enfants pourrait être un moyen de pression, maintenant que Mme Gaspect est hors de danger.

— Commissaire, malgré tout le respect que je vous dois, je précise que nous ne pourrons plus bavarder sur ce terrain. J'ai accepté votre convocation alors que le président russe me conseillait lui-même de refuser. Me voilà, et vous me soupçonnez d'un crime ignoble. C'est indigne !

— Je fais mon travail, monsieur Gorbiev. Et ce travail consiste à retrouver deux enfants disparus depuis un peu plus d'une semaine.

— Ainsi donc, au fond de vous-même, vous me soupçonnez de les avoir fait enlever pour exercer un chantage sur Mme Gaspect. C'est insupportable, aussi je m'en vais.

— Je ne soupçonne personne. Je tente d'éclaircir une affaire ténébreuse qui semble avoir un rapport avec la disparition de ces deux malheureux.

— J'ai des rendez-vous importants ! ajoute Gorbiev. Quand vous aurez des preuves réelles, vous me convoquerez et je viendrai. Pour l'instant, vos supputations ne suffisent pas.

Il se lève et sort, accompagné de ses avocats. Ses collaborateurs l'attendent à la porte du commissariat. Gardini ne demande pas qu'on le retienne : le poisson est trop gros pour ses modestes filets. Il devra lui tendre un piège à sa taille.

En attendant, aucune piste ne conduit aux enfants.

Finalement, la journée se passe bien. Baptiste a encore des provisions et du Coca, Louise pense à sa mère qui doit être terriblement malheureuse, à son père qui d'ordinaire sait tout et n'arrive pas à la retrouver. Baptiste aussi pense à ses parents. Pour lui, les provisions étant presque épuisées, il est urgent de se rendre.

— Ils seront tellement contents de nous revoir qu'ils ne penseront pas à nous punir !

— Écoute, je ne suis pas pressée d'aller retrouver les leçons de piano et les biftecks de soja ! insiste Louise. Je préfère écouter les cigales en mangeant du saucisson.

Les deux enfants se promènent sur la colline. Dans l'après-midi, ils manquent se trouver nez à nez avec des promeneurs, mais réussissent à les éviter. Le cœur battant, serrés l'un contre l'autre, ils les regardent s'éloigner en retenant leur envie de rire.

Le soir, un nouvel orage menace. Les enfants ne s'en préoccupent pas et préparent leur bivouac en s'assurant qu'aucun campeur n'est dans les parages. Une maison isolée se trouve en contrebas, ils voient une vieille femme qui sarcle ses légumes dans un petit potager, un chien jaune couché dans l'allée.

— Si elle savait qu'on la regarde ! glousse Louise.

L'orage éclate avant la nuit. Baptiste a toujours aussi

peur du tonnerre. Louise regarde le ciel se déchirer avec un ravissement qui montre son inconscience.

— Tu sais pas que c'est très dangereux, qu'on peut mourir ?

— Mais non, fait la fillette. La foudre tombe toujours au même endroit. C'est mon père qui le dit !

Les grondements s'amplifient. De grosses gouttes martèlent le taillis avec un bruit de friture.

— Viens, on va demander à la vieille dame de nous héberger !

— Mais tu n'y penses pas ! Elle va donner l'alerte. Tu oublies que nous sommes des vedettes, que nos photos sont partout. J'espère que ma mère n'a pas donné celle qu'elle a dans son portefeuille. J'y suis d'un moche ! badine Louise.

Un claquement sec les fait sursauter. La foudre vient de tomber à proximité. Cette fois, Baptiste n'écoute plus Louise. Il prend la main de la fillette, ramasse son sac à provisions et l'entraîne dans la pente.

Ils courent à toutes jambes. La pluie crépite, fouette leur visage et les aveugle. Tout à coup, le sol se dérobe sous leurs pieds. Ils tombent dans un torrent en furie. Baptiste lâche la main de Louise. Roulés dans un tumulte d'eau boueuse, ils ferment les yeux et bloquent leur respiration. Cette fois, Baptiste se dit qu'il va mourir, que ce qu'il a souvent imaginé se produit, pourtant il n'a pas peur. Il pense à sa mère, clouée sur son lit d'hôpital, sa mère qui va avoir beaucoup de chagrin. Il pense aussi à son père, se demande ce qu'il ferait à sa place. Olivier aurait la force de résister aux tourbillons de l'eau, il se battrait jusqu'au bout, alors le gros serre les dents et s'oppose à la violence du courant, se démène tant qu'il peut. Louise, légère comme une feuille, est emportée au milieu des gravats et des branches arrachées par la bourrasque. Elle pense à Dieu, à la porte du paradis ou de l'enfer, puis, heurtée par les cailloux, elle ne pense plus, elle se recroqueville sans même avoir le réflexe de chercher la surface. Ses poumons bloqués lui font mal. Du feu embrase sa poitrine. Son cœur cogne ; ses tempes vont éclater. Alors elle demande pardon à sa mère et jure de se rendre à la gendarmerie si elle sort vivante de ce tourbillon.

Et puis, le courant se calme ; l'eau apaisée rappelle à Baptiste qu'il est un bon nageur. Il remonte à la surface et cherche Louise. Elle est là, tout près de lui. Un miracle. Ils se trouvent dans une vaste étendue, une sorte de lac souterrain. Une lumière diffuse leur montre d'énormes colonnes, des stalactites suspendues au-dessus de leurs têtes. Ils nagent comme dans un rêve, sans effort.

— On est où ? crie Louise.

Sa voix s'amplifie, se multiplie en échos qui reviennent de partout.

— Je ne sais pas !

Baptiste voit nettement la paroi rocheuse claire devant lui et, un peu plus loin, une sorte de plage. D'énormes stalagmites se dressent devant eux, des colonnes lumineuses soutiennent la voûte qui leur semble très haute.

Ils arrivent à la plage, sortent de l'eau transis.

— On est tombés dans une grotte ! constate Baptiste.

— Une rivière souterraine ! Mon père dit qu'en Provence, l'eau est partout sous la terre.

— Va falloir se tirer de là !

Ils ont froid, alors ils marchent dans le sens du courant. La vaste salle communique avec une autre, puis la rivière cascade vers une nouvelle salle plus profonde encore.

— On est dans le ventre de la terre ! Jamais on ne trouvera la sortie ! se lamente Baptiste.

— Tu crois qu'on va mourir dans ce trou ?

Louise craque. Elle comprend que les limites du jeu sont dépassées. Personne ne viendra les chercher dans ce cul-de-sac qui ne communique pas avec l'air libre.

— Il faut chercher ! insiste Baptiste. Les rivières qui coulent sous la terre en sortent toujours.

— Peut-être, mais on est prisonniers ! Regarde : le rocher s'enfonce dans l'eau. On est coincés, je te dis. On va mourir ici, de faim et de soif.

— Pour boire, il y a l'eau du lac.

— Bah, elle est truffée de maladies !

— Mais non, fait Baptiste, pour une fois calme et optimiste. Les vaches et les animaux la boivent et n'en meurent pas. Allez, viens, on va essayer de retrouver le trou par où on est tombés !

Ils partent en se donnant la main, conscients qu'ils ne doivent surtout pas se perdre. Ils marchent sur un sable noir gluant, très doux sous leurs chaussures.

— Tiens, constate Louise, la peau de zèbre s'est détachée de nos chaussures.

— Maintenant, on s'en fout. Je sens un courant d'air qui vient de cette fente entre les rochers. La sortie n'est pas loin.

Ils y courent, grimpent sur un éboulis. Ils sentent le vent frais et progressent entre les rochers en redoutant d'être écrasés comme des insectes. Ils se glissent dans un espace de plus en plus réduit. Seule Louise peut se faufiler encore entre les arêtes tranchantes. Enfin, elle renonce.

— Je peux plus passer, c'est vraiment très étroit et derrière, c'est complètement bouché.

— Mais alors, il vient d'où, le vent ?

— Je sais pas. Peut-être qu'on a cru qu'il y avait un courant d'air, mais c'est pas vrai ! Il n'y a aucune ouverture sur l'extérieur.

— On est mal, constate Baptiste en se laissant tomber sur un rocher plat. Cette fois, c'est sûr, personne ne nous trouvera !

Il a envie de pleurer.

Au bout de deux jours de garde à vue, Gardini est bien obligé d'admettre qu'il ne tirera rien du fada. Une équipe de spécialistes a fouillé sa maison de fond en comble et n'a pas trouvé le moindre indice qui puisse l'accuser.

Une vieille femme a signalé à la police avoir vu deux enfants marcher dans la colline, qui pourraient bien être les fugueurs recherchés depuis plus d'une semaine. Gardini découvre qu'il s'agissait de deux jeunes vacanciers égarés à cet endroit et dont le signalement correspond à celui des disparus. Le commissaire, qui soupçonne toujours Vladimir Gorbiev, libère Puchierri en espérant qu'il commettra quelque bourde.

Ainsi le musicien quitte-t-il le commissariat de police d'Aix-en-Provence avec dans une main son cher Guarnerius et dans l'autre un morceau de papier sur lequel est écrite l'adresse du chenil qui héberge Maestro. La réincarnation de Paganini marche sur le trottoir avec le sentiment de revivre. Un thème tourne dans sa tête et il lui tarde de pouvoir rentrer chez lui pour le développer.

Il arrive à quelques pas du chenil quand une grosse voiture noire s'arrête à sa hauteur. Deux hommes en surgissent, s'emparent de lui et le font rentrer de force dans le véhicule, qui repart aussitôt.

— Mais qu'est-ce que vous me voulez ?

— Le patron veut te voir. Il paraît que tu ne lui as pas tout dit.

— Faites attention à mon violon. Il vaut cinquante fois le prix de votre voiture. Et puis, je veux récupérer mon chien. Laissez-moi sortir ou je téléphone à la police.

— Tu ne téléphoneras à personne, dit l'homme assis à côté de lui, un colosse vêtu de sombre et portant des lunettes noires.

La voiture s'engage sur l'autoroute en direction de Marseille, roule sur une vingtaine de kilomètres et sort en direction de Salon-de-Provence. Elle entre dans la cour d'une immense maison au milieu d'un parc verdoyant entouré de hauts murs. Sans un mot, les hommes obligent le musicien à descendre et à les suivre à l'intérieur. Sur le palier, Gorbiev, une flûte de champagne à la main, l'attend.

— Mon cher musicien qui nous rend visite... Quel bonheur ! Allez chercher une flûte pour lui. Je veux trinquer avec ce génie du violon.

— Qu'est-ce que vous me voulez ?

— Rien. Tu vas bientôt pouvoir t'en aller. Je vais demander à mon chauffeur de te conduire chez toi. Tu vas avoir pas mal de boulot, les flics y ont mis un peu de désordre, et mes gars, après eux, ont fini le travail.

— Qu'est-ce que vous cherchez ? fait le fada en serrant la poignée de son étui à violon que le richissime Russe ne cesse de regarder.

— Je crois que tu m'as fait des cachotteries. C'est pas gentil ! Tu as peut-être oublié que ton violon, c'est grâce à moi que tu peux le jouer, enfin, grâce à mon argent !

— Je ne l'ai pas oublié et je vous en suis très reconnaissant.

Un serviteur apporte une flûte de champagne, qu'il présente à Puchierri sur un plateau d'argent.

— Sers-toi, nous allons bavarder dans mon bureau pour être plus tranquilles.

Gorbiev invite le musicien à le suivre à l'intérieur de l'immense bâtisse. Ils entrent dans une pièce où le propriétaire lui désigne un fauteuil en fermant lui-même la porte.

— Voilà, tu viens de commettre un acte extrêmement grave qui me contrarie beaucoup. Note que ce n'est pas par pitié pour ces deux enfants, moi je n'ai pitié de personne, mais parce que cela gêne mes affaires !

— Que voulez-vous dire ? s'inquiète le fada en ramenant ses cheveux vers l'arrière et dégageant son front haut et large, traversé de rides régulières.

— Je veux dire que ce garçon et cette fille que toutes les polices recherchent devraient rapidement sortir au grand jour, sinon, je pourrais devenir très méchant.

— Et qu'est-ce que j'y peux ? La police vient de me relâcher parce qu'elle est persuadée que je ne suis pour rien dans leur disparition.

Gorbiev se dresse en face de Puchierri, qui se tasse dans son fauteuil. Il sait que le Russe n'est pas homme à perdre du temps avec un musicien, fût-il de grand talent.

— Moi, je sais que tu es coupable ! Les gamins sont restés deux jours chez toi, tu ne vas pas me dire que tu ne sais pas ce qu'ils sont devenus. Alors, écoute, s'ils sont vivants il faut les laisser sortir tout de suite. Si tu les as tués...

— Pour qui vous me prenez ? Je ne suis pas un monstre !

— Je sais qu'on peut faire un faux pas, surtout un artiste comme toi qui as les nerfs à fleur de peau et se monte facilement la tête. Je poursuis donc : s'ils sont vivants, tu me dis où ils sont, j'ai besoin d'eux ; s'ils sont morts, tu me dis où se trouvent les corps pour les faire disparaître, car je sais combien tu es distrait et je suis certain que tu as semé des tonnes d'indices qui conduiront les policiers jusqu'à toi.

— Je ne sais pas où ils sont. Ils ont dû partir de la maison quand ils ont vu arriver les policiers. Et depuis, je ne sais pas où ils se trouvent.

— Tu me prends pour un imbécile ou quoi ?

— Je vous jure que c'est vrai !

Gorbiev ouvre la boîte à violon. Il pousse délicatement le tissu de feutre qui recouvre l'instrument.

— Ce violon, c'est bien un Guarnerius del Jèsu, celui qu'on appelle le Cygne ?

— Le Cygne, en effet, construit avec le même bois que le Canon, le violon de Paganini dont je suis la réincarnation. Mais vous savez bien que je ne peux pas récupérer le Canon, il appartient à la ville de Naples qui refuse de le laisser s'en aller ou de le confier à un musicien. Ce violon est une pièce unique.

— Je sais. Il m'a coûté assez cher pour te permettre d'en jouer. Mais si j'aime rendre service, j'attends des petites choses en retour, en particulier la franchise. Où sont les enfants ?

— Je ne sais pas.

Gorbiev introduit un coupe-papier dans une ouïe de l'instrument et appuie. Un bruit sec de bois fendu arrache un cri au musicien, qui se tord les mains.

— Laissez ce violon, je vous en supplie ! Lui et moi on ne fait qu'une seule et même personne.

— Où sont les enfants ?

Nouveau craquement de la table en épicéa de l'instrument qui se fend de l'ouïe droite au bord supérieur que les luthiers nomment l'épaule, parce que le corps d'un violon est semblable à celui d'une femme, avec des épaules, une poitrine, une taille et des hanches.

Puchierri se jette à genoux et, se dressant vivement,

veut arracher son Guarnerius des mains du Russe. Deux solides gaillards entrent dans la pièce, maîtrisent le musicien et l'obligent à rester assis dans son fauteuil.

— Où sont les enfants ? répète Gorbiev.

— Si je le savais, je vous le dirais. Je sais seulement que la fille voulait se rendre à Marseille et que le garçon s'y opposait. Ils sont partis dans la colline, derrière le mas où une femme les a vus. Je vous en supplie, cessez de torturer ce violon vieux de trois siècles, cela me fait trop mal.

Le coupe-papier arrache une longue écharde à la table de l'instrument, puis la pointe raye le vernis du dos.

— Non ! Ne faites pas ça ! répète Puchierri, qui sanglote. C'est un crime, un abominable crime ! Faites-moi du mal à moi, torturez-moi, mais pas le Cygne qui n'en guérira jamais !

Le Russe frappe violemment le violon sur le bureau. Les éclisses se décollent, l'instrument éclate en morceaux.

— Jetez ce menteur dehors ! crie alors Gorbiev. Il vient de me coûter assez cher !

Quelques instants plus tard, Puchierri se trouve sur la route qui borde le parc de la superbe propriété. La nuit est tombée. Il sanglote. Les craquements de son violon ne cessent de le torturer. Il est amputé d'une partie de lui-même, d'une voix unique qui savait si bien mettre sa musique en valeur. L'humanité vient de perdre un chef-d'œuvre par la bêtise d'un homme qui croit tout obtenir avec de l'argent. C'est affligeant, et le virtuose ne peut survivre à un tel drame.

Il arrive près du Rhône. Le courant reflète les lampadaires et l'appelle. Il s'engage sur le pont, enjambe le parapet. Une voiture pile. Un homme se précipite pour tenter de retenir le désespéré qui lui échappe et tombe dans le fleuve. L'homme hésite à se jeter à l'eau, puis compose rapidement un numéro sur son portable. Quelques instants plus tard, plusieurs camions de pompiers se déploient le long du quai. Des projecteurs sont braqués sur le courant. Des plongeurs fouillent le fond, mais très vite les recherches s'avèrent extrêmement difficiles. Le courant gonflé par les orages est plein de tourbillons qui aspirent tout ce qui flotte.

Quand le jour se lève, un groupe de pompiers retrouve le corps du musicien à l'amont d'une écluse, bloqué dans une cavité sous la berge.

Le corps est rapidement transporté à l'institut médico-légal où la certitude du suicide s'impose. Le fada n'a subi aucune violence et n'a avalé aucune drogue. Le commissaire Gardini, qui se demande ce que signifie ce suicide, laisse son imagination inventer plusieurs raisons parmi lesquelles il devra choisir la bonne.

Gorbiev vient de gagner la première manche.

Quand elle sort enfin de l'hôpital, Sandrine Gaspect a le sentiment d'aller se jeter dans la gueule du loup. Une fois sur le parking, à côté de sa voiture qui n'a pas bougé depuis quinze jours, elle regarde autour d'elle, anxieuse, sur la défensive, comme si, cachés dans les environs, des tireurs d'élite attendaient cet instant.

Au volant, elle hésite sur la direction à prendre, même si l'une s'impose. Gardini la fait probablement suivre, ce qui doit la rendre prudente, car la présence des policiers peut tout compromettre. Elle prend l'autoroute.

Elle arrive à Barjols, arrête sa voiture devant sa maison aux volets fermés. Les scellés condamnent les ouvertures, une bande de chantier rouge et blanc tendue tout le long de la clôture en interdit l'accès. Elle sort enfin de son véhicule, se dirige vers la gendarmerie voisine. Le capitaine Sulvanne l'accueille et l'invite à monter chez lui. Elle le trouve amaigri, les traits tirés, le visage sombre et ridé. Le fier gendarme est voûté, écrasé par le poids de son malheur.

— Nous n'avons toujours rien. Aucune trace. Police et gendarmerie ont fouillé la colline où les enfants auraient été aperçus, mais on doit se rendre à l'évidence : c'est une fausse piste. Le suicide du musicien est un aveu qui ne nous laisse plus beaucoup d'espoir.

— Eh bien, moi, je crois au contraire qu'ils sont vivants ! s'écrie Sandrine.

En un peu plus d'une semaine, Martine a beaucoup maigri et ressemble à une vieille femme qui a du mal à se tenir sur ses jambes. Les cheveux en désordre, son visage anguleux aux yeux saillants la font ressembler à une démente. En sanglotant, elle serre Sandrine dans ses bras.

— Je suis sûre qu'ils sont vivants ! répète Sandrine.

— Bien sûr qu'ils sont vivants ! réplique Martine. Pourquoi ne le seraient-ils pas ?

Le capitaine Sulvanne retrouve tout de suite son bon sens de professionnel de l'enquête. C'est la première fois qu'il approche la mère de Baptiste et il compte bien en tirer quelques informations qui auraient échappé aux policiers trop sûrs d'eux.

— Pendant que vous étiez à l'hôpital, je suppose que vous avez beaucoup réfléchi. N'y a-t-il pas un détail, quelque chose d'infime que nous aurions négligé et qui pourrait nous conduire sur la bonne piste ?

— Non, répond Sandrine. J'ai tout ressassé de nombreuses fois, je ne sais rien. Baptiste est un garçon solitaire, un peu délaissé, mais incapable de mal faire.

Martine se détend, comme un diable sorti de sa boîte, se jette sur Sandrine.

— Vous voulez dire que ma petite Louise est à l'origine de la fugue ? C'est ce que vous voulez dire, n'est-ce pas ?

— Mais non !

Le capitaine Sulvanne prend sa femme par les épaules et l'oblige à reculer.

— Je t'en prie, Martine, personne n'est responsable de ce qui arrive.

— Si, elle est responsable ! Avec son père sorti de derrière les fagots et son fichu domaine !

Martine sombre dans une crise de larmes. C'est ainsi

depuis des jours. Son désespoir mine ses dernières forces. Sulvanne souffle à Sandrine :

— Elle ne dort plus, elle ne mange plus. Le médecin veut la faire hospitaliser.

— Si j'ai bien compris, je ne peux pas entrer dans ma maison.

— Ah non, les scellés resteront jusqu'à la fin de l'enquête. Seule la police peut entrer.

— Je vais dormir où ? demande Sandrine en se dirigeant vers la porte.

— Si ma femme n'était pas dans cet état, je vous proposerais de vous héberger, mais ce n'est pas possible.

Elle se rend au garage Renault. Olivier est dans son bureau. Il se décharge de tout sur son chef d'atelier. Les forces lui manquent pour recevoir les clients et marchander avec un acheteur. Il ne peut pas penser à autre chose qu'à Baptiste, peut-être mort, Baptiste dont il a conscience de ne pas s'être suffisamment occupé.

Quand il voit Sandrine par la porte vitrée, son visage hésite entre le sourire et la consternation. La terrible peine qu'ils partagent supprime la distance que leur séparation avait dressée entre eux. Il la prend dans ses bras.

— Ils t'ont lâchée ! constate-t-il.

— Comme on lâche un chien dans un jeu de quilles ! Peut-être Gardini pense-t-il que le coupable va enfin se dévoiler.

— Ici, la vie s'est arrêtée. Je crève d'attendre. Je t'en supplie, reste !

Jacote, qui passe ses journées à fumer en pleurant derrière sa fenêtre, a vu arriver Sandrine.

Son sang ne fait qu'un tour, elle sort. La grande femme est cassée en deux. Son long visage a fondu. Ses yeux profonds lancent des éclairs. Ses cheveux épars tombent de chaque côté de sa tête en pinceaux d'herbes sèches. Désormais, elle a le pas traînant des vieilles personnes.

— Ah, c'est vous !

Sandrine fait face. Son adversaire est pourtant tellement diminuée qu'elle en a pitié.

— Vous nous apportez des nouvelles ? demande Jacote.

Sandrine secoue la tête. Cela suffit à réveiller l'animosité de sa belle-mère, qui peut enfin s'exprimer :

— Il y a là-dessous des agissements peu avouables. Cette histoire d'héritage est bien louche ! Tout ceci ne serait pas arrivé si vous aviez une famille normale !

— Tu vas te taire ! s'offusque Olivier sur un ton qu'il n'employait jamais jusque-là pour faire des reproches à sa mère.

— Toi, ne viens pas m'agacer. Tu sais comme moi que j'ai raison !

— Tais-toi !

Sandrine n'insiste pas. Elle sort du garage et monte dans sa voiture. Olivier la rattrape.

— Ne t'occupe pas de ce qu'elle dit. Reste, on va s'arranger.

Il ouvre la portière et lui prend la main.

— On passe l'éponge sur le passé. Je ne peux plus vivre sans toi.

— Laisse-moi partir ! dit Sandrine. Je reviendrai, je te le promets !

Elle démarre. Ce qu'elle est venue vérifier lui réchauffe le cœur. Olivier et elle sont passés l'un à côté de l'autre, mais ils peuvent encore se rencontrer. Cette constatation lui donne la force de tenter le tout pour le tout, d'aller se jeter dans la gueule du loup.

Son portable la fait sursauter. Sa mère, seule dans son pavillon d'Avignon, est pendue à la radio et ne quitte pas son téléphone. Elle a le sentiment qu'on la tient volontairement éloignée d'un drame dont elle est partie prenante. Gardini lui a rendu visite et lui a posé des tas de questions. Elle aurait voulu que les policiers l'emmènent tant son isolement est difficile à porter.

— Ah, je peux enfin te parler ! Qu'est-ce qui se passe ? demande l'institutrice en retraite. J'ai l'impression qu'on me cache l'essentiel.

— Mais non, réplique vivement Sandrine. On ne te cache rien, puisqu'on ne sait rien !

— Mais je n'en peux plus d'attendre. Sais-tu seulement si notre petit Baptiste est vivant ? À moi, tu peux le dire !

— Je n'en sais rien ! Excuse-moi, mais je n'ai pas le temps de te parler. Je te rappelle !

Sandrine range son téléphone et prend la direction de Toulon, puis continue en longeant la côte, dépasse Hyères et arrive à la tombée de la nuit à l'entrée du domaine des Maures.

Sa voiture roule dans l'allée entre deux haies de lauriers-roses, puis débouche sur une esplanade ornée d'ifs, de parterres de fleurs. Au fond, la villa se dresse, face à la mer qu'elle surplombe.

La fête bat son plein. Julien, désormais libre, mène une vie ruineuse. Le jeune homme vit à crédit, gage sa part de l'héritage, qui sera vite insuffisante. Le dandy traîne son ennui dans un milieu où l'amour et la haine se chiffrent sur des comptes bancaires. Incapable de se fixer, il va, ne vivant que la nuit, écrasé par l'ombre d'un père trop fort et conscient qu'il n'atteindra jamais sa propre lumière. Il délègue à un gérant la direction de son magasin parisien qui accumule les mauvaises affaires. La faillite est en vue.

Des voitures sont garées sur l'allée gravillonnée, de part et d'autre de la porte d'entrée. Une musique moderne aux rythmes saccadés arrive jusqu'à Sandrine. Le nouveau maître fait table rase des anciennes habitudes. Les guitares électriques ont remplacé les violons.

Les nouveaux amis ne sont plus triés sur le volet, ce sont des compagnons de débauche, souvent ruinés, toujours intéressés.

Sandrine marche d'un pas résolu vers l'entrée. La villa est illuminée. Des rires, des éclats de voix fusent dans la pénombre du parc.

Julien, qui l'aperçoit, se détache d'un groupe et s'approche d'elle, un verre à la main.

— Vous ? Je ne crois pas vous avoir invitée !

— Je suis quand même venue. Nous avons à parler.

— Ce n'est pas le moment. Je suppose que vous voulez m'entretenir des enfants. Je n'ai rien à vous dire !

— Il faut pourtant que vous m'écoutiez !

— Je crains de ne pas avoir le temps. Ceci ne me concerne pas et j'en suis désolé pour vous.

— Avez-vous des nouvelles de Gorbiev ?

Julien jette un regard circulaire à ses invités qui bavardent, un verre à la main. Il se résigne.

— Venez ! dit-il en invitant Sandrine à le suivre dans une pièce. Qu'insinuez-vous ? demande-t-il, une fois la porte fermée.

— Gorbiev a tué notre père ! fait Sandrine, bien décidée à pousser Julien dans ses ultimes retranchements. Il a tenté de me tuer pour la même raison : mon refus de lui vendre ce domaine, à lui, le mafieux russe. Vous, vous avez laissé faire parce que vous lui devez de l'argent. Et vous l'avez laissé enlever les enfants à la maison du fada pour me faire céder !

— Que racontez-vous ? proteste Julien en se versant un verre de whisky. Je suis joueur, dépensier, mais pas criminel. Je ne sais rien sur la disparition de votre fils et de sa voisine.

Sandrine fait quelques pas dans la pièce, s'assoit dans un fauteuil, en face d'un tableau qui représente une scène champêtre. Julien s'installe dans le fauteuil voisin.

— Deux ou trois petites choses doivent être précisées entre nous, poursuit le jeune homme. C'est vrai que votre arrivée ici m'a beaucoup contrarié et que j'en ai beaucoup voulu à mon père. Mais vous semblez oublier que j'ai mangé moi aussi des pommes que l'on dit infestées par je ne sais quel bacille !

La porte s'ouvre vivement. Une jeune femme, visiblement éméchée, entre, son verre à la main, et jette un regard froid à Sandrine.

— Julien, qu'est-ce que tu fais ? On t'attend !

— J'arrive ! répond le jeune homme en poussant la femme hors du salon et en fermant de nouveau la porte.

Il boit lentement quelques gorgées, le regard posé sur le tableau dont il subit le charme depuis tant d'années car ce noceur est sensible à l'art.

— Je suis venue vous proposer un marché, ajoute Sandrine en abattant sa dernière carte.

— Un marché ? Voyons, lequel ?

— Je veux retrouver mon fils. Alors, vous téléphonez à Gorbiev. Dites-lui qu'il a gagné, que je suis d'accord pour lui vendre le domaine à condition que les enfants soient rendus sains et saufs !

— Gorbiev est à Monaco. Je peux l'appeler. Cependant, il va me rire au nez.

— Faites-le quand même. On ne sait jamais !

Elle se lève pour s'en aller. Julien l'arrête à la porte.

— Ne partez pas aussi vite. Il se peut que moi aussi, j'aie un marché à vous proposer.

— Vous ? Vous savez donc où sont les enfants ?

— Je ne parle pas de ça. Je veux vous proposer un arrangement à propos du domaine.

— Je m'en fous, du domaine ! explose Sandrine.

Elle bouscule plusieurs personnes qui attendent

Julien dans le couloir et sort. Le jeune homme la rattrape à sa voiture.

— Je vous jure que je ne sais pas où ils sont. Je vous jure que je ne suis pour rien dans l'enlèvement. Je suis sûrement un mauvais homme, mais il ne me viendrait pas à l'idée de toucher à des enfants.

— Téléphonez à Gorbiev, décidez-le à les libérer, sinon, vous n'aurez rien de ma part de l'héritage et je crois deviner que vos créanciers s'impatientent ! conclut Sandrine.

Elle démarre. Julien rentre dans la villa où ses invités l'applaudissent. Sandrine s'éloigne dans la nuit. L'envie de pleurer lui noue la gorge.

Après avoir roulé au hasard, la jeune femme gare son véhicule sur le bas-côté. Elle hésite à se rendre chez sa mère, puis renonce. Une certitude hante son esprit : Julien est le complice de Gorbiev. Ils ont enlevé les enfants et poussé le fada dans le Rhône parce qu'il en savait trop. Pourquoi Gardini, policier expérimenté, n'a pas fait le même raisonnement et arrêté le maillon faible, Julien Rivière, que ses dettes accusent ?

Elle condamne les portes, allonge le dossier et tente de chasser le tumulte qui occupe son esprit. Se reposer quelques instants pour avoir, avec le jour qui va se lever, une vision nette de ce qu'elle doit faire.

Elle ferme les yeux, se force à penser que la vie va reprendre, débarrassée des obstacles qui encombraient ses véritables sentiments. Oui, elle fera la paix avec Olivier quand Baptiste reviendra. Elle apprendra à l'aimer. Leurs erreurs ont assez causé de dégâts.

Elle laisse flotter son esprit sur le silence léger de la nuit. Le vrombissement d'une voiture qui se rapproche lui fait lever la tête. Des phares l'éblouissent. Sandrine se dresse vivement et vérifie machinalement que les portières sont verrouillées. Les battements de son cœur s'accélèrent. Deux silhouettes s'approchent, l'une tente d'ouvrir la portière.

— Madame Gaspect ? J'ai une révélation importante à vous faire.

— Qui êtes-vous ? demande Sandrine, apeurée.

— Des amis de M. Rivière. Il a bien entendu votre proposition tout à l'heure et il souhaite vous faire une contre-proposition.

La jeune femme avance sa main droite vers la clef du démarreur, prête à foncer si nécessaire.

— Il va vous aider à retrouver votre fils. Suivez-nous, il vous attend en un lieu discret.

Sandrine hésite encore, mais elle ne peut pas laisser échapper cette chance, peut-être la dernière, de retrouver Baptiste, tant pis pour le risque.

Les deux hommes remontent dans leur voiture et attendent que Sandrine ait fait demi-tour. Les voitures partent dans la nuit qui s'achève.

Ils roulent ainsi pendant près d'une heure, traversent La Roquebrussanne et se dirigent vers Toulon. Enfin, ils empruntent une petite départementale, puis un chemin défoncé qui s'aventure dans une forêt de chênes verts. Sandrine donne de grands coups de volant pour éviter les ornières. La peur lui noue le ventre, mais n'entame pas sa détermination. Le premier véhicule s'arrête devant un mas dont les formes massives se découpent dans le petit matin. Le toit de tuiles romaines écrase des murs aux petites ouvertures. Le fol espoir que les enfants sont retenus ici la fait sortir vivement de sa voiture et marcher vers les deux hommes qui l'invitent à les suivre.

L'intérieur a été rénové. Dans la vaste cuisine campagnarde, un mobilier simple mais de qualité montre le goût du propriétaire. Une vaste cheminée occupe tout un pan de mur.

— Julien va arriver ! l'informe un des deux hommes

en lui faisant signe de s'asseoir dans un voltaire en face de l'âtre éteint.

Sandrine n'a pas à attendre. Une voiture s'arrête devant la maison. La portière claque, Julien entre. Il porte toujours le même costume ; ses traits tirés montrent qu'il n'a pas dormi. Il fume un cigare qui empoisonne l'air.

— Que me voulez-vous ? demande Sandrine, sur sa réserve. Pourquoi m'avoir fait venir ici ?

— Je veux vous dire que je comprends votre angoisse. J'ai une proposition à vous faire moi aussi, mais je ne pouvais pas parler au domaine où les murs ont des oreilles. Ici, nous sommes plus tranquilles.

— Faites vite, je suis pressée.

— Ah bon ? Vous n'êtes pas bien ici ? Sachez que c'est la maison de la famille Rivière ! Voilà : il se trouve que Gorbiev, qui est un rustre, n'entend rien à la peinture. Ça tombe bien ! Mon père a su constituer une collection d'impressionnistes qui intéresse les Américains.

— Et alors ?

— Alors, j'ai un besoin pressant d'argent. Si vous me donnez votre accord, ils peuvent être vendus demain !

— Et je suppose que vous empocherez l'argent ?

— Écoutez, je suis complètement raide en ce moment. Je vous rembourserai votre part dans quelque temps !

Sandrine se dresse, sur la défensive.

— Je croyais que vous contestiez le test ADN, que vous aviez demandé une contre-expertise !

— Certes, mais mon père vous a reconnue. Cela complique beaucoup les procédures et je suis pressé.

— Si les enfants sont libérés sains et saufs, je ne vous demanderai rien de la vente des tableaux, ni du domaine des Maures. Je renonce à mes droits pour mon fils. Cela vous suffit-il ?

— Je vous répète que je n'y suis pour rien, mais je veux vous aider en attirant Gorbiev pour que vous lui posiez vos conditions au moment de signer l'acte de vente ! réplique Julien en soufflant la fumée de son cigare.

— Je n'ai qu'une parole.

Julien, les jambes croisées, lance à Sandrine un regard incrédule.

— Je vous ai dit que Gorbiev était à Monaco.

— Les jours passent ! s'écrie Sandrine. Et Baptiste se trouve au fond d'une cave, peut-être blessé ! Il faut le sortir au plus vite, ensuite nous ferons ce que vous voudrez.

— Gorbiev sera ce soir au domaine. Ça vous va ?

Depuis combien de temps sont-ils là, assis sur le sable noir, en face de ce lac immobile qui reflète une lumière venue de nulle part, comme posée sur la surface liquide aux reflets de métal ? Deux heures, deux jours ? Ils n'en savent rien. Ils ne gardent de leur chute vertigineuse que quelques égratignures sans gravité. Leurs vêtements sont encore mouillés, mais ils n'ont plus froid.

Louise pleure encore, la tête posée sur ses genoux. Baptiste lui caresse les cheveux pour la consoler, mais il ne trouve pas les mots qui réchaufferaient son cœur. Les voilà prisonniers de la terre, dans une grotte où personne ne pensera à venir les chercher. Ils vont survivre encore quelque temps, puis mourront de faim, une mort lente qui prendra le temps de se montrer dans toute son horreur.

— On va avoir très faim, et très soif. Nous aurons aussi très mal ! dit Louise sans bouger sa tête posée sur ses genoux. On ne s'endormira pas comme le soir quand on est fatigués, le diable va venir nous chercher, nous tirer par les pieds, nous emporter dans la boue brûlante et ensuite, ensuite, je ne sais pas où nous serons ! Notre corps brûlera, nos bras ne seront que des tisons. Nous aurons tellement mal que nous ne pourrons même plus crier.

— Arrête de dire n'importe quoi. D'abord on va pas mourir encore et puis ça ne se passe pas comme ça !

Louise tourne vers Baptiste sa figure égratignée.

— Tout ça, c'est de ta faute ! crie-t-elle. Si nous étions partis vers une gare comme je l'avais dit, ça ne serait pas arrivé.

Baptiste est suffoqué par autant de mauvaise foi.

— C'est plutôt toi qui n'as pas voulu qu'on se rende aux gendarmes !

— Baptiste, reprend la fillette, sérieuse, c'est pas le moment de faire ta tête de lard. Puisque tu avais raison, pourquoi tu ne t'es pas rendu aux gendarmes ? Eh bien, je vais te le dire : tu voulais rester avec moi ! Je sais ce que tu attends, mais tu n'auras rien !

— Tu as tout faux ! fait Baptiste. Ta mère t'a bourré le mou en te disant que tu es la meilleure, la plus belle, mais la vérité est différente : tu vis dans un rêve !

— Tu le crois vraiment ?

— Bien sûr ! Tu t'imagines que tout le monde te court après ! Tu ferais mieux de réfléchir à la manière de sortir de ce trou où nous sommes par ta faute !

— Puisque tu le prends comme ça, fait Louise en s'éloignant, débrouille-toi tout seul !

Elle court jusqu'aux rochers dressés au-dessus de la plage, soutenus par les énormes colonnes de stalagmites.

— Je te déteste ! crie-t-elle, et sa voix fluette se multiplie sous les voûtes, comme si cent Louise détestaient Baptiste.

Il la rejoint.

— C'est pas le moment de se disputer !

Elle lui tombe dans les bras, tout à coup lourde de sa peur.

— Mourir, c'est comme si on s'endormait, mais on ne se réveille pas. Et ça dure tout le temps. On vogue dans les étoiles, de l'une à l'autre, pour s'assurer qu'elles vont bien !

— Mais arrête un peu ! Quand on est mort, on ne vole pas. On reste sur la terre, on restera ici, sur ce sable sale, et on pourrira comme des animaux. Ça sentira très mauvais. Sur la colline derrière chez moi, il y avait un chevreuil mort et son odeur couvrait celle de la lavande. Nous, on sentira encore plus mauvais, parce que la chair humaine, c'est la pire de toutes !

Un sanglot soulève les épaules de Louise, mais aucune larme ne coule plus de ses yeux.

— Écoute, Baptiste, on est encore bien vivants, alors il faut trouver une solution pour se tirer d'ici, pour que ceux qui nous cherchent au-dessus sachent où on est.

— Ah bon ? Et qu'est-ce que tu vas faire ?

— Je vais te montrer.

La fillette grimpe sur un tas de rochers roux, cherche une pierre à la taille de sa main et se met à frapper la voûte ; un bruit sourd et puissant remplit la cavité.

— Quand ils vont entendre ce bruit, dit-elle en souriant, ils vont comprendre que nous sommes ici ! Alors, ils iront chercher une grosse pelleteuse et ils ouvriront un trou.

Baptiste se laisse prendre au jeu, grimpe à son tour et frappe de toutes ses forces.

— Ce sera une grosse pelleteuse jaune, comme il y en avait une sur la route de Cotignac ! dit-il. Si puissante que d'un coup de godet, elle ouvrira un chemin vers l'air libre. Elle arrachera les arbres, les vieux oliviers aux racines aussi dures que du fer. Et le moteur fera un bruit qui couvrira les cigales et le tonnerre. Oui, ils vont arriver avec une pelleteuse, la plus grande de toutes les pelleteuses, avec un gros bras devant, comme une bête préhistorique.

— Mais cette pelleteuse, elle est loin d'ici, très loin ! fait Louise. Alors, il nous faut un peu de patience.

— Mais de la patience, on en a ! Tu vas voir, ils seront là dans quelques instants.

Quelques instants ! Baptiste se demande ce que signifient ces mots au fond de cette grotte. Une heure, une semaine ?

— C'était pas une bonne idée de ne pas prendre nos montres, constate-t-il. On ne sait plus où on en est !

— Le camion qui va l'amener est déjà en route ! ajoute Louise, comme si elle n'avait pas entendu.

Baptiste reprend son tambourinement, puis, fatigué, s'arrête de nouveau.

— C'est fou ce que ça fait mal aux bras.

— On va se reposer chacun à notre tour. Il ne faut jamais s'arrêter !

Louise reprend le martèlement. Le bruit intense lui donne l'impression de dominer ce monde immobile, rempli d'éternité. Alors, fatiguée à son tour, elle plaque son oreille contre la paroi.

— Tais-toi ! dit Baptiste. J'entends un bruit curieux !

Ils tendent l'oreille, immobiles, les yeux grands ouverts comme si cela pouvait les aider à mieux entendre. Ils restent ainsi un long moment. Tout à coup, Baptiste s'exclame :

— Cette fois, c'est sûr !

Louise lève la main pour le faire taire. Un roulement lointain lui parvient et, à travers cette houle, peut-être quelques coups.

— C'est vrai, fait-elle en souriant, j'entends.

— Alors, on frappe encore pour leur dire qu'on est là ! insiste Baptiste en reprenant la cadence.

Louise fait de même. Ils s'arrêtent au bout de quelques instants, exténués, écoutent de nouveau.

— Pas de doute ! fait la fillette. On nous a entendus.

Ils restent ainsi très longtemps, l'oreille collée au rocher humide, la bouche entrouverte, comme s'ils n'étaient pas complètement convaincus. Au bout de quelques instants, Baptiste laisse éclater une joie qui sonne faux.

— Ils arrivent. La pelleteuse s'est mise en route. Tu l'entends ?

— Oui, je l'entends ! Mais c'est pas la grosse jaune ! C'est une autre plus petite, alors il lui faudra plus de temps pour faire le trou, mais on est tranquilles, on va sortir !

Ils redescendent en chantonnant, car Baptiste redoute que le monticule de rochers s'éboule sous les coups de boutoir de la pelleteuse. Ils ont retrouvé leurs forces et marchent le long du lac. Baptiste ressent de nouveau la faim. Louise a soif.

— Je pourrais boire l'eau du lac, mais c'est pas la peine puisqu'on va sortir dans quelque temps. À ton avis, il faut combien d'heures pour ouvrir le trou ?

— Je sais pas exactement ! répond Baptiste en jouant les savants. Deux heures peut-être. Sûrement pas plus !

— Deux heures ? C'est rien ! Tiens, on va en profiter pour visiter. Il faudra bien qu'on leur raconte comment c'était fait.

Les deux enfants s'éloignent main dans la main et découvrent entre les rochers un passage qu'ils n'avaient pas vu lors de leur première exploration. Louise glousse de curiosité, mais son comportement est excessif, comme si elle cherchait à cacher une profonde anxiété. Ils avancent prudemment. Baptiste, qui marche devant, s'arrête tout à coup et retient Louise en tendant le bras.

— Un précipice ! Regarde...

Le passage s'arrête sur une cassure de la roche et s'ouvre au-dessus d'un puits si profond qu'ils n'en voient pas le bout. La lumière qui baigne les parois montre de fins filets d'eau qui se perdent dans la nuit. Des bruits cristallins montent des entrailles de la terre.

— L'enfer ! fait Louise. C'est le chemin de l'enfer.

Il descend tout droit chez le diable. On a eu de la chance de le voir à temps, sinon, on tombait sur les fourches des anges noirs.

— Qu'est-ce que tu racontes encore ? se moque Baptiste. Les anges noirs et le diable, ça n'existe pas !

— Qui te l'a dit ?

— Ma mère et même grand-mère Jacote. Elles ne croient pas que Dieu existe. Je n'ai pas le droit d'aller à l'église et de parler à Dieu avec les autres.

— Ta mère et ta grand-mère sont des ignorantes ! réplique Louise. Ma mère dit que Dieu existe et qu'il est plus fort que le diable. C'est lui qui nous a arrêtés, sinon, nous serions tombés dans le trou de l'enfer. Tu vois bien que j'ai raison !

— N'importe quoi ! C'est moi qui ai vu le trou, Dieu n'a rien à voir là-dedans. D'ailleurs, mes copains qui croient disent qu'il vit dans la lumière du ciel. Ici, Dieu ne met jamais les pieds !

— Dieu est partout ! Ici comme ailleurs et dans le ciel.

Louise et Baptiste reviennent sur leurs pas et poursuivent dans la grotte principale jusqu'à l'endroit où la voûte plonge dans le lac. Un tourbillon indique que le courant arrive des profondeurs.

— Ça doit être par ici qu'on est arrivés ! Moi, je me souviens que j'ai été emportée par l'eau qui m'aspirait vers le fond, alors je me suis débattue si fort que je suis remontée à la surface. Heureusement que je sais bien nager !

— À mon avis, fait Baptiste, très sérieux, le courant est arrêté par le rocher, alors il descend jusqu'à ce qu'il trouve un passage et remonte vers ici.

— Tu as déjà vu de l'eau qui monte, toi ? se moque Louise.

Ils arpentent ensuite le bord du lac dans l'autre sens.

En passant à l'endroit où ils ont frappé avec les cailloux, un roulement, un bruit lointain les surprend.

— C'est la pelleteuse ! lance Baptiste. Tu entends le moteur qui accélère !

— Mais non, conteste Louise. Ce bruit, on l'entendait avant de frapper avec les cailloux. C'est sûrement le torrent qui se jette en enfer.

Baptiste s'assoit sur une pierre.

— Il faudrait quand même que tu m'expliques comment l'enfer peut brûler tout le temps avec un torrent qui vient éteindre les flammes !

— Idiot ! Le torrent, c'est pour les marmites du diable où il fait cuire les méchants. Le torrent ne touche pas les flammes, bien sûr !

— Ah bon ! fait Baptiste, qui n'est pas convaincu. Et quand ils sont cuits, les méchants, le diable les mange en vinaigrette ?

— Toi, tu ne penses qu'à manger !

Ils remontent sur l'éboulis et posent leur oreille contre le rocher poisseux. Le grondement venu de très loin les rassure à nouveau.

— La pelleteuse travaille, mais il y a beaucoup de terre à remuer !

Ils écoutent attentivement. Louise, qui n'est pas sûre que Baptiste ait raison, s'étonne :

— Elle devrait se rapprocher ! On l'entend toujours pareil, je me demande si c'est bien le bruit d'une pelleteuse.

— Il faut toujours que tu compliques ce qui est simple !

Baptiste aussi doute. Le bruit qu'il entend est celui de l'eau, d'une cascade. La machine doit se trouver dans le lit du torrent.

— On entend l'eau que le godet remue, bien sûr, mais sans la pelleteuse, le bruit ne serait pas aussi fort.

— Tu as peut-être raison...

Ils s'approchent du lac.

— Tu crois qu'il y a des poissons ?

— Ou des monstres ! enchaîne Louise. J'ai lu dans un livre que dans les lacs souterrains vivaient des bêtes préhistoriques avec des grandes bouches et des dents très longues. Viens, reculons, qu'elles ne puissent pas nous attraper.

— Mais non ! rétorque Baptiste, qui tente de se rassurer. Les bêtes préhistoriques n'existent plus depuis longtemps. Tu sais ce que j'ai vu sur Internet ? Eh bien, il paraît que les dinosaures sont morts parce que la terre est entrée en collision avec un gros caillou !

— Un astéroïde ! rectifie Louise. La poussière était si épaisse qu'elle a duré cent ans et que la terre s'est gelée. Tous les gros animaux sont morts de froid. Seuls les petits mammifères qui sont nos ancêtres ont pu survivre parce qu'ils avaient le sang chaud !

— Bien sûr ! Toi, tu sais tout, fait le garçon dépité.

— C'est ma mère qui me l'a dit. Et puis, je l'ai lu dans un livre. J'ai faim. À ton avis, on sera sortis dans une heure ?

— Je ne crois pas. On devrait dormir un peu. Le temps passerait plus vite.

Louise a encore envie de pleurer, mais elle redoute que ça éloigne les bonnes nouvelles. Elle murmure, la tête posée sur l'épaule de Baptiste qui serre les dents :

— Si on priait ? Peut-être que ça irait plus vite.

— Eh bien, prie, toi qui sais ! Je t'ai dit que je n'avais pas le droit ! s'emporte le garçon.

Louise se met à genoux, en face du lac qui reflète une faible lumière froide. Baptiste la regarde, puis l'imite.

— Dieu te connaît, alors tu vas lui parler. Il sait que je ne suis pas baptisé, mais dis-lui que je ferai tout ce qu'il voudra si on sort d'ici.

Louise se dresse en face du jeune garçon, toujours à genoux.

— Qu'est-ce que tu viens de dire ? Alors, il se peut qu'on ne sorte jamais ?

— J'ai parlé comme ça, mais c'est pas vrai. On va sortir d'ici. Allez, prie.

— Mon Dieu, murmure Louise, faites que la pelleteuse travaille très vite et qu'elle ouvre un trou assez grand pour qu'on puisse sortir. Je jure que je ne désobéirai plus jamais à mes parents et que je trouverai très bons les pavés de soja. Je jure que je travaillerai ma musique et que je ne rêverai plus de faire brûler le piano.

— Moi aussi, je jure que j'arrêterai d'être gourmand et de me goinfrer de gâteaux et de barres chocolatées. Je jure que je serai très gentil avec grand-mère Jacote et que je ne rouspéterai pas quand elle me fera faire une dictée.

Louise récite une prière qu'elle connaît par cœur. Baptiste a joint les mains. Le murmure de la fillette se mélange à celui de la terre.

Le commissaire Gardini ajuste ses épaisses lunettes dans un geste qui exprime son exaspération. Ce petit homme aux nerfs d'acier consacre tout son temps à l'affaire de Barjols. Père d'un garçon de douze ans et d'une fille de dix, il se met à la place des parents, de Martine Sulvanne qui a dû être hospitalisée, et du capitaine Sulvanne qui continue courageusement son travail, mais ne peut cacher l'ampleur de sa détresse. Il comprend la colère de la grand-mère Jacote qui accuse les policiers de ne pas faire leur travail et le désespoir d'Olivier Gaspect qui passe ses journées dans son garage, mais ne reçoit plus les clients. Il mesure la détresse de Sandrine qu'il a lâchée dans la nature comme un appât pour amener le coupable à se dévoiler. En vain. La presse, qui s'impatiente, relève avec précision les défauts de fonctionnement de deux institutions d'ordinaire complémentaires : la gendarmerie et la police. La perte de temps des deux premiers jours, due à un manque de coordination, a joué en faveur du ravisseur.

Disparus depuis dix jours, les chances de retrouver vivants Louise et Baptiste sont minces. Le suicide d'Antonio Puchierri conduit cependant le commissaire dans une direction de plus en plus précise.

Julien Rivière devient le principal suspect. Son alibi du début, le voyage à Paris, ne le disculpe plus car lorsqu'il est rentré de Paris, deux jours après la fugue, les enfants se trouvaient encore chez le fada.

Gardini revient fouiller la maison de Puchierri, monte dans les combles, fait décoller la laine de verre, les doubles cloisons et ouvre les dizaines de boîtes à violon. Que cherche-t-il ? Il ne le sait pas ! Un détail oublié de tous qui lui indiquerait une piste : les enfants sont partis de là et ce ne sont pas des tout-petits. Ils peuvent avoir laissé un indice à l'insu des ravisseurs. Cet indice crève sûrement les yeux et personne ne l'a vu.

Gardini sait maintenant que Puchierri n'était pas un mauvais homme. Ce fou de musique était un doux dingue incapable de faire le moindre mal. Il s'est jeté dans le Rhône parce que l'opinion publique l'accusait franchement. Et parce qu'il connaissait la vérité et ne pouvait pas dénoncer les coupables !

Toujours à la recherche de cet ultime indice, Gardini passe une journée et une nuit seul dans le mas isolé. Il écoute les bruits de la campagne, tente d'en déterminer les provenances entre le crissement obsédant des cigales, mais rien. La journée suivante, il explore la colline où les enfants auraient été aperçus. Avec Gellin, un vieux braconnier du pays, il relève tous les détails, les sentiers d'animaux qui passent à proximité, il fouille les herbes, les ajoncs, les genévriers, ramasse le moindre papier, un bouton perdu par un promeneur, suit plusieurs fois le lit du torrent de nouveau asséché, y perçoit nettement le roulement de l'eau souterraine qui affleure par endroits. Une coulée de terre et de pierrailles due au ruissellement du dernier orage arrête Gellin :

— Là-dessous, c'est creux ! dit le vieil homme. Mon père racontait que, pendant un orage, un âne est passé sous la terre et qu'on ne l'a jamais retrouvé !

Après deux jours de recherches infructueuses, Gardini doit quitter le mas, persuadé qu'il ne cache aucun secret. Il s'astreint cependant à une dernière visite de la maison : l'expérience lui a montré que dans de nombreuses enquêtes, cette ultime vérification est souvent déterminante. Après les combles, il entre dans la chambre où, selon le fada, les enfants ont passé deux nuits, examine les violons étalés sur le couvre-lit, les guitares accrochées au mur et l'énorme contrebasse posée sur un trépied. Ses yeux s'arrêtent sur la peau de zèbre tailladée au ciseau. Qu'est-ce que cela signifie ? Personne ne s'est vraiment posé la question. On en est restés à l'explication du fada : les garnements, avant de quitter les lieux, ont éprouvé le besoin de saccager ce souvenir d'Afrique. Et si c'était ça, l'indice oublié ? Il plie la peau et l'emporte pour la faire analyser. Sitôt arrivé au commissariat d'Aix, il réunit ses collaborateurs.

— Faisons le point, dit-il à Dunois, son adjoint, tu as suivi Sandrine Gaspect depuis sa sortie de l'hôpital. Qu'as-tu remarqué ?

Dunois n'est pas plus grand que Gardini, mais beaucoup plus costaud et donne une impression de force contenue. Ses joues sont bleues d'une barbe rebelle sous le rasoir.

— Elle est allée voir son mari, puis s'est rendue au domaine des Maures où Julien Rivière donnait une fête, comme chaque soir. Elle y est restée environ deux heures. Elle est repartie seule. Quelques instants plus tard, Julien est parti à son tour en compagnie de deux fidèles compagnons. Ils se sont rendus dans un mas où Sandrine Gaspect les a accompagnés. Bien sûr, nous ne savons pas ce qui s'est dit. Sandrine est repartie. Elle est dans son agence en compagnie de son associée, Cécile Bret.

— Cela ne nous avance pas beaucoup, sauf que Julien Rivière devient la pièce centrale de notre affaire.

— Tu veux qu'on l'invite ici pour le bassiner ? demande Dunois.

Gardini réfléchit à haute voix :

— Depuis que le fada est mort, Julien reste notre seul lien avec Gorbiev. Or, pour mettre en confiance ce gros gibier, nous ne devons pas l'inquiéter pour l'instant.

— La presse ne cesse de réclamer son arrestation. L'opinion publique ne comprend pas !

— C'est vrai, admet Gardini. Mais Gorbiev a plus de raisons encore. Julien souhaite vendre parce que ses créanciers le tiennent à la gorge. Le Russe, lui, veut que cette vente se fasse à son profit. Or, n'oublions pas que Sandrine s'est opposée, non pas à la vente, mais au fait que Gorbiev soit l'acheteur.

— Je crois savoir que ce soir, il y aura une autre fête au domaine des Maures, poursuit Dunois. Et que Gorbiev y sera. C'est un employé saisonnier, un étudiant, à qui j'ai graissé la patte qui me l'a dit. Gorbiev vient de Monaco où il se trouve en ce moment. C'est probablement pour signer l'acte de vente que Mme Gaspect a accepté en contrepartie de la libération des enfants.

Gardini réfléchit encore. La moindre fausse note risque de compromettre définitivement l'action de la police.

— La voilà, notre occasion ! Si demain matin on n'a rien de nouveau, on arrête Rivière ! Fais miroiter à ton étudiant une récompense à la hauteur de ce que tu vas lui demander. Donne-lui tous les moyens nécessaires, micros, caméras, petits émetteurs, téléphone portable, tout ce qu'il faut pour nous retransmettre la soirée en direct. Il est temps de sortir de cette impasse que notre hiérarchie ne supporte plus. La presse nous est de plus en plus hostile. Si nous ne trouvons rien, nous donnerons au moins l'impression de faire quelque chose !

— Nous devons agir avec doigté, précise Dunois en reprenant à son compte le souci premier de son patron. Ce beau monde fricote avec le pouvoir. Gorbiev se vante d'être l'ami du président russe. Suppose que, pour des raisons diplomatiques, on nous dessaisisse de l'affaire ?

— Tu as raison ! Soyez très discrets dans les préparatifs. Je veux retrouver ces enfants et je prie le ciel à chaque instant qu'ils soient encore vivants !

Olivier émerge d'un sommeil douloureux. La tête lui fait atrocement mal, une lame s'enfonce dans son cerveau à chaque mouvement. La bouche sèche, il court à la salle de bains, boit longuement au robinet. Il se mouille le visage et les cheveux. La fraîcheur lui fait du bien, mais la fatigue bloque encore ses pensées.

Il descend dans la petite cuisine où Jacote a laborieusement préparé le café. L'excès de tabac lui donne un teint terne, une voix de plus en plus sombre. Elle téléphone cent fois par jour à la gendarmerie pour s'entendre dire qu'elle sera la première informée s'il y a du nouveau et que ses appels font perdre un temps précieux aux fonctionnaires chargés de l'affaire. Elle téléphone au commissariat d'Aix où le commissaire Gardini refuse de lui parler. Elle n'a plus la force de la colère et se contente de bougonner.

Olivier lui renvoie l'image de sa propre détresse et elle lui en veut de ne rien faire.

— Qu'est-ce que tu crois ? hurle-t-il. Les flics m'ont interdit de quitter le garage sans le leur dire !

Il s'assoit à sa place habituelle, pose les coudes sur la table et, sans un mot, se met à pleurer.

Les larmes qui roulent sur ces joues piquées d'une barbe de plusieurs jours révoltent Jacote : un homme garde en lui ses sentiments. Olivier a hérité de la faiblesse de son père, qui avait le vin larmoyant. Dès qu'il avait bu un verre de trop, le moindre événement éveillait en lui un torrent de sentimentalité, de générosité, de regrets qui étaient autant de manières d'exprimer sa nullité.

Pourtant, Jacote ne fait aucun reproche à son fils. Le poids de l'air dans cette cuisine dont la fenêtre est fermée l'empêche de parler. D'ailleurs, il n'y a rien à dire, sinon s'en prendre une ultime fois à ces policiers qui ont d'autres préoccupations que de retrouver deux enfants sans importance.

Olivier sort. Il était venu là mû par l'habitude, par le besoin de jeter un regard interrogateur à sa mère. Il espérait une petite nouvelle, un détail, quelque chose qui permette d'y croire encore un peu, mais le silence parle mieux que tous les discours.

Il passe dans le bureau du garage, s'assoit. Les jambes lourdes, le moindre mouvement lui demande un grand effort. C'est dimanche, le hall vide amplifie les bruits de la rue comme un tambour. Depuis plus d'une semaine, Chaumet le remplace, même si cela ne plaît pas à certains clients qui ne veulent négocier qu'avec le patron. Le garage peut tourner sans lui. S'il s'en allait, le chef d'atelier prendrait sa place et la concession Renault continuerait de travailler. Cette constatation le pousse un peu plus avant dans sa réflexion. Sa place n'est plus ici. La disparition de Baptiste lui a fait prendre conscience que sa vie d'adulte ne devait pas se dérouler sur les lieux de son enfance.

La sonnerie du téléphone le surprend. Qui peut l'appeler un dimanche ? Il reste un moment indécis, se demande s'il doit répondre au risque d'apprendre la plus terrible des nouvelles, la fin de l'espoir. La sonnerie insiste, il porte l'appareil à son oreille en retenant sa respiration. Une voix de femme lui parle et cette voix qu'il n'osait plus espérer le fait bondir.

— Sandrine ! Où es-tu ?

— À Aix. Dans mon agence. Peux-tu me rejoindre ?

— Tu as des nouvelles ?

— Non, hélas, mais j'ai besoin de toi.

— J'arrive.

Sandrine a besoin de lui ! Olivier a tant espéré cet appel qui le replace en face de lui-même ! Quelque chose lui dit que tout va s'arranger.

À Aix, il se gare devant l'agence, monte rapidement l'escalier, entre dans le bureau de Cécile Bret. Sandrine est là, en face de lui, qui semble très fatiguée.

Ils échangent un regard qui n'est pas habituel. Olivier hésite à l'embrasser.

— Alors ? demande-t-il.

— Rien. Toujours rien. Ce soir, il y a une soirée au domaine des Maures. Je dois y aller.

— Cela a-t-il un rapport avec Baptiste ?

— Je le pense. Il faut que tu viennes avec moi.

Il lui prend la main. Une légère contraction ride son front, mais elle ne retire pas sa main.

— À deux, nous sommes plus forts. Il y aura le Russe qui veut acheter le domaine.

Ils passent l'après-midi ensemble. Ils se parlent peu, se contentant de se regarder comme s'ils cherchaient à découvrir ce qu'ils sont devenus l'un pour l'autre. Olivier ne lit aucun rejet dans le regard de Sandrine et, pour la première fois depuis leur séparation, Sandrine ne voit pas la ressemblance d'Olivier avec sa mère, même visage un peu long et osseux, même regard.

— Je ne vis plus sans toi, voilà la vérité ! insiste Olivier. Je te répète, quand nous aurons retrouvé Baptiste, nous partirons tous les trois loin de Barjols. Ma mère se débrouillera avec son garage.

Cette fois, c'est Sandrine qui pose sa main sur celle d'Olivier. Ce contact lui fait un bien immense, il sourit tristement.

— Pour l'instant, nous avons le devoir d'unir nos forces pour retrouver notre fils.

Olivier est déçu par cette réponse qu'il interprète comme un refus voilé. Sandrine précise :

— La disparition de notre fils m'a plongée dans une nuit sans lueur.

— Que sais-tu de ce musicien, ce fada chez qui les enfants ont séjourné ? demande Olivier.

— Rien de plus que ce qu'on en a dit. Je suis certaine qu'il ne s'est pas suicidé.

Ils arrivent au domaine des Maures vers 6 heures. Gorbiev est déjà là. Sandrine présente son mari à Julien, qui ne comprend pas quel jeu joue la jeune femme et se tient sur ses gardes.

Vladimir Gorbiev, en compagnie de trois collaborateurs, la salue à son tour. Julien invite tout le monde au jardin pour prendre l'apéritif. Quelques amis sont déjà là qui bavardent. Julien ne sait pas dîner simplement, il lui faut toujours une dizaine de convives alors qu'il n'a plus un sou vaillant.

Il invite discrètement Gorbiev et Sandrine à l'accompagner dans un petit salon, à l'écart des invités. Un notaire vient d'arriver et se tient à côté du jeune homme, un épais dossier sous le bras. Sandrine prend la main d'Olivier pour bien montrer qu'elle ne veut pas se séparer de lui.

Quand la porte est fermée, Julien sert lui-même le champagne puis invite Gorbiev à s'asseoir. Il demande à Sandrine de se placer à côté de lui.

— Ma sœur et moi acceptons de vous vendre la propriété. Notre accord stipulera que la maison sera livrée vide de son mobilier.

— Aucune importance ! répond Gorbiev. La maison sera rasée. Je suis donc d'accord.

Le notaire lit l'acte de vente dans lequel il stipule que les héritiers de M. François Rivière, en l'occurrence

Mme Sandrine Gaspect et M. Julien Rivière, acceptent de vendre la propriété des Maures à M. Gorbiev, homme d'affaires russe qui souhaite y implanter un hôtel de luxe. L'acheteur lui a remis un chèque certifié d'une banque suisse d'un montant de cinq millions d'euros. Sandrine n'en croit pas ses oreilles. Olivier en a le bourdon.

Le notaire présente l'acte à Julien Rivière, qui signe sans hésiter, puis le pose devant Sandrine, qui prend le stylo que son frère lui tend. Elle dirige la pointe vers le bas de la feuille, s'apprête à signer quand elle lève les yeux vers Gorbiev.

— Je ne signerai pas tant que les enfants ne seront pas retrouvés !

L'incrédulité se lit sur le visage rond du notaire. Julien fronce les sourcils. Le notaire explique :

— Madame, vous n'avez pas le pouvoir de vous opposer à la vente. N'ayant pu vous entendre avec votre frère sur un partage amiable, la vente sera prononcée, malgré votre refus.

— Je ne refuse pas de vendre le domaine, je refuse de vendre à M. Gorbiev et c'est mon droit ! précise Sandrine. Seul le retour de mon fils sain et sauf pourra me faire changer d'avis. Je me raccroche à cet espoir, le seul qui me reste.

— Madame, ajoute le notaire, je ne vois pas le rapport entre la disparition de votre fils et la vente du domaine des Maures.

— Moi, je le vois et je n'en démordrai pas !

— Mais enfin, la police fait son travail. Vous devez lui faire confiance. Bien sûr, nous comprenons votre désarroi, mais ce n'est pas une raison pour...

— Si, c'en est une ! tranche Sandrine sans quitter Gorbiev des yeux. Je n'ai pas d'alternative.

Gorbiev, qui s'était tu jusque-là, passe sa main sur son front lisse. Ses yeux légèrement bridés se posent sur la jeune femme, froids et déterminés.

— Je comprends ce que vous insinuez, madame. C'est d'une gravité extrême. Vous et votre père avez souffert d'une infection due à un bacille dont on dit qu'il se serait échappé d'un laboratoire russe, mais rien ne le prouve. Depuis le début de l'enquête, les experts ont découvert des souches autonomes de ce même bacille dans différentes régions du monde. Parlons maintenant des enfants. Vous ne signerez que lorsqu'ils seront retrouvés, comme si j'étais responsable de leur disparition. Cette accusation me blesse profondément. Vous m'en répondrez devant les tribunaux.

Olivier serre la main de sa femme. Sandrine est sûrement allée un peu loin sans la moindre preuve, mais il est de son côté.

— Je ne vous accuse nullement, reprend Sandrine. Mais je n'accepterai de signer cet acte que lorsque mon fils sera retrouvé. C'est ainsi, et personne ne me persuadera du contraire. Vos avocats n'auront pas de mal à faire condamner les paroles un peu véhémentes d'une pauvre mère qui ne dort plus depuis dix jours, mais en leur conscience leur succès aura un goût amer !

Sandrine vient de marquer un point. Julien approuve sa « sœur » et lui envoie un clin d'œil qu'il voudrait complice.

Gorbiev, très maître de lui, s'excuse, sort et revient quelques instants plus tard, accompagné par un homme de grande taille, brun. Âgé d'une cinquantaine d'années, il est bien bâti. Le visage à la peau très claire, les yeux noirs fixes, il montre une force réfléchie.

— Je vous présente Yvan Petrowsky, le meilleur détective privé de Russie, indique Gorbiev. On se l'arrache. Il travaille pour les plus grandes sociétés de Moscou. Je m'honore de son amitié et il a accepté de venir résoudre cette affaire qui me porte un préjudice considérable.

Puis, se tournant vers Sandrine, il ajoute :

— Savoir, madame, que vous pouvez me soupçonner m'est insupportable. Je veux donc que toute la lumière soit faite !

Olivier se lève et intervient vivement :

— Faire la lumière ou épaissir les ténèbres ! Vous pouvez aussi faire disparaître les traces qui pourraient conduire sur le chemin de ces pauvres enfants ! Vous ne comprenez pas qu'on en crève, d'attendre les conclusions des spécialistes qui n'arrivent qu'à embrouiller un peu plus les pistes !

Son intervention soulève un tollé de protestations. Gorbiev lui envoie un regard glacé.

— Monsieur, je comprends votre douleur qui vous pousse à des propos aussi injurieux, et je ne vous en veux pas. Cependant, vous n'avez pas le droit de parler ainsi. Tout le monde a fait son possible pour retrouver les enfants. Je vous propose mon aide et vous m'accusez !

— Ce n'est pas votre fils qui a disparu depuis dix jours, cela se voit ! On s'en va ! fait Olivier en prenant Sandrine par le bras et en l'obligeant à le suivre.

Quelques instants plus tard, leur voiture quitte le parc.

— J'avais l'impression d'être entouré de serpents ! souffle Olivier.

Sandrine se tait, grave. Au bout de quelques kilomètres, Olivier s'arrête sur le bas-côté de la route, coupe le moteur. Le silence qui remplit l'habitacle de la voiture les met l'un et l'autre face à eux-mêmes.

— Pardonne-moi ! dit enfin Olivier. Je ne pouvais plus supporter cette mascarade.

— Tu as eu raison.

— Où veux-tu aller ?

— Au prochain village, ensuite nous aviserons.

Ils s'arrêtent au premier hôtel qu'ils trouvent sur la route, car Sandrine se sent très fatiguée. Une seule chambre est libre. La gérante explique que, d'ordinaire, elle ne la loue pas : trop petite, les tapisseries sont fanées et elle s'en sert surtout comme d'un débarras. Néanmoins, le lit est bon et la tranquillité assurée car la fenêtre donne sur une cour intérieure vide.

Sandrine et Olivier se retrouvent dans une pièce qui sent le renfermé. La jeune femme ouvre la fenêtre et les bonnes odeurs de la nuit chassent celle des couvertures poussiéreuses. Olivier, en peine de sa personne, s'assoit sur l'unique chaise qui craque. Sandrine prend le fauteuil près de la fenêtre.

— C'est pas le luxe ! constate-t-elle en souriant.

Ils n'osent pas s'approcher l'un de l'autre. Cela fait si longtemps qu'ils n'ont pas été ensemble dans une chambre ! C'est Olivier qui parle le premier, qui revient sur ce qui les sépare désormais.

— Je ne suis qu'un mécanicien, salarié dans le garage de ma mère. J'ai épousé la fille de Marie Allère, institutrice en retraite, et je suis en face de l'héritière du domaine des Maures, acheté une bouchée de pain il y a cinquante ans et qui vaut aujourd'hui une fortune.

— Sans ce maudit domaine, notre petit Baptiste serait avec nous. Les fortunes cachent souvent des monstres ! lâche Sandrine.

— Gorbiev et son détective vont s'arranger pour faire disparaître tout ce qui pourrait être compromettant pour eux. Cela signifie qu'il existe encore des détails, quelque chose qui peut conduire aux enfants. Mais comment les trouver ?

Sandrine lève un regard curieux et plein d'angoisse sur Olivier.

— Et s'ils sont morts, ils vont détruire les corps pour n'en laisser aucune trace ! ajoute Olivier dans un soupir.

Sandrine éclate en sanglots. Olivier la prend dans ses bras.

— Voilà ce que je te propose. Demain, nous allons acheter du matériel de camping et nous nous installerons sur la colline, à l'endroit même où ils ont disparu, en face de la maison du fada. Nous qui sommes les parents saurons voir ce que les enquêteurs ont négligé.

Sandrine pousse le dessus-de-lit qui cache une couverture grise pelucheuse et des draps propres.

— Nous allons essayer de dormir ! dit-elle en posant sa robe.

Olivier regarde ses jambes, sa taille, ses seins qu'elle laisse emprisonnés dans le soutien-gorge, ce corps qu'il désire mais n'ose plus approcher. Il pose sa veste, sa chemise, son pantalon et, en caleçon, s'allonge à côté d'elle. L'un et l'autre restent séparés par trente centimètres de ce drap blanc qui fait des plis. Ils se taisent, conscients que le moindre mot, le moindre geste pourraient trahir ce qu'ils veulent cacher.

Écrasée de fatigue, Sandrine sombre dans un sommeil peuplé de serpents. Olivier, tout à son amour, laisse passer les heures, immobile, osant à peine respirer pour ne rien perdre de la présence de sa femme. Ils se lèvent aux premières lueurs du jour. De la fenêtre sans volets viennent les rayons du soleil. Sandrine s'assoit sur le lit. Olivier fait de même, enfile son pantalon et sa chemise.

— Ne bouge pas. Je vais aller chercher les autres vêtements dans la voiture.

La précipitation qu'ils ont mise la veille à s'enfermer dans cette sordide chambre sans prendre leurs effets lui donne envie de sourire.

Olivier revient en portant un ballot de vêtements, deux jeans, un pull, des tee-shirts qu'il pose sur le lit. De la porte de la salle de bains entrouverte, il entend crépiter l'eau de la douche. Quelques instants plus tard, Sandrine revient, le corps caché par une serviette. Il baisse les yeux.

— Tu peux y aller ! dit-elle. Il n'y a pas d'eau chaude, mais ça réveille. Je vais en profiter pour m'habiller.

Il s'enferme à son tour dans la douche. L'odeur de Sandrine est là, sa présence palpable. Comment a-t-il pu donner raison à sa mère, au tout début de son mariage, quand les deux femmes osaient s'affronter ?

— J'ai cru qu'elle me trompait, murmure-t-il. Et ma mère a bien insisté pour qu'on se sépare !

— Qu'est-ce que tu dis ? demande Sandrine en passant la tête à la porte.

— Rien. Cette eau froide réveille, tu as raison.

Il s'habille à son tour. Sandrine dénoue ses cheveux à grands coups de peigne. Leurs gestes sont lourds, plombés par la douleur. Pourtant, avec cette journée qui commence, l'un et l'autre retrouvent un peu d'espoir, la certitude qu'ensemble ils sont plus forts.

Ils prennent un rapide petit déjeuner, plus par habitude que par faim. À Aix, ils achètent une tente et des provisions, puis ils se rendent à la maison d'Antonio Puchierri. Les scellés en condamnent toujours l'accès et ils ne peuvent qu'en faire le tour, sans pénétrer dans la petite cour. Sandrine s'arrête longuement devant la porte restée entrouverte et condamnée par un cordon rouge et blanc. Les enfants sont-ils passés par là ? La vieille femme qui assure les avoir vus dans la colline l'indiquerait, mais la police ne prend pas son témoignage au sérieux.

— Nous allons planter la tente à un endroit d'où nous pourrons surveiller les parages, suggère Olivier. Ensuite, nous ferons une inspection systématique des environs, centimètre par centimètre. Nos yeux de parents ne sont pas ceux des policiers.

Le commissaire pose sa pipe éteinte sur son bureau avant de sortir. Il est sombre. L'installation de micros et de petites caméras dans le château des Maures n'a servi à rien. Il a visionné plusieurs fois la réunion avec le notaire et n'a appris que ce qu'il savait déjà. Et puis l'arrivée de Yvan Petrowsky le révolte. En autorisant ce serviteur de la mafia à brouiller les cartes, les plus hautes instances de la police française, en accord avec le ministre de la Justice, se placent du côté des suspects ! Ce matin, après avoir reçu l'ordre d'accompagner le détective russe à la maison du fada, il s'est emporté et a menacé de démissionner. Il a dénoncé le camouflet, le manque de confiance que ses hommes ne méritent pas, puis il s'est emporté contre cette ingérence d'un détective payé par le suspect numéro un.

Personne n'a pris en compte ses bonnes raisons. Un de ses inspecteurs lui annonce que Olivier et Sandrine Gaspect ont planté la tente sur la colline dominant la maison d'Antonio Puchierri ; il s'écrie :

— Même les parents ne font plus confiance à la police !

Finalement, il demande qu'on les laisse tranquilles : un père et une mère écrasés de chagrin ont droit à quelques égards !

Devant la maison du fada, Yvan Petrowsky et deux

collaborateurs l'attendent à côté de leur gros 4 × 4 noir. Les hommes se saluent froidement, Gardini invitent les Russes à le suivre à l'intérieur.

— Nous avons un appareil très sophistiqué que nous a prêté l'armée, indique Petrowsky dans un français approximatif. Il détecte à travers un mur de deux mètres les sources de chaleur, donc la présence des enfants s'ils sont enfermés dans quelque cavité invisible.

— Et s'ils sont morts, bougonne Gardini, votre appareil sophistiqué n'indiquera rien !

— Mais pourquoi seraient-ils morts ? Pour nous, enquêteurs, ils sont vivants, jusqu'à preuve du contraire. Sinon, à quoi bon perdre notre temps ?

« Il a raison, pense Gardini, mais cela ne change rien. » Comment cet homme très élégant, aux fines mains de bureaucrate, pourrait-il déceler ce qui a échappé à des inspecteurs rodés, capables de retourner toute la terre de la colline ?

De l'endroit où ils ont installé leur tente, Olivier et Sandrine voient les voitures arriver devant la maison. Ils rejoignent le groupe. Gardini est en train de briser les scellés en la présence d'une très jeune juge arrivée en retard, parce qu'elle s'est perdue dans les nombreux chemins après le village.

Olivier et Sandrine n'ont pas besoin de se présenter. Tout le monde les connaît, sauf la petite juge qui les accepte pendant la visite.

Celle-ci dure plusieurs heures. Un collaborateur de Petrowsky déplace son détecteur de chaleur le long des murs, dans la cave, la cour, autour du mas, sans résultat. Si les enfants sont vivants, ils ne sont pas ici.

— Je ne voudrais pas paraître présomptueux, fait Gardini avec un petit air moqueur, mais sans autant de moyens, c'est la conclusion que nous avions faite dès notre première visite.

Petrowsky demande à ses hommes de fouiller la totalité de l'habitation. Ils commencent par la chambre où les enfants ont dormi.

— Il y avait ici une peau de zèbre. Quelqu'un l'a découpée dans la partie qui correspond aux flancs de l'animal. Puchierri assurait que c'étaient les enfants !

— Où est-elle ? demande Petrowsky.

— Au labo, pour analyses.

— Mais pourquoi ont-ils éprouvé le besoin de mutiler cette peau ? demande Sandrine.

— Personne n'en sait rien, répond Gardini en remontant ses lourdes lunettes.

La jeune juge, probablement incommodée par l'odeur de tabac hollandais du policier, se tient un peu en retrait du groupe.

Louise et Baptiste se réveillent en sursaut. Louise pince le bras de Baptiste, qui grimace. Les yeux grands ouverts, ils scrutent la pénombre.

— Tu entends ?

La fillette a parlé d'une voix blanche, à peine audible. Le garçon tend l'oreille. Il n'entend rien. Pourtant, il parle à voix basse, comme s'ils redoutaient une soudaine apparition.

— La pelleteuse ? Oui, je l'entends.

Un silence. Louise, la bouche entrouverte, tend le doigt dans une direction.

— Non, c'est pas la pelleteuse. Là-bas...

Cette fois, il entend. Un bruit de pas. Lourds, puissants. Les pas d'une de ces bêtes préhistoriques qu'on montre dans les livres. Et ils se rapprochent. Louise a nettement le sentiment que le sol tremble à chacun des coups sourds qui viennent du bout de la grotte, à côté du précipice.

— Un dragon ! souffle-t-elle. Il paraît que le ventre de la terre en est tout plein. Les Chinois le disent.

— Il n'y a pas de Chinois en Provence ! se rassure Baptiste. Ou alors si peu que les dragons ne le savent pas.

Les pas se rapprochent. Baptiste, le premier, se met sur ses jambes. Il a mal partout, aux muscles des cuisses, dans le dos, au ventre, à l'estomac. Sa tête éclate d'un feu terrible. Louise sent ses articulations craquer. Chaque inspiration arrache une grimace à la fillette. Ils ont tellement soif que leur langue semble trop grosse pour contenir dans leur bouche où une salive épaisse maintient un mauvais goût, celui du pourri, du cadavre.

— J'ai vu bouger...

Louise recule d'un pas, se cache derrière Baptiste qui retient sa respiration. Lui aussi a vu bouger l'ombre à côté des éboulis. Les pas se rapprochent.

— Je vois une grosse bête, comme un lézard avec une gueule toute rouge et des dents blanches très pointues. Elle hérisse ses écailles sur son dos. Et puis ses pattes avec des grandes griffes ! Tu la vois ?

— Oui, ses yeux sont pleins de méchanceté. Et ce feu qu'elle lance. Elle nous regarde !

Louise pousse un cri strident et court vers le bout de la grotte. Baptiste la rejoint. Ils se retrouvent coincés dans une niche entre les rochers disloqués, haletants, les yeux exorbités. Ils n'osent pas regarder autour d'eux, ils se serrent l'un contre l'autre. Le martèlement des pas se fait plus intense. Ils tremblent, respirent très vite, le cœur battant à se rompre.

— Son souffle brûle mon épaule ! hurle Baptiste. Il va nous dévorer !

À son tour, le garçon pousse un cri strident qui s'amplifie sous la voûte ruisselante. Alors, il sent, coincé entre le rocher et sa cuisse, l'œuf-caillou ramassé sur la colline quand le soleil brillait sur ses journées. Il le prend, le serre dans sa main.

Louise est tétanisée, le sol se dérobe sous ses pieds. Baptiste voudrait s'enfuir, mais ses jambes refusent de lui obéir. Il tombe à son tour à côté de la fillette inanimée.

Assommés par la peur, ils se sont évanouis. Faibles parce qu'ils n'ont pas mangé et surtout pas bu depuis longtemps, ils sortent de leur léthargie en s'étonnant d'être vivants. Louise, la première, lève la tête. Il lui semble revenir d'un long rêve dans sa chambre à la gendarmerie de Barjols et dans son autre chambre à Beauvais. Elle s'étonne :

— On est où ? Au ciel ?

De même, Baptiste a l'impression de revenir d'un monde si différent qu'il n'en rapporte aucune image. Il regarde autour de lui. Et la mémoire lui revient avec la pensée de l'œuf-caillou qu'il serre toujours dans sa main.

— C'est lui qui nous a sauvés !

Louise tremble comme une feuille. De peur, mais aussi de toutes les douleurs qui habitent son jeune corps. Baptiste regarde le sable près de lui.

— Tu vois ces traces ? On n'a pas rêvé ! Le monstre est bien venu, mais le dieu de l'œuf-caillou nous a protégés.

— Le dieu de l'œuf-caillou ? De quoi tu parles ?

Baptiste ouvre sa main devant Louise, qui prend le galet, le tourne dans ses doigts, en éprouve la douceur lustrée par des millions d'années de liberté.

— Tu as raison. Le dieu du caillou vient de me parler.

— Et qu'est-ce qu'il t'a dit ?

— Qu'on ne doit pas avoir peur. La pelleteuse jaune creuse toujours, mais il y a plus de terre que prévu.

Enfin, Louise regarde les gribouillis sur le sol et y devine, entre ses propres pas et ceux de Baptiste, une forme à trois doigts, comme un immense pied d'oiseau.

— C'est bien le dragon. Il a eu peur. Le dieu du caillou a fait un miracle. Parce que ce dieu, c'est le même que celui des églises. Il ne peut pas y en avoir d'autres, ou alors des moins puissants.

— Sûrement ! approuve Baptiste.

Il se dirige vers le lac. L'eau, immobile, reflète les

rochers et on ne la voit pas. Il s'agenouille sur le bord et se penche vers la surface. Louise se précipite.

— Malheureux ! Il ne faut pas boire cette eau polluée. Tu vas attraper une maladie très grave et tu vas devenir noir comme du charbon et avec des douleurs comme si on déchirait ton ventre.

— Je m'en fous de devenir noir ! J'ai soif ! Et puis, si je dois mourir, autant que ce soit en ayant bu.

Il se penche, plonge ses mains dans l'eau et les porte à sa bouche. Il avale une gorgée, puis deux. Louise, tout près de lui, surveille l'apparition des taches sur le visage de Baptiste, qui boit encore, se remplit l'estomac de cette eau qui le grise. Il tente de se mettre sur ses jambes, trébuche.

— J'ai trop bu ! s'écrie-t-il en riant. Voilà que je suis saoul, comme Martin, le vieux qui habite le mas au fond de notre rue. Je l'ai vu plusieurs fois marcher en risquant de se casser la figure à chaque pas !

Baptiste zigzague. Jamais quelques gorgées d'eau ne l'ont rendu si heureux. Louise, toujours immobile, l'observe. Au bout d'un long moment, elle demande :

— Comment tu te sens ?

— Très bien ! Cette eau est la meilleure que j'aie jamais bue !

La tentation pousse la fillette jusqu'au bord du lac. Elle hésite à plonger ses mains dans le liquide sombre. Sa mère lui a tant répété que l'eau était polluée, qu'il ne fallait pas boire dans les fontaines. Pourtant, la soif est la plus forte. Quand Baptiste plonge de nouveau ses mains dans le liquide, elle fait de même et boit sans retenue. Une sensation de plaisir intense la submerge, la saoule à son tour.

— L'eau sauvage, c'est aussi bon que la viande ! dit-elle en pensant aux interdits maternels.

— Mouais ! fait Baptiste, mais j'ai quand même faim.

Ils ont retrouvé des forces et un peu de courage. Ils décident d'explorer la grotte en passant dans une fissure haute de deux mètres et large seulement de quelques dizaines de centimètres.

— Le dragon ne peut pas passer par ici ! constate Louise. On est bien tranquilles !

Ils se glissent dans la fissure, qui débouche sur une autre grotte où un roulement de torrent les arrête. Il y fait très sombre et ils ne voient rien à part quelques vagues contours. L'un d'eux attire l'attention de Louise.

— Regarde !

Ils se tiennent près de la fissure, serrés l'un près de l'autre, peu rassurés depuis qu'ils ont vu le dragon.

— Quoi ?

— La croix de lumière ! Tu la vois ?

Il fait oui de la tête. Il voit, en effet, dans l'ombre épaisse, comme deux rais de lumière qui se croisent.

— Dieu a entendu nos prières. Il nous le montre avec la croix. Il nous dit qu'on va être sauvés comme Jésus.

Baptiste écarquille les yeux et distingue la stalagmite qui forme le pied et une stalactite cassée posé en travers sur des rochers.

— C'est pas une croix de Dieu, dit-il. C'est des rochers.

— Mais Dieu peut nous parler avec des rochers comme il nous a sauvés avec ton œuf-caillou.

— Zut ! Je l'ai oublié au bord du lac. Pourvu qu'on le retrouve !

— Dieu sait tout, le présent, le passé et surtout l'avenir. Quand il a fait cette grotte, il savait qu'on y tomberait et il a fait ces rochers pour nous avertir, poursuit Louise.

— Tu as peut-être raison ! Mais je veux récupérer mon œuf-caillou, c'est plus sûr !

Ils retournent dans la grotte principale où la fluorescence leur permet de se diriger. Ils se mettent à genoux près du lac, cherchent le caillou.

— Tiens, le voilà ! fait Louise en brandissant le galet.

Baptiste l'examine longuement.

— C'est bien lui !

— Bon, dit Louise, on ne va pas tenter de le perdre encore. On va lui construire un autel.

— Un hôtel ? Tu crois que Dieu habite à l'hôtel ?

— Un autel, idiot ! Un endroit où Dieu se sent à l'aise et où on pourra le prier.

— Un truc comme dans les églises, alors ?

— C'est ça ! Mais tu ne peux pas parler autrement ? Ça se voit que tu es ignorant et mauvais en français.

— Ouais, mais je me débrouille un peu en maths !

— Moi, j'ai dix-huit de moyenne, alors tu peux t'accrocher !

Ils s'activent. Louise, forte de son savoir et de son éducation religieuse, dirige les opérations. Ils rassemblent des pierres plates qu'ils disposent les unes sur les autres. Baptiste, la langue entre les dents, les ajuste en un muret dont il n'est pas mécontent. Pendant un court instant, ils oublient qu'ils sont prisonniers d'une grotte et retrouvent le plaisir du jeu.

Ils bâtissent une sorte de table couverte de pierres plates que Louise a soigneusement nettoyées de leur gangue noire. Enfin, sur un léger promontoire, elle dépose le galet debout, la pointe étroite dirigée vers le haut.

— C'est dommage qu'on n'ait pas de fleurs. Dieu aime les fleurs.

— Ça, c'est sûr ! fait Baptiste. On lui en apportera quand on sera sortis. Des brassées de fleurs dans l'église de Barjols.

— Et à Beauvais aussi ! La cathédrale est superbe,

alors tu penses bien que Dieu s'y plaît. Maintenant prions !

Louise récite machinalement les prières apprises au catéchisme. Baptiste se tait et, les mains jointes, dit :

— Je jure que je t'apporterai des fleurs de la colline. Les plus belles, celles qui sentent bon, parce qu'il y en a de très belles qui puent !

— Elles ne peuvent pas puer autant que toi ! constate Louise en se bouchant le nez.

Elle se tait un instant, puis, le doigt levé, demande :

— Tu entends ? La pelleteuse !

Les coups sourds frappés quelque part se dissocient d'une infinité de bruits sans cause.

— Ce qui est sûr, insiste Louise, c'est qu'ils nous cherchent. Alors, ils vont forcément nous trouver.

— J'ai faim ! insiste Baptiste.

— Moi aussi, j'ai faim. Prions, ça va nous faire oublier qu'on a mal partout.

Les deux enfants poursuivent l'exploration de leur prison. Sur leur droite, le plafond s'abaisse pour ne laisser entre une forêt de colonnes qu'un petit passage qu'ils empruntent. Ils arrivent à une sorte de niche circulaire. Louise sursaute.

— Regarde !

Elle montre du doigt un os long, planté dans le sable. Baptiste, glacé par la peur, se fait rassurant :

— C'est un os préhistorique, comme il en existe partout en Provence.

Louise n'en est pas convaincue. Ses yeux s'habituent à la quasi-obscurité de la niche. D'autres os sont éparpillés autour du premier, tout un charnier.

— Ce sont des os d'homme ! murmure la fillette, terrorisée.

— Qu'est-ce que t'en sais ? S'il y avait le crâne on saurait, mais comme ça, c'est impossible.

Ils sortent de la niche et regagnent la proximité de leur autel où ils se sentent plus en sécurité.

— Ça peut être des os de chien ou de chèvre ! explique doctement Baptiste.

— Peut-être que tu as raison, mais comment ils sont venus ici ?

— Eh bien, c'est le torrent qui les a apportés. Ils étaient sur la colline et un orage a tout lessivé !

— À moins que le chien ou la chèvre soient arrivés ici vivants, comme nous !

— Tais-toi, j'entends la pelleteuse.

— Cette fois, on ne bricole plus ! On fonce !

C'est Gardini qui parle, debout, les poings sur le rapport du laboratoire. Celui qui a l'apparence d'un gratte-papier malingre se donne des airs de général d'armée : cela faisait longtemps qu'il attendait ce moment et il le savoure à sa juste valeur. Ses collaborateurs mesurent son triomphe et l'approuvent.

— On va leur montrer que les policiers français ne sont pas plus mauvais que les autres !

Contraints par leur hiérarchie de donner toutes leurs informations à Petrowsky, Gardini et ses inspecteurs rêvaient d'une revanche. Un fait nouveau vient enfin à leur secours : lors d'une perquisition au domaine des Maures, Gardini a mis la main sur un lot de linge et en particulier une serviette de bain jaune, ornée de fleurs blanches, sur laquelle les spécialistes ont retrouvé des poils de zèbre dont les tests ADN prouvent qu'ils proviennent de la peau découpée par les enfants dans la maison du fada.

— Il va bien falloir que Julien Rivière nous explique comment ces poils et cette serviette de bain que Martine Sulvanne reconnaît comme celle de sa fille sont arrivés chez lui ! s'exclame Gardini, certain d'être enfin sur la bonne piste.

— Julien Rivière a reçu récemment la visite de sa

sœur, qui a accepté de vendre le domaine à Gorbiev à condition que les enfants soient libérés ! poursuit Dunois. Si ce n'est pas arrivé, c'est que notre Russe ne le peut pas. Sont-ils morts ?

— En effet, cela ne rend pas optimiste ! Et peut-être faisons-nous encore fausse route ? reprend Gardini. De toute manière, Julien Rivière ne nous a pas tout dit et il va falloir qu'il passe à table !

Les policiers montent à bord de trois voitures. Une fois de plus, Gardini constate combien ce domaine est bien placé sur son promontoire qui domine la baie. La beauté de l'endroit peut tourner la tête d'un nouveau riche comme Gorbiev et le pousser à des actes irréversibles. Qui est responsable du drame ? Gorbiev est assez puissant pour laisser le sale travail aux autres. Et puis, ce qui l'intéresse, c'est l'achat du domaine ; la répartition de l'argent entre les héritiers ne le concerne pas.

— Peut-être devons-nous dissocier les deux crimes, l'assassinat de François Rivière et le rapt des enfants ? s'interroge Dunois.

— Je ne sais pas. Nous allons bassiner le fils à papa, ensuite on y verra plus clair !

— Julien Rivière n'a pas la carrure d'un assassin. Tuer son père et ensuite les deux enfants, ça fait beaucoup ! C'est un faible...

— Tuer par empoisonnement ou par un bacille, cela revient au même, c'est un crime de lâche ! tranche le commissaire. Pour les enfants, je suis d'accord, mais rien ne prouve qu'ils sont morts et Rivière a sûrement un complice resté dans l'ombre. On va lui jouer le grand jeu pour l'impressionner et pour montrer à ses copains Gorbiev et Petrowsky qu'on ne baisse pas notre pantalon.

Les trois voitures pilent devant la villa, des policiers en tenue se positionnent dans le parc. Gardini et Dunois se dirigent vers la porte d'entrée. Julien Rivière est là, en compagnie de plusieurs amis et de sa dernière conquête, une dénommée Régine, rousse filiforme que Dunois trouve fade et peu attrayante.

— Monsieur Rivière, dit Gardini, je vous arrête pour le meurtre de votre père, tentative de meurtre sur votre sœur et rapt de deux enfants.

Julien regarde les policiers, puis se tourne vers ses amis. Il porte un tee-shirt bleu et un bermuda rouge. Il repousse ses lourds cheveux d'un léger mouvement de la main droite. Malgré ses trente-deux ans, il a gardé un corps très svelte d'adolescent.

— Messieurs, que se passe-t-il ? Je ne comprends pas...

— Vous allez nous suivre au commissariat d'Aix où nous vous expliquerons tout en détail. Vous allez devoir nous dire d'où vient la serviette de bain que nous avons trouvée dans cette maison, portant des poils de zèbre, serviette qui a appartenu à Louise Sulvanne que nous cherchons depuis quatorze jours.

— Je ne comprends rien ! De quelle serviette voulez-vous parler ?

— Celle de la petite Louise. Nous vous en dirons plus au commissariat.

— Bon, fait Julien en embrassant sa compagne, puis se tournant vers ses amis : c'est une affreuse méprise, je serai de retour ce soir pour le dîner.

— Non, répond fermement Gardini. Vous devez prendre des affaires comme si vous deviez être absent plusieurs jours.

— Que voulez-vous dire ?

— Que je vous arrête et que vous allez être incarcéré.

Julien reste un moment sans voix, le regard perdu sur la mer où on aperçoit au large la tache blanche d'un voilier. Les épaules basses, il ne sourit plus. Ses cheveux roulent de nouveau sur son visage, il ne cherche pas à les chasser. Sa compagne vient l'embrasser et lui murmure un encouragement :

— T'en fais pas, ils ne peuvent rien contre toi, puisque tu n'as rien fait !

Il entre dans la villa accompagné par deux inspecteurs, passe dans sa chambre et en ressort vêtu d'un pantalon noir, d'une chemise bleue. Il décroche une veste sombre dans la penderie.

Gardini lui fait grâce des menottes et l'invite à le suivre dans une voiture. Au commissariat, Julien est conduit dans une salle d'interrogatoire, entièrement nue, avec une vitre teintée derrière laquelle les inspecteurs peuvent le regarder et l'entendre sans être vus.

Une table vide se trouve au centre et deux chaises à chaque bout. Gardini demande à l'inculpé de s'asseoir et prend place en face de lui. Julien jette autour de lui un regard apeuré.

— Cette serviette jaune à fleurs blanches a été trouvée dans la villa des Maures, la reconnaissez-vous ? demande le commissaire en dépliant la pièce à conviction devant l'inculpé.

Julien fait non de la tête.

— Je ne m'occupe pas des serviettes de la maison ! lâche-t-il, mais son visage contracté, ses yeux qui ne se fixent pas montrent son indécision.

— Cette serviette a appartenu à la petite Louise Sulvanne, que nous cherchons avec Baptiste Gaspect. Pouvez-vous me dire comment elle est arrivée chez vous ?

Il secoue toujours la tête, tournant vers les murs nus un regard anxieux, comme s'il cherchait à s'en aller.

— Je n'en sais rien ! dit-il. C'est la première fois que je la vois.

— Nous y avons trouvé des poils de zèbre, les poils d'une peau qui se trouvait dans la maison d'Antonio Puchierri. Cela prouve qu'elle a été transportée du mas isolé du fada au domaine des Maures. Par qui ? Pourquoi ?

— Je vous dis que je n'en sais rien !

Gardini se lève, s'approche de Julien et ajoute sur un ton menaçant :

— Ne joue pas aux caïds. Ici, tu n'auras pas raison et ton ami Gorbiev ne viendra pas à ton secours.

Le commissaire a parlé sur un ton aigre, revanchard. Julien Rivière a cru échapper à la justice, mais l'étau se referme sur lui et son ami Gorbiev.

— Je vous dis que je ne sais pas d'où sort cette serviette ! s'écrie Julien en se dressant et en faisant face. Je vais téléphoner à mon avocat.

— Tu vas pouvoir le faire, mais avant, il va falloir passer à table. Je récapitule : un beau jour, tu rencontres Gorbiev, homme d'affaires russe qui rêve d'acheter un terrain sur la Côte pour construire un hôtel de luxe. Il se trouve que le domaine des Maures est idéal pour ses projets. Oui, mais voilà, ton père refuse de vendre à un Russe dont la fortune lui semble douteuse. En même temps, il se découvre une fille qu'il reconnaît et place à tes côtés pour la succession. Toi, tu as de gros besoins d'argent, alors tu demandes à Gorbiev de te donner un coup de main. Il a des relations dans l'ex-empire soviétique et te fournit un bacille bricolé. Ton père meurt, ta sœur survit. À son tour, elle refuse de vendre à Gorbiev. Tu envoies des cambrioleurs chez elle chercher quelque chose de compromettant pour faire du chantage. Manque de pot : tout est clair dans la gestion de son agence de voyages. Alors, tu profites d'une promenade de Baptiste et Louise pour les faire kidnapper par Antonio Puchierri, le musicien que tu as fréquenté autrefois, lorsque tu te prenais pour un chanteur de charme. Puchierri possède un superbe violon grâce à Gorbiev à qui tu l'as présenté. Notre Paganini lui est donc redevable d'un grand service. Mais Puchierri est un artiste, pas vraiment un zigouilleur d'enfants. Il prend peur et abandonne les mômes dans son mas. Tu t'empares d'eux et tu les fais disparaître. C'est bien ça ?...

— Je vous répète que je ne comprends rien à ce que vous dites. Jamais je n'ai vu ces enfants. Jamais je n'ai voulu tuer mon père et ma sœur. Cela fait deux ans que je n'ai pas vu Puchierri.

— Et cette dernière visite, tu peux m'en donner la raison ?

— J'ai aidé aux négociations pour le violon.

Gorbiev possède une société de production et il souhaitait en échange du Guarnerius que Puchierri compose des musiques pour ses films.

— Tu vois que j'ai vu juste. La serviette t'accuse. Alors maintenant, j'ai perdu assez de temps avec un minable de ton espèce. Tu vas passer à table !

— Mais que voulez-vous que je vous dise ? s'écrie Julien en laissant tomber son front sur la table. Je vous jure que je n'ai rien fait !

Gardini sort et rejoint ses amis. Il est assez content de lui.

— Ce n'est pas un coriace. Il va vite craquer !

Il jette un regard à Julien qui sanglote, effondré sur la table.

— On va se relayer et le cuisiner pendant deux jours s'il le faut, sans le laisser dormir. Il va bien finir par craquer.

En parlant ainsi Gardini sait qu'il sert la justice, mais aussi son propre ressentiment. En obtenant des aveux, il ridiculise le grand spécialiste que Gorbiev lui a mis dans les jambes.

Dunois entre dans la pièce, fait le tour de la table en appuyant ses pas et s'arrête devant Julien. Il n'est pas convaincu de sa culpabilité, mais l'aveu de la transaction à propos du violon lui indique que le jeune homme n'a pas dit tout ce qu'il sait et qu'il peut les conduire vers les enfants.

— Reprenons, dit-il. À quand remonte ta rencontre avec Gorbiev ?

— Il y a cinq ou six ans, au casino de Cannes. Gorbiev cherchait un terrain donnant sur la mer.

— Et tu lui as proposé le domaine des Maures, qui ne t'appartenait pas encore.

— Oui, il en a offert cinq fois sa valeur, mais mon père refusait de vendre à un étranger, surtout un Russe dont il doutait de l'honnêteté.

— Alors, il t'a procuré les pommes infestées par un bacille virulent.

— Je vous répète que personne n'a cherché à tuer mon père !

— Écoute, tu ne peux pas nier. Tout est tellement logique ! Tu as eu forcément à un moment ou à un autre un contact avec les gamins qui s'étaient cachés chez Puchierri. La preuve, c'est la serviette !

— Je vous répète que non, mais je suis fatigué. Je ne sais plus ce que j'ai fait ou pas fait !

— Explique-moi comment cette serviette qui était dans le sac de la gamine s'est ramassé des poils de zèbre chez Puchierri avant d'atterrir chez toi.

Julien se tait un long moment, la tête toujours posée sur le Formica froid de la table. Ce contact lui fait du bien.

— Alors, tu me réponds ?

— La vérité, dit enfin le jeune homme, c'est que Puchierri, pris d'un remords après avoir abandonné les enfants dans son mas, a fait demi-tour. Les enfants n'étaient plus là. Il a eu peur et a téléphoné à Gorbiev, qui lui a donné rendez-vous au domaine des Maures. Puchierri était un homme très méticuleux pour son violon et il redoutait la grande chaleur dans sa voiture. Il voyageait toujours en enveloppant l'étui dans un linge humide. Lorsqu'il est venu au domaine des Maures, la serviette jaune à fleurs blanches enveloppait sa boîte. Voilà la vérité !

— Tu vois que tu finis par parler vrai. Et qu'est-ce qui s'est passé ?

— Gorbiev a expliqué à Puchierri qu'il n'était pour rien dans le rapt des enfants et lui a demandé qu'il reparte chez lui. C'est tout.

— Ah bon ! fait Dunois. Alors, pourquoi Puchierri s'est-il suicidé ?

— Gorbiev m'a dit qu'il avait fait venir Puchierri pour le regarder dans le blanc des yeux. L'expression est de lui. Il m'a assuré que le musicien lui mentait, qu'il avait fait une grosse bêtise. C'est pour ça que Puchierri s'est jeté dans le Rhône.

— On l'a peut-être un peu poussé, tu ne crois pas ?

— Je n'en sais rien !

— Une chose me tracasse : si Puchierri est venu au domaine des Maures avec cette serviette humide autour de sa boîte à violon, pourquoi ne l'a-t-il pas reprise en repartant quelques instants plus tard ?

— Qu'est-ce que vous voulez que je vous dise ? Il a dû trouver dans mon linge une serviette plus grande, mieux adaptée à ce qu'il voulait en faire !

Julien tourne vers l'inspecteur un regard suppliant.

— Je vous jure que je ne suis pour rien dans ce drame. Voilà quatre heures que vous me faites répéter la même chose. Je n'en peux plus. Laissez-moi me reposer un peu.

— Tu te reposeras quand tu nous auras dit la vérité. Reprenons du début...

— J'ai mal ! J'ai faim !

Ils sont allongés sur le ventre au bord du lac, devant l'autel de l'œuf-caillou. Pour tromper leur estomac, ils ont bu abondamment, mais, après un moment d'apaisement, les douleurs de leur corps n'en sont que plus fortes. Ils veulent se mettre à genoux pour prier, mais leurs jambes cisaillées refusent de bouger. Louise, parce qu'elle est légère comme une plume, réussit à se dresser. Baptiste s'effondre en hurlant. Comment se peut-il qu'autant de douleur se tasse en eux ?

— Nous allons mourir ! dit Louise. Ici, sur ce sable noir, parce que la pelleteuse a cessé de creuser.

Baptiste tend l'oreille. En effet, il n'entend plus les coups sourds de la machine.

— Tu parles, c'est l'heure du déjeuner ! Le conducteur va revenir.

Louise ne répond pas. Ses pensées sont arrêtées par les lancements de son corps. Du feu brûle dans son estomac. La tête posée sur le sable humide, elle pense à son père, fier, dominateur, qui passe ses gendarmes en revue. Ses galons dorés brillent au soleil. On dirait le roi, un dieu ; un seul claquement de ses doigts peut arrêter le temps. Que fait-il, le maître absolu de Barjols ? Et Martine, sa mère ? Dit-elle encore que sa fille est la meilleure élève du canton ?

La fillette soulève lentement la tête. Son visage gris de crasse s'est ridé en se creusant, sa belle figure poupine est devenue celle d'une vieille femme. Baptiste imagine le sien, celui d'un vieillard avec ses peaux trop grandes qui pendent comme des sacs vides.

— La pelleteuse, tu l'entends ?

— Oui, elle a recommencé.

Baptiste se dit que ce bruit n'est pas celui d'une machine en train de creuser. Il vient du torrent, de quelque rocher en déséquilibre qui frappe régulièrement la paroi depuis des millénaires, depuis que la terre existe et se contrefout des deux égarés.

— Tu as déjà vu une tombe ?

Le garçon a posé sa main sur celle de la fillette. Ce contact maintient leur conscience en éveil. Séparés, ils sombreraient dans une léthargie profonde, un sommeil au bord du grand saut. Ils se forcent à parler, toujours guidés par un instinct profond qu'ils ne maîtrisent pas. Des images détestables viennent à leur esprit.

— Bien sûr, que j'ai vu des tombes ! Et même que les morts revivront, qu'ils redeviendront ce qu'ils étaient au moment du jugement dernier.

— Oui, ils revivront ! dit Baptiste, qui n'a plus son habituel sens de la critique, sa logique bien terre-à-terre, celle de grand-mère Jacote.

Cette logique demande de la force et il est aussi mou qu'un champignon pourri. Pourquoi pense-t-il à un champignon ? Parce que c'est la pourriture la plus laide, qui sent atrocement mauvais. Il est semblable au cèpe fier et solide sur son unique pied, qui noircit, s'effondre sous son propre poids et se liquéfie avec une odeur insupportable.

Il pense à sa mère et à son père. À cette heure, les deux silhouettes unies par le malheur qui leur arrive ne peuvent pas être séparées. Il voudrait partir avec eux, loin de Barjols, de Gaétan, toujours fier sur son scooter, de grand-mère Jacote. Les images de cette nouvelle fugue traversent son esprit et se dissolvent dans une douleur générale.

Près de lui, Louise sent les tiraillements de ses cheveux emmêlés et collés par la boue. Elle aussi se donne aux images qui défilent devant ses yeux, comme un film sans début ni fin. Et le capitaine Sulvanne, qui ne s'arrête pas sur les petits détails de la vie, accompagne ses ultimes pensées. À côté de lui se tient une femme blonde tellement différente qu'on se demande ce qu'ils font ensemble. Louise ne se souvient plus de son nom.

— Et des caveaux ouverts, tu en as vu ?

— Bien sûr, celui de mon nouveau grand-père.

— Eh bien, à Beauvais, je suis allée à l'enterrement de Jérémie, mon copain qui a été renversé par une voiture.

— Mon nouveau grand-père était enfermé dans un cercueil en bois vernis. C'est assez beau, un cercueil !

— Tais-toi !

Un gros sanglot noue la gorge de Louise et l'empêche de respirer. Son silence a le poids des rochers et des stalactites qui pointent sur eux leurs flèches acérées.

Pourquoi, à cet instant, pense-t-elle aux interminables leçons de piano, à ses doigts qui n'étaient pas assez ronds sur les touches, au passage du pouce gauche et à son ennui ? Elle pense aussi à son envie criminelle de mettre le feu au piano ! Elle pleure en silence.

— C'était pas si mal ! murmure la fillette.

Tout à coup, Baptiste pousse un cri. Une épée vient de le traverser de part en part. Debout au-dessus de lui, un homme en noir rit méchamment.

— Laissez-moi !

Les mille bouches de la grotte répètent cette supplique qui pleut en une infinité de bruits. Baptiste a été victime d'un cauchemar éveillé. Il sent encore la lame de l'épée à travers sa poitrine.

— Qu'est-ce qui te prend ? demande Louise.

— Je sais pas ! Quelque chose de bizarre !

Ils trouvent la force de se rapprocher l'un de l'autre, s'étreindre pour puiser dans leur contact une forme de réconfort qui bute contre leurs pensées, comme si mourir à deux était plus facile.

— M'en fous, pleurniche Louise. Je demande pardon à Dieu, comme ça, dès que je serai morte, j'irai au paradis. Je sortirai de ce trou. J'irai vers le soleil et la grande lumière.

— Moi aussi. Je lui demande pardon de ne pas avoir cru en lui. Et s'il me prend dans son paradis, je ferai tout ce qu'il voudra, et même que je mangerai de la salade, que je déteste...

Il grimace. Tous ses muscles se contractent, se raidissent. Son corps se recroqueville. Louise sent son cœur battre très fort, comme s'il allait éclater. Puis les muscles se relâchent, Baptiste devient aussi lourd qu'un rocher, et mou. Le champignon pourri.

— Je voudrais être une rivière ! souffle-t-elle.

Le silence de Baptiste la maintient dans son malaise. Elle ajoute :

— Parce que les rivières, ça meurt pas !

Toujours le silence du garçon. Elle le secoue.

— Tu m'entends ?

Enfin il bouge, Louise sent son bras se déplacer lentement sur son épaule.

— Je voudrais dormir. Ne plus penser à rien, oublier que je suis là, dans ce trou.

— Tu sais quoi ?

— Non.

— J'ai plus faim !

— Moi non plus.

— Et la pelleteuse ?

— Elle a dû tomber en panne. Ils sont allés en chercher une autre.

Ils se taisent, sombrent progressivement dans une espèce de torpeur qui laisse libre leur cerveau d'imaginer de belles scènes, celles qui doivent cacher le désastre de la mort. Louise est une princesse. Sa longue robe lumineuse se prolonge par une traîne que tiennent des petites filles. Elle donne le bras à un prince grand comme son père, au visage de Baptiste, mais en moins rond. Puis elle se trouve dans sa chambre, à Beauvais, loin de cette Provence trop lumineuse, dans cette petite ville du Nord où elle est née et où reviennent tous ses rêves.

Baptiste, enfin svelte, voit son père au volant d'une magnifique voiture de sport. À côté de lui, sa mère sourit, heureuse et magnifique. Il est assis sur le siège arrière. Le véhicule roule loin de Barjols, vers une nouvelle résidence qui ressemble à la villa des Maures. Ils sont heureux et cela suffit pour l'instant.

— Je cours dans une prairie ! s'exclame tout à coup Louise. Il y a des fleurs partout, beaucoup de fleurs, mais pas comme celles de la colline. Non, ces fleurs, ce sont des étoiles tombées du ciel.

Depuis trois jours, Sandrine et Olivier ratissent la colline, centimètre par centimètre. Ils n'oublient aucun recoin, inspectent les touffes de genévrier et de lavande. Ils vont et viennent en essayant d'être méthodiques, mais se disent qu'ils peuvent être passés deux fois au même endroit et avoir négligé le seul recoin où se trouve un indice. Pourtant, pendant qu'ils se livrent à leur travail de fourmi, leur fardeau est moins lourd à porter.

— Pourquoi j'ai accepté cet héritage ? se plaint Sandrine. Quand j'ai vu François Rivière pour la première fois, j'ai senti qu'il m'apportait le malheur. Je me suis enfuie. Pourquoi ai-je accepté de le revoir ? J'aurais dû écouter tes conseils !

— Mes conseils n'avaient pas grande valeur, assure Olivier. Je n'ai jamais été capable de me guider moi-même !

Ils se sont laissé emporter par une vie qui leur a échappé. Sandrine a créé son agence de voyages pour être indépendante et surtout pour fuir la lourde atmosphère de Barjols. Olivier a cédé à Jacote et à la rumeur. Ni l'un ni l'autre n'ont été heureux. L'obésité de Baptiste leur indiquait qu'ils passaient à côté de quelque chose d'essentiel, mais la vie les emportait dans son tourbillon. Ce soir, devant leur tente où ils cohabitent, le poids de leurs erreurs les écrase.

Ils se donnent la main et, le regard perdu vers la Voie lactée qui poudre la voûte de ses milliards d'étoiles, ils jurent que si Baptiste leur est rendu vivant, ils quitteront Barjols pour s'installer à Nice et recommenceront leur vie, elle dans le voyage, lui dans le commerce des voitures.

— Il faut que je te dise... murmure Sandrine.

— Que tu me dises quoi ?

— Moi non plus, je n'ai pas connu d'autre homme après toi.

Cette fois, Olivier ne résiste pas à son élan, il la serre dans ses bras, mais la pensée de Baptiste l'empêche de se donner pleinement à l'amour qui le submerge.

— Ne parlons plus du passé ! dit-il. Demandons aux étoiles, à cet univers qui peut, peut-être, décider l'avenir de nous rendre Baptiste. Après seulement, nous penserons à nous.

— Oui, après seulement !

Ils passent ainsi la nuit, unis dans la même détresse, mais avec le sentiment que leur amour retrouvé peut encore faire des miracles.

Le lendemain matin, ils reprennent leurs recherches. Fatigués, ils n'ont plus l'enthousiasme du premier jour, pourtant ils continuent de fouiller les buissons, de retourner les pierres ; c'est pour s'occuper, pour nourrir leur espoir faiblissant, se donner l'impression qu'ils agissent, qu'ils avancent dans la bonne direction.

Vers 9 heures, le portable de Sandrine sonne, une musique incongrue à cette heure et au milieu des cigales. Elle jette un regard interrogateur à Olivier, porte l'appareil à son oreille, écoute en silence, la bouche entrouverte. Tout à coup, elle pousse un cri, lâche le téléphone et se laisse tomber sur le sol. Olivier a compris. Il trouve la force de la soulever et de la serrer très fort contre lui. Sandrine a perdu connaissance.

— Ma chérie !

Sandrine ouvre des yeux hagards.

— Julien Rivière a avoué, murmure-t-elle. C'est lui qui a enlevé les enfants.

Un sanglot soulève sa poitrine où il s'effrite en douleurs aiguës.

— Ils sont morts ! ajoute-t-elle dans un souffle avant de s'évanouir de nouveau.

À Barjols, le capitaine Jacques Sulvanne a été momentanément relevé de ses fonctions et mis en congé spécial à la demande du commissaire Gardini qui ne supportait plus ses initiatives. Il a fort mal pris la chose et a continué à sa manière de chercher sa fille. Martine a été hospitalisée dans un service neurologique à l'hôpital d'Aix où elle supporte le présent à coups de tranquillisants. Sulvanne fait la navette entre l'hôpital et son appartement de la gendarmerie, trop petit pour sa haute silhouette et son continuel besoin d'action. Éconduit chaque fois qu'il a voulu se rapprocher des points stratégiques de l'affaire, il considère que la gendarmerie à laquelle il a donné ses meilleures années vient de le trahir.

Ce matin, il est à l'hôpital. Martine a dormi grâce à des médicaments, mais elle se réveille toujours aussi fatiguée. Elle a encore maigri. Sa belle peau de blonde s'est flétrie ; ses cheveux emmêlés, son regard fixe lui donnent l'apparence d'une démente. Elle a le sentiment de se retrouver seule face à sa responsabilité, désignée comme coupable, alors que sa rigueur envers sa fille n'était qu'une marque d'amour. Jacques ne s'est jamais occupé de l'éducation de Louise et a laissé sa femme s'enfermer dans ses idées radicales. Le bel officier ne leur accordait aucune importance et n'en mesurait pas les conséquences.

Martine comprend qu'il l'a toujours considérée comme une servante, une commodité domestique. Il n'a jamais aimé personne que lui. Ce qui le gêne avec la disparition de Louise, c'est le qu'en-dira-t-on, sa belle image salie par ce qui n'arrive que chez les gens simples. Alors, il ne se prive pas pour harceler Martine, que les médicaments maintiennent dans un calme passif.

— Tu as voulu en faire un singe savant ! Et voilà le résultat ! s'emporte le capitaine qui rend visite à sa femme en uniforme, car en civil il a l'impression de ne plus exister, de se fondre dans la banalité des autres.

— Comment peux-tu me parler de cette manière ? reprend-elle d'une voix lasse. Qu'as-tu fait, toi ?

La disparition de Louise creuse entre eux un fossé que rien ne pourra combler.

Martine pense à Dieu. Elle a fait baptiser Louise, l'a instruite dans la croyance sans pour cela exiger d'elle une pratique régulière, elle se tourne naturellement vers cette force supérieure qui peut tout et dont l'amour justifie toujours l'intention punitive. Elle prie. Tout son esprit se remplit de cette volonté de communiquer avec l'universalité de l'être absolu qui est aussi enchaînement des événements passés et futurs mêlés, l'un pouvant être disposé de sorte à arranger l'autre.

Jacques a rompu depuis longtemps avec la religion. Depuis que Louise est absente, il y pense aussi, mais par orgueil et, par un raisonnement qui se veut rationnel, il refuse la prière. Quand tout allait bien, il oubliait Dieu, l'implorer quand tout va mal serait la pire des faiblesses.

Jamais Jacques et Martine n'ont passé autant de temps ensemble. Pourtant, assis en face d'elle sur cette chaise d'hôpital, le capitaine ressemble à un homme ordinaire qui s'ennuie. Martine le déteste en se disant qu'elle se laisse guider par de mauvais sentiments, alors elle se force à l'accepter quand elle voudrait lui crier de s'en aller et de ne plus jamais revenir.

Le portable de Jacques sonne. Il sort de la chambre pour répondre. Martine l'entend pousser un « Quoi ? ». Il entre précipitamment.

— Qu'est-ce qui se passe ?

Son visage impassible s'est défait. Il regarde autour de lui comme s'il avait perdu quelque chose. Enfin, il se dirige de nouveau vers la porte.

— Rien. Il faut que j'aille à la gendarmerie.

— Je croyais que tu étais en congé.

— Il faut que j'y aille quand même !

Jacques part sans rien ajouter, court le long des couloirs, dévale l'escalier et monte dans sa voiture. Quelques instants plus tard, il arrive à la maison du fada où d'autres voitures sont garées. Il reconnaît le petit commissaire Gardini avec ses grosses lunettes et, au milieu de policiers en tenue, Sandrine Gaspect, effondrée, que son mari soutient.

En face de Gardini, Julien Rivière, menotté et encadré par deux policiers, a un regard dément. De temps en temps, il se tourne vers Petrowsky qui s'est invité, car le détective russe ne croit pas à sa culpabilité.

— Donc, dit Gardini, tu es venu ici avec le fada quand les enfants étaient là !

Julien baisse la tête ; ses cheveux roulent sur sa figure fatiguée, il titube. Un gendarme le maintient debout par un bras.

— Je sais plus ! murmure-t-il en regardant Sandrine, puis il ajoute : Je vous jure que c'est pas moi !

— Il faut savoir ce que tu racontes ! reprend durement Gardini. Donc, tu nous as dit, et tu as signé le procès-verbal, que tu étais venu ici avec le musicien pour apporter des provisions aux enfants.

— Oui, peut-être, finit par admettre le jeune homme.

— Ensuite ?

— Je ne sais plus. Je crois que nous sommes repartis avec le fada jusqu'à Aix. Je l'ai laissé à son concert et je suis revenu chercher les enfants.

— Ils étaient où ?

— Dans la maison, à l'étage.

— Allons-y ! fait Gardini en arrachant les scellés.

Il entre dans la maison, suivi de l'accusé qui semble marcher vers l'échafaud. Sandrine se serre contre Olivier qui a du mal, lui aussi, à garder son aplomb.

— Sois forte ! souffle-t-il à sa femme.

À côté, silencieux, Jacques Sulvanne garde un visage impassible.

Ils traversent la salle du rez-de-chaussée et montent l'escalier jusqu'à l'étage. Le commissaire et l'accusé entrent dans la chambre, les autres sont priés de rester à la porte d'où ils remarquent le désordre, les instruments de musique sur le lit défait, les tapisseries décollées, la commode ouverte, vidée de ses vêtements éparpillés sur le tapis.

— Ils étaient là, en train de couper la peau de zèbre avec des ciseaux.

— Alors tu leur as dit de te suivre, c'est bien ça ?

— Je sais pas. Je ne sais plus seulement si je suis venu ici ou si c'est ce qu'on a raconté. Il faut que je dorme, que je me repose, je vous en supplie ! pleurniche Julien.

— Vous voyez bien que cet homme est à bout de forces ! grommelle Petrowsky. Ses aveux n'ont aucune valeur !

— Ici, c'est moi qui conduis l'enquête ! réplique sèchement Gardini.

Puis, se tournant vers Julien qui titube :

— Donc, tu as emmené les enfants. Où les as-tu emmenés ?

— Dehors, dans la colline, dit-il en se tournant vers la fenêtre.

— Très bien, allons dans la colline.

Tout le monde redescend au rez-de-chaussée et passe dans la cour, comme un groupe de touristes en visite. Devant, Julien ne peut marcher que soutenu par ses deux gardiens. Sa tête roule sur ses épaules. À bout de forces, il bredouille des mots sans suite.

— Vous êtes passés par là ? demande Gardini.

— Oui, c'est ça !

La porte est coincée, un policier doit l'enfoncer avec l'épaule. Petrowsky fait remarquer qu'il n'y a aucune trace d'une précédente ouverture, Gardini ne l'écoute pas. Le groupe se dirige vers un arbre, juste en dessous de la tente d'Olivier et Sandrine. Julien s'arrête.

— C'est là que tu les as tués ?

Julien fait oui de la tête.

— Explique-nous comment.

— Avec cette pierre, raconte Julien en désignant un gros caillou. Mais je vous dis que je ne sais plus si c'est vrai ou si je l'ai imaginé.

Petrowsky soutient que si le drame s'était produit à cet endroit, les enfants auraient pu se défendre d'un agresseur plutôt malingre.

— Vous, l'envoyé du Kremlin, taisez-vous ! rétorque Gardini qui secoue Julien Rivière. Comment as-tu fait pour les tuer sans qu'ils crient ?

— Je les ai bâillonnés !

Sceptique, Olivier marmonne :

— Ce n'est pas possible ! Baptiste est assez fort pour se défendre de ce minus !

La voix de Gardini lui fait écho :

— Comment tu as pu les bâillonner ?

— Je les avais drogués. Je leur avais fait boire du Coca avec un somnifère. Ils ont eu bien de la peine à arriver là tellement ils avaient sommeil !

Julien secoue la tête et murmure une fois de plus qu'il ne sait plus s'il a fait ce qu'il dit, s'il l'a rêvé ou si quelqu'un le lui a raconté.

— Il faut que je dorme ! Après, je pourrai vous parler. Pour l'instant, je ne sais rien !

— Tu dormiras plus tard. Où sont les corps ?

— Qu'est-ce que vous voulez que je vous dise ? susurre-t-il en s'effondrant.

Petrowsky s'emporte :

— Commissaire, vous n'avez pas le droit d'empêcher de dormir cet homme. Ce que vous faites est inhumain !

— Ce ne sont pas les policiers russes qui vont me donner des leçons d'humanité. Je connais mon métier ! hurle Gardini, hors de lui.

Mais il ne tire rien de plus de l'accusé inconscient.

— Emmenez-le ! On va recommencer les fouilles à partir d'ici.

Au bout de deux heures de recherches, Gardini et ses collaborateurs n'ont trouvé aucune trace, rien qui indiquerait que des corps ont été déplacés ou enterrés. Dunois constate :

— Ce n'est pas possible. Nous avons tout passé à la loupe. Le garçon était assez lourd, Rivière ne pouvait pas l'emporter sans laisser de traces. Et puis, la vieille femme dont le potager se trouve en dessous et juste dans la trouée des arbres l'aurait vu.

— Cette même femme dit avoir vu les enfants alors que ce n'est pas vrai ! rétorque Gardini au comble de la fureur.

— Rien ne prouve que ce ne soit pas vrai ! fait Dunois, en désaccord avec son chef.

Le groupe revient aux voitures. Sandrine et Olivier n'ont que quelques pas à faire pour rejoindre leur tente. Ils marchent difficilement, écrasés par la douleur. Ils vont quitter cette colline où l'espoir les avait réunis.

— Qu'est-ce que tu vas faire ? demande Olivier.

Elle secoue la tête. L'avenir s'est bouché comme le ciel à l'horizon qui se charge des nuages sombres de l'orage.

— Je ne veux plus entendre parler du domaine des Maures ! dit-elle.

Elle lui prend la main et pose la tête sur son épaule. Ils restent ainsi un long moment. Le roulement du tonnerre occupe leurs pensées. Le silence qui suit les plonge dans un abîme sans fond. Comment Julien Rivière a-t-il pu tuer deux enfants drogués à l'avance ? Olivier n'est pas convaincu. Un peu d'espoir subsiste et il veut le partager.

— Ton frère voulait te faire céder. En tuant les enfants, il se coupait de tout moyen de pression. Je ne comprends pas !

— Il a eu peur : en libérant les enfants, il se dénonçait ! dit Sandrine entre deux sanglots. Le Russe l'a conseillé. Après avoir tué mon père et tenté de me tuer moi, il a voulu échapper à la justice.

Le tonnerre éclate, libérant la pluie qui se met à tomber lourdement. Cette année en Provence, le début de l'été est assez humide. Des orages, particulièrement violents, éclatent tous les deux jours. Les torrents débordent de « cette eau qui n'arrose pas », disent les Provençaux.

— Dire qu'on nous bassine avec le réchauffement climatique ! râle Olivier en serrant Sandrine contre lui.

La pluie martèle la toile de tente que le vent secoue dans le roulement incessant du tonnerre.

— Dès que la pluie aura cessé, on quitte ce lieu sinistre ! décide Sandrine.

— Non, insiste Olivier. Je ne crois pas un mot de ce qu'a avoué Julien. Il faut chercher encore !

Ils sont allongés, immobiles depuis un temps qui ne saurait se mesurer. Dans la grotte, les minutes ressemblent à des siècles, et les heures n'ont pas plus de densité que des secondes. Ils ne sont plus vivants et rien ne les retient d'un côté ou de l'autre, dans le monde sensible ou celui qui surgit en eux. Ils ne dorment pas, mais restent immobiles, les yeux fermés. Des lumières intenses s'allument autour d'eux, des silhouettes légères comme des plumes vont et viennent au milieu d'un jardin fleuri. Ils n'ont plus mal, leur corps qui n'était que douleur, charogne à vif, s'est dissous dans la pénombre immobile et infinie de la grotte.

Baptiste et Louise, la face tournée vers le sable noir, savent qu'ils vont mourir mais ils n'ont plus peur. Le lac, d'ordinaire aussi lisse qu'une vitre, s'agite de longues ondes qui viennent mourir sur la berge. Un bruit intense de gargouillis s'amplifie sous les voûtes, comme si le roulement du tonnerre qui gronde à l'extérieur arrivait jusqu'à cet endroit isolé de l'univers tout entier.

Une impression de fraîcheur sur le visage chasse les belles images de jardin fleuri ; Baptiste a tout à coup la sensation qu'il barbote dans une eau froide, qu'il ne sait pas nager et coule. Il bouge machinalement le bras, sa main droite se pose sur sa figure, roule sur sa joue et sent la fraîcheur d'un liquide. Il ouvre les yeux, reprend lentement conscience. Le niveau du lac s'élève et grignote la petite plage où les deux enfants sont allongés. Baptiste se contracte, réveillant toutes les douleurs de son corps. L'eau monte, avec régularité, sans rien bousculer. Les ondes, qu'un trait de lumière dessine, roulent vers la berge, les unes après les autres.

— Louise !

La fillette ne bouge pas. Épuisée, elle n'a plus la force de revenir dans le monde des douleurs. Elle se trouve dans le beau jardin, bercée par la musique du fada, heureuse d'aller, de gambader, légère à ne pas toucher le sol.

— Louisc ! Réveille-toi !

Elle pousse un grognement, fait une horrible grimace. Les doigts lumineux de l'eau s'accrochent à sa face. Baptiste voit bien que la bouche et le nez de la fillette vont bientôt être submergés. Alors, dans un effort qui lui coûte une montagne de souffrances, il soulève la tête dont les cheveux blonds ne sont plus que mèches sales, dégoulinantes de sable visqueux.

— Louise, on va se noyer !

Il la secoue, mais elle ne réagit pas. Retrouvant au fond de lui un peu de forces, il se met sur ses jambes, malgré le cisaillement de ses os, prend la fillette par les épaules et tente de la mettre hors de portée du danger. Ses pieds maladroits glissent. Il tombe de tout son long dans le liquide sombre, se redresse ; une seule pensée occupe son esprit : porter Louise jusqu'aux rochers en espérant que l'eau ne va pas envahir toute la grotte. Il tourne vers l'œuf-caillou un regard suppliant, cherche au fond de son corps de vieillard la force d'échapper au lac qui, sournois, sans bruit, poursuit sa conquête.

Il s'arc-boute sur le corps de la fillette toujours immobile, la prend de nouveau par les épaules, mais à la première traction, ses os craquent, s'effritent en brûlures intenables. Il lâche prise, s'effondre sur Louise, qui pousse un gémissement.

— Réveille-toi ! crie-t-il encore. On va se noyer !

Il se met de nouveau à genoux et pousse Louise vers le bout de la plage. Cette fois, il a réussi sa prise et le petit corps glisse sur le sable. Il recommence, avec l'espoir fou de pouvoir la sauver, mais derrière, les ondes lumineuses se succèdent, toujours plus nombreuses, plus hautes.

Dix fois, il tombe, la tête la première dans l'eau boueuse, dix fois, il se relève, toussant et crachant puis reprend sa progression de fourmi. Louise s'est réveillée, mais elle demeure hors de la réalité. Elle murmure des bribes de phrases sans suite, sans se rendre compte qu'elle barbote dans une eau qui veut la dévorer.

Combien de temps le jeune Baptiste lutte-t-il ainsi ? Le temps ne se mesure plus qu'à ce qui lui reste de forces. Hors d'haleine, il pousse encore et toujours la fillette qui proteste et lui demande de la laisser dormir. Il lui crie dans l'oreille qu'elle va mourir noyée comme un petit chien dont on se débarrasse, il hurle qu'ils mourront tous les deux, puis, constatant que son effort ne sert qu'à prolonger leur supplice, il se laisse aller, allongé dans quelques centimètres de boue, découragé : pourquoi lutter contre la noyade quand la mort les attend ? Pourquoi se battre pour souffrir plus longtemps ? Il n'en sait rien, il sait seulement que, du fond de lui-même, une force qu'il n'avait jamais soupçonnée jusque-là lui ordonne de poursuivre son effort quel qu'en soit le prix. C'est l'œuf-caillou qui lui crie de se ressaisir, de ne pas abandonner ! La vie s'accroche à lui et ne veut pas le laisser partir. Alors, il se reprend, se remet sur les genoux et, saisissant Louise à bras-le-corps, la pousse de quelques centimètres qui lui coûtent une infinité de douleurs. Sans se donner le temps de laisser se calmer le tumulte qui l'agite, insensible aux battements pénibles de son cœur, il recommence encore et toujours, progresse lentement, à peine d'un mètre, mais assez pour rester en vie.

Il arrive au pied des rochers en même temps que les ondes régulières et tenaces, lignes de lumière à l'assaut du sable noir. Il réussit à se mettre sur ses jambes en s'agrippant à un angle de la pierre. Il prend de nouveau Louise à bras-le-corps et la soulève en pensant aux fleurs pour oublier la douleur qui l'écrase, qui le piétine comme une bête enragée. Et, centimètre par centimètre, le garçon réussit à hisser le petit corps sur le plateau rocheux. Cela lui laisse quelques minutes pour souffler, car si l'eau continue de monter, il va devoir soulever Louise une fois de plus, et ainsi de suite jusqu'à la voûte.

Il reprend son souffle sans quitter des yeux les vaguelettes qui s'accrochent à ses mollets, les submerge lentement. Au bout d'un long moment, alors que l'eau arrive déjà à hauteur de son genou, il regarde au-dessus de lui. Jamais il ne pourra hisser Louise sur la marche au-dessus de sa tête.

— Réveille-toi ! Il faut que tu m'aides !

Louise secoue la tête, tourne vers Baptiste un regard vide.

— Laisse-moi. Je veux dormir !

— On va se noyer ! Il faut que tu te réveilles !

La tête de la fillette roule sur le côté, caillou inerte et sale, caillou d'où l'âme s'est envolée.

— Je t'en prie, hurle Baptiste, réveille-toi ! Regarde le pré fleuri d'étoiles. On va aller les cueillir ! Allez, viens, tu vas faire un gros bouquet d'étoiles !

À présent, l'eau dépasse les genoux de Baptiste qui regarde les vagues toujours lancées contre lui. Qu'allait-il croire, ce gamin ? Qu'il pouvait vaincre les forces de la terre, s'opposer aux décisions de la nature inscrites dans le temps universel ?

Il serre Louise contre la paroi, car la fillette est agitée de tremblements et risque de rouler d'où il a réussi à la hisser. De la surface couverte d'ondes parfaitement lisses dépassent l'autel construit avec des pierres plates et, posé dessus, l'œuf-caillou.

— Faites un miracle ! hurle le garçon.

Ce cri a eu raison de ses dernières forces. Il s'écroule contre Louise, l'oreille collée sur la poitrine de la fillette, il entend les battements saccadés de son cœur, à bout.

Sa pensée s'est bloquée sur le bouquet d'étoiles. Il ne formule rien, mais toutes ses forces sont tournées vers la progression de l'eau et l'idée qu'elle ralentit. Mais n'est-ce pas une illusion ?

L'orage a été violent mais bref. Le tonnerre s'éloigne, la campagne luit au soleil revenu. Des sources gargouillent dans la garrigue. Olivier sait qu'elles ne vont durer que quelques instants. Ici, la terre aspire l'eau, la garde dans ses rivières et ses lacs soustraits à la chaleur provençale pour n'en rien laisser aux plantes et aux animaux. Quelques heures après l'averse, la terre sèche se craquelle de nouveau.

Sandrine sort de la tente. Un vent chaud souffle sur la colline et apporte de bonnes odeurs d'herbe verte et de lavande. Olivier la rejoint, pose son bras sur ses épaules. Ils restent ainsi un long moment, traversés par la rumeur apaisée de la campagne. La douleur qui les brûle les unit.

Ils marchent sans but à travers la colline, suivent un sentier qu'ils ont exploré de fond en comble. La lumière intense les aveugle.

Ils arrivent à la résurgence d'un ruisseau. L'eau bouillonne d'une cavité de rocher pour s'étaler dans une cuvette aux berges ravinées. Le regard de Sandrine est attiré par une tache claire sur le fond, imprécise. Elle n'y prête pas attention et s'éloigne quand Olivier fait la même constatation.

— Qu'est-ce que c'est ?

Ce qui les étonne, c'est la présence de ce qui ressemble

à un morceau de tissu dans une eau qui vient des profondeurs. Ils sont passés là de nombreuses fois ; la mare était à sec et aucun résidu de ce genre ne s'y trouvait. Avec un bâton, Olivier déplace cette curieuse chose qui repose sur le fond, la fait glisser jusqu'au bord.

— Un morceau de peau d'animal avec ses poils.

Sandrine sursaute. Les rayures noires lui rappellent la peau de zèbre taillée aux ciseaux dans la chambre du fada. Elle la défroisse, l'étale. Une illumination traverse son esprit.

— C'est un des bouts manquants de la peau que les enfants ont découpée ! s'exclame-t-elle.

Olivier est tout à coup la proie d'une intense émotion, d'une sorte de révélation surgie du fond de lui-même, comme si une voix supérieure la lui soufflait. Les pensées s'ordonnent avec une précision dont il ne se croyait pas capable. Il tremble. Sandrine s'en aperçoit.

— Qu'est-ce qui te prend ?

— Il me prend que ce n'est pas logique !

— Quoi ?

— Nous sommes passés cent fois à cet endroit, nous avons marché dans la cuvette à sec et nous n'avons jamais vu ce morceau de peau. C'est donc l'eau qui vient de l'apporter.

— Et alors ? Je ne vois pas en quoi ce serait étonnant !

— L'eau provient d'un ruisseau souterrain et elle a ramené cette peau à la surface !

Il ne comprend toujours pas, mais la certitude que ce morceau de cuir de zèbre avec ses poils blancs et noirs le relie aux disparus lui fait appeler le commissaire Gardini.

Le policier est dans son bureau quand l'appel d'Olivier le surprend. Les aveux de Julien Rivière n'ont aucune cohérence et il sait bien, malgré son obstination, qu'ils ne conduiront à rien. Il n'y a pas eu besoin de pelleteuse pour retourner l'endroit où le présumé meurtrier a dit avoir enterré les corps, une simple observation a suffi à montrer qu'il était impossible, dans ce tas de rochers, de creuser un trou assez profond. Petrowsky gagne sur toute la ligne. Le policier sait que son concurrent ne va pas se gêner pour dénoncer à la presse les moyens utilisés pour faire parler un pauvre bougre à bout de forces. Tout est à recommencer une fois de plus, avec, désormais, la quasi-certitude que les enfants ne sont plus en vie. Par l'intermédiaire de Julien Rivière, le commissaire espérait toucher Gorbiev, mais ce dernier a su bétonner sa défense et abandonne son complice. Le détective Petrowsky est là pour guider l'enquête dans le sens souhaité par son patron. Jamais la vérité sur la mort de François Rivière, sur la tentative d'empoisonnement de Sandrine et la disparition des deux enfants ne sera faite.

Son téléphone le sort de ses pensées sombres. Sa femme doit l'appeler après un rendez-vous chez un agent immobilier. Les Gardini recherchent un mas isolé, semblable à celui du fada. Il porte l'appareil à son oreille.

— Monsieur Gardini ? C'est Olivier Gaspect. Nous venons de faire une découverte qui peut avoir de l'importance : un morceau de la peau de zèbre taillée par les enfants.

Gardini sursaute. Ces morceaux, ses inspecteurs les ont cherchés dans l'habitation du musicien, sur la colline où les enfants auraient été aperçus, dans les sentiers alentour, sans résultat.

— J'arrive ! dit-il en faisant signe à Dunois de l'accompagner.

Ils mettent une heure pour retrouver Sandrine et Olivier, qui les attendent au bord de la petite mare presque à sec.

— Aucun doute, constate Gardini, c'est bien un bout de la relique que le fada nous a dit avoir rapportée d'Afrique. Mais pourquoi se trouve-t-il là ?

— Ce qui me paraît étrange, précise Olivier, c'est que nous l'avons trouvée ici, que c'est l'eau de la résurgence qui l'a apportée.

— En êtes-vous certains ?

— Absolument ! Nous sommes passés de nombreuses fois à cet endroit et il n'y avait rien. Hier encore, j'ai fouillé tout le fond de la mare avec une petite pelle.

— Donc, cet objet vient de sous la terre.

Gardini compose un numéro sur son portable.

— Jean-Yves ? Je suis sur la colline derrière la maison du fada, tu sais ? Nous sommes à la résurgence d'un petit torrent. Peux-tu te renseigner en urgence sur ce que contient le sous-sol ? D'où vient ce torrent souterrain et tout...

En attendant une réponse, Gardini et son adjoint inspectent les alentours, fouillent une nouvelle fois les touffes d'ajoncs et de genévriers, s'arrêtent sur les moindres détails, branches cassées, coulée de terre, pierres roulées par l'orage. Son téléphone lui confirme enfin ce qu'il savait déjà.

— Le petit ruisseau est la résurgence de tout un système souterrain. En dessous, il y a des grottes qui ne sont pas explorées.

— Est-ce qu'il y a une autre entrée à part celle de l'écoulement des eaux ?

— Non, mais les grottes ont été découvertes après un effondrement de terrain. À certains endroits, le ruisseau souterrain se trouve à moins de deux mètres de la surface. Il arrive que des orages fassent s'effondrer la voûte, mais on n'en voit rien car le ruisseau peut s'écouler par d'autres bras qui se rejoignent en une suite de grottes profondes dont certaines sont inaccessibles.

— Tu dis que la terre peut s'effondrer sur le ruisseau. Cela doit laisser des traces ?

— Oui, mais elles s'effacent aux premiers rayons

du soleil. La terre s'effondre, bouche le ruisseau, l'eau trouve un autre chemin souterrain et la petite cuvette formée est vite semblable à tant d'autres. Seul un spécialiste peut la reconnaître.

— Bon, s'écrie Gardini, qui commence à comprendre. Il faut que tu me trouves immédiatement une équipe de spéléologues plongeurs. Je veux qu'ils explorent au plus vite ces grottes ou, en tout cas, qu'ils remontent le cours du torrent en faisant le chemin inverse de la peau de zèbre !

Il tourne vers Sandrine un regard plein d'énergie.

— Le jour où les enfants ont été aperçus sur la colline, il y a eu de l'orage dans la soirée. Je me souviens de l'avoir noté sur la déposition de la vieille femme !

Puis, il baisse la tête. Cette piste nouvelle ne laisse aucun espoir sur la survie des enfants. En supposant qu'ils soient tombés dans un effondrement de terrain, ils ont été broyés par les rochers ou se sont noyés... Sandrine pleure, serrée contre Olivier. Le dénouement qui approche va la détruire à jamais.

L'eau ne monte plus. Les ondes claires s'espacent à la surface et meurent avant d'arriver jusqu'à la berge. Baptiste n'a plus de forces. Il n'a pas pu empêcher le corps inanimé de Louise de rouler jusqu'au sol vaseux. Il a cependant réussi à positionner la tête de sorte que la fillette puisse respirer, puis, à bout, s'est de nouveau écroulé à côté. Les douleurs s'estompent. Il s'aventure lui aussi dans un jardin d'étoiles où la lumière éclatante le retient dans une agréable apesanteur. Il marche vers le sommet d'une montagne sous un ciel très pur. Il n'est plus gros ; quand il passe sur la place, devant la fontaine, les copains de Gaétan le saluent avec des mots pleins de considération. Louise ne le quitte plus. Ils ont les mêmes pensées, la fillette a le droit de manger de la viande ; sa mère ne l'oblige pas à travailler le piano pendant des heures. Et lui ne fait plus aucune faute aux dictées de grand-mère Jacote.

Un cri perçant l'arrache de ce beau rêve. Louise s'agite, ses membres se contractent. Elle ouvre de grands yeux pleins d'horreur. Baptiste trouve la force de lui caresser la joue.

— Sois calme. Ferme tes yeux et tu vas entrer dans le jardin plein de fleurs !

— Des serpents ! hurle-t-elle. Ils arrivent, ils grimpent sur moi, ils entrent dans ma bouche, mes oreilles. Ils sont si nombreux !

— Louise, calme-toi. Il n'y a pas de serpents !

En même temps qu'il parle, Baptiste grimace. Les douleurs rampent en lui, s'agitent dans ses bras, ses jambes, dans son estomac. Son cœur bat au point de se rompre. Il pose sa tête sur la poitrine de Louise puis comprend que son seul poids l'étouffe tant sa respiration est faible. Les pensées désertent son esprit, les serpents de douleur s'apaisent. Il roule dans une sorte de boue noire et froide, il ne patauge pas, il se laisse avaler sans la moindre résistance. Il ne pense pas à la mort. Sa présence en lui occulte d'autres images, celles que l'on se fabrique quand on ne risque rien. Il devient rocher, élément minéral sans la moindre étincelle. Son esprit flotte au-dessus de son corps inerte et trouve cela normal.

Louise s'agite encore. Les serpents la dévorent par l'intérieur. Puis les douleurs s'apaisent. À son tour, elle sombre dans une immobilité de cadavre. Cette impression qu'elle vient de mourir ramène Baptiste à la réalité. Il se dresse, regarde le visage de la fillette, sa bouche entrouverte, ses yeux fermés. Il veut crier, mais aucun son ne sort de sa gorge.

— Qu'est-ce que tu fais ?

Les bras de Louise sont mous, lourds, sans la moindre réaction. Il tapote sa joue froide, approche son oreille des lèvres entrouvertes. Il n'y perçoit aucun souffle.

— Elle est morte ! murmure-t-il avec horreur.

Un sanglot soulève sa poitrine, un sanglot si pesant qu'il en est écrasé.

Une équipe de spéléologues plongeurs trouvés à Aix-en-Provence est réquisitionnée en catastrophe. Gardini sait qu'il n'y a plus aucune chance de retrouver les enfants vivants, mais on ne sait jamais et il presse les secours. Six hommes arrivent à bord d'une camionnette. Pendant que l'un d'eux examine la résurgence, les autres déchargent le matériel. Leur expérience sera très utile.

— On connaît bien cet endroit. Il a été exploré à plusieurs reprises, on sait aussi que des fissures trop étroites donnent sur des grottes inaccessibles. Il faudra peut-être un peu de temps pour dégager des passages.

Tout en parlant, quatre plongeurs s'équipent tandis que deux autres disposent sur le bord de la mare un rouleau de corde et tout un matériel de sécurité.

— Nous, on va rester ici. Les grottes sont assez dangereuses, il peut y avoir des éboulements de plafond. Nous communiquerons par radio.

Les quatre plongeurs sont prêts. L'un d'eux explique à Gardini que la résurgence se poursuit par un profond siphon qui conduit à un lac intérieur. En amont, un autre siphon permet d'accéder à une autre salle plus vaste d'où part tout un dédale de cavités souvent obstruées par des éboulements.

Les hommes plongent dans l'eau bouillonnante. Olivier et Sandrine se tiennent en retrait, serrés l'un contre l'autre, pétrifiés d'anxiété. Gardini se tait. Son téléphone sonne, il arrête la sonnerie sans répondre.

La première découverte ne tarde pas : les plongeurs annoncent par radio qu'ils ont trouvé deux autres morceaux de peau de zèbre reposant au fond du lac.

— Si les enfants se sont noyés en tombant, dit l'un des plongeurs à son collègue resté dehors, nous ne sommes pas près de trouver leurs corps, qui peuvent avoir été entraînés dans des bras secondaires extrêmement étroits.

L'attente reprend au bord de la mare, toujours aussi lourde. Les cordes se déroulent régulièrement, montrant que les explorateurs progressent. Les cigales ont repris leur tintamarre qu'en temps ordinaire on n'entend pas et qui, à cette heure, assourdit au point de gêner les pensées.

Tout à coup, une voix nasillarde annonce à la radio :

— On les a trouvés !

Sandrine retient son souffle. Le sang cesse de circuler dans ses veines. Olivier se contracte et serre la jeune femme à lui faire mal, mais elle ne dit rien.

— Ils sont vivants !

Un cri sort de toutes les gorges en même temps, un cri de victoire comme s'ils venaient de repousser le mauvais sort. Sandrine s'évanouit. Olivier l'écrase de nouveau dans l'étau de ses bras.

— Ils sont très faibles ! Il faut demander du matériel adapté pour les soigner sur place et ensuite pouvoir les ramener à la surface. Il n'y a pas d'autres passages que le siphon.

Gardini téléphone à son commissariat. Il annonce la bonne nouvelle et demande qu'on dépêche par hélicoptère une assistance médicale spécialisée et du matériel pour faire passer les enfants sous l'eau.

— Faites vite, nom de Dieu !

Il trépigne, le commissaire. Il ressent la profonde angoisse des parents et se mordille la lèvre inférieure en scrutant le ciel. Que fait ce maudit hélicoptère ? Le temps s'est arrêté.

Sandrine recouvre ses esprits. Olivier l'a allongée sur les herbes sèches. Il lui sourit.

— Ils sont vivants !

Il ne s'agit toutefois que d'un maigre espoir. Vivants, mais pour combien de temps encore ? Sandrine esquisse un sourire à son tour, mais son regard montre son immense détresse.

— Tout va s'arranger ! insiste Olivier.

Le capitaine Sulvanne arrive à son tour. Il voudrait pouvoir plonger pour aller chercher sa fille, mais le commissaire lui demande de se tenir en retrait pour ne pas gêner l'opération de sauvetage. Enfin, un bruit de moteur monte au-dessus de la colline, couvre le grésillement des cigales. L'hélicoptère fait plusieurs passages pour trouver l'endroit le plus adapté à son atterrissage au milieu des rochers. Comme l'urgence commande, il se pose sur une pente caillouteuse où il se stabilise lentement. Gardini piétine, trouve qu'on perd beaucoup de temps. Les secouristes sautent de l'appareil. Quand l'hélicoptère est enfin calé, ils déchargent deux caisses longues qui font penser à des cercueils.

— Ce sont des boîtes hermétiques ! explique un des sauveteurs. Les enfants vont être enfermés dedans, avec une assistance respiratoire. Ils y seront en totale sécurité. Ces appareils permettent de contrôler leur rythme cardiaque. D'ordinaire, ces caissons sont utilisés à d'autres fins, mais on n'a pas eu le temps de trouver mieux !

Plus de dix personnes s'affairent au bord de la mare. Les caissons, amarrés avec des cordes, sont immergés sous la conduite des plongeurs. L'attente recommence. Sandrine, à bout de forces, chasse toutes les pensées de son esprit. Le temps ne passe pas, paroi dressée devant elle qui l'emprisonne. Malgré ses efforts, Olivier n'arrive pas à arrêter les tremblements qui l'agitent.

Enfin, de gros bouillons éclatent en surface de la mare. Les plongeurs émergent en guidant les caissons. Des bras se tendent pour les sortir à l'air libre et les portent rapidement jusqu'à l'hélicoptère, dont les pales se lancent avec un sifflement aigu.

— On ne peut pas les voir ? demande le capitaine Sulvanne.

— Pas le temps ! répond un des plongeurs. Il faut les hospitaliser en urgence.

Il n'y a pas assez de place dans l'hélicoptère pour accueillir les parents des petits rescapés. Olivier et Sandrine courent à leur voiture pour se rendre à l'hôpital d'Aix. Quelques instants plus tard, la colline retrouve sa sérénité, son été que rien ne vient troubler à part quelques orages, plutôt violents cette année.

Deux jours plus tard, Louise et Baptiste sont hors de danger. Sandrine et Olivier retrouvent leur fils amaigri, qui s'inquiète du sort de Louise.

— Elle est dans la chambre voisine, elle va bien.

— Je veux la voir !

Louise reprend lentement des forces. Sa mère ne la quitte pas et fait la grimace quand une employée de l'hôpital apporte un repas complet avec une grosse tranche de viande rouge. Louise mange en faisant claquer sa langue, comme pour défier cette mère qu'elle a fuie jusque dans les entrailles de la terre. Le capitaine vient lui rendre visite une fois par jour, mais il a repris son travail et ses habitudes extérieures au ménage.

— Et Baptiste ? demande la fillette. Je veux le voir, parce que, maintenant qu'on est sauvés, on ne se quittera plus.

— Il va bien ! répond Martine. Bientôt tu vas rentrer à la maison et nous serons tous très heureux.

Au bout de quelques jours, Louise et Baptiste sont complètement rétablis. Louise retrouve ses couleurs et Baptiste ses grosses joues. Ils n'ont pas conscience d'être passés si près de la mort, épargnés d'abord par les rochers lors de l'éboulement et, ensuite, secourus à l'extrême limite de leurs forces.

— Je voudrais que le fada vienne nous voir et qu'il joue la fugue qu'il a composée pour nous, demande Louise. Les policiers ne lui ont causé aucun ennui, j'espère ?

— Non, rassure-toi ! Mais il est parti en voyage en Australie, et pour longtemps.

Puis, se tournant vers Baptiste, la fillette lance :

— Tu vois que j'ai eu raison de découper la peau de zèbre ! Sans ça, on serait morts !

— Ouais ! Moi, j'ai oublié mon œuf-caillou !

— Il est resté sur son autel ! conclut Louise. On ira le chercher plus tard.

— Eh bien, tu iras, toi, répond Baptiste. Moi, je ne veux plus jamais retourner dans cette grotte.

Louise retrouve la gendarmerie de Barjols, son piano et une mère pressée de rattraper le temps perdu. Mais la fillette a rapporté de son séjour sous terre aux frontières de la mort une force nouvelle contre laquelle Martine ne peut rien.

La mère possessive comprend bien qu'une page s'est définitivement tournée et que Louise lui a échappé.

Baptiste a regagné sa maison à quelques pas de la gendarmerie. Sa mère et son père ont décidé de reprendre la vie commune : l'épreuve les a soudés l'un à l'autre et les tentatives de Jacote pour récupérer son fils n'y font rien.

— J'ai trouvé un garage à Aix, explique Olivier à Baptiste. Comme ça, maman n'aura plus de route à faire pour se rendre à son agence. Nous allons acheter une belle maison. Tu es content ?

— Oui, mais je ne veux pas quitter Louise.

Depuis le retour de Baptiste, grand-mère Marie s'est invitée à Barjols et occupe la chambre d'amis. L'institutrice retraitée en mal d'élèves ne cesse de harceler le pauvre garçon pour rattraper son retard de l'année passée.

— Je suis fatigué ! fait Baptiste en prenant un air accablé. Il faut que je me repose.

Ou alors, sur le ton qu'il emploie pour reprocher à grand-mère Jacote sa mauvaise habitude de fumer, il demande à Marie :

— Tu sais, avec cette chaleur, tes belles fleurs autour de ta maison vont se faner. Tu as quelqu'un pour les arroser ?

Un soir, alors que Baptiste et Louise bavardent sous le parasol de la cour, une voiture s'arrête. Un jeune homme en descend et leur sourit. Il est grand, brun, très maigre, de lourds cheveux roulent sur son front. Marie, qui apporte à boire aux enfants, l'aperçoit, s'arrête, se fige. La carafe de jus de fruit lui échappe des mains et se brise.

— Mon Dieu ! murmure-t-elle.

Sandrine, alertée par le bruit de verre cassé, arrive. Elle aussi s'étonne de voir le visiteur, qui hésite à ouvrir le portail pour entrer.

— Mon Dieu, murmure encore Marie. Tout le portrait de François quand je l'ai rencontré !

Sandrine embrasse Julien sur les deux joues. Elle n'a pas oublié le calvaire vécu par son demi-frère, contraint d'avouer un crime qui n'existait pas.

— Je voulais voir les enfants, s'excuse le jeune homme.

Marie retrouve vite son aplomb et court chercher un balai et une pelle.

— Je suis d'une maladresse... dit-elle en rassemblant les morceaux de la carafe.

Olivier sort à son tour et invite Julien à s'asseoir sous le parasol. Marie ne cesse de regarder le jeune homme ; des larmes discrètes roulent sur ses joues.

— Je voulais aussi vous remercier, ajoute Julien. Vous avez refusé de porter plainte à la suite du cambriolage. C'est moi qui ai demandé à deux gars prêts à tout pour se faire un peu d'argent de venir fouiller dans vos papiers. J'étais persuadé de trouver de quoi vous contraindre à accepter la vente à Gorbiev.

— C'est oublié ! dit Sandrine. Je n'ai qu'une parole. J'ai retrouvé mon fils et je renonce au domaine des Maures. Vous pouvez le vendre à qui vous voulez.

D'un geste rapide, Julien ramène ses cheveux vers l'arrière et sourit à sa demi-sœur, un sourire qui va bien à son visage gracieux.

— Nous ne vendrons pas à Gorbiev car il est mort. Le milliardaire avait beaucoup investi dans le gaz de Sibérie et affichait des ambitions politiques. Il est mort officiellement d'une crise cardiaque, mais je pense que ses anciens amis, qui le trouvaient un peu trop ambitieux, ne sont pas étrangers à sa disparition.

— Qu'allez-vous faire du domaine ?

— Mon séjour dans l'enfer de la police m'a ouvert les yeux sur beaucoup de choses. Le domaine ne sera pas vendu et nous allons en profiter ensemble. Il est assez grand pour y construire une deuxième villa, la vôtre. La prison m'a donné des envies de famille. Et je sens que je vais très bien m'entendre avec mon neveu. En attendant, je vous invite tous, ainsi que Louise et ses parents, à une grande fête, samedi prochain.

Sandrine jette un regard perplexe à son frère, mais ne fait aucune remarque. Julien saura-t-il un jour se défaire de sa manie ruineuse, de son goût pour la fête ?

— Le commissaire Gardini ne sait toujours pas qui a tué notre père avec des bacilles bricolés dans un laboratoire russe et a tenté de vous tuer ! poursuit Julien. L'enquête s'arrête sur une constatation des scientifiques : le staphylocoque doré est dans la nature depuis longtemps, comme des tas d'autres germes inconnus manipulés par l'homme ou ayant naturellement muté. Seul le hasard permet de les découvrir.

Sandrine annonce à son frère qu'Olivier et elle ont décidé de quitter Barjols et de vendre leur maison. Alors, Louise, qui s'était tue, se tourne vers Baptiste :

— Et nous, qu'est-ce qu'on va faire ?

— Je ne sais pas, répond Baptiste, ennuyé car il n'imagine plus de se séparer de la fillette.

— Je serai bien obligée de te suivre puisque j'ai décidé de te dire oui ! annonce la fillette.

Baptiste lui lance un regard curieux et méfiant.

— Tu as décidé de me dire oui, mais à quoi ?

— À ta demande en mariage !

Elle éclate d'un petit rire mutin face à l'embarras de Baptiste et au silence des grandes personnes. Alors, comme chaque fois qu'il ne sait pas quoi répondre, le garçon hausse les épaules :

— Ma pauvre fille, tu es complètement folle !

Une histoire de vengeance

Des enfants tombés du ciel
Gilbert Bordes

Ils sont trois. François, Louis et Victor. Le premier est apprenti sabotier en Corrèze. Le deuxième, officier de marine anglais. Le troisième, élève ingénieur à Paris. Et pourtant ils sont frères... Leur malchance fut de naître en 1870 à Paris, alors assiégée par les Prussiens. Pris dans les tourments de l'Histoire, leur père n'a pu empêcher leur séparation. Presque vingt ans plus tard, il ignore même s'ils sont encore en vie. De ses triplés, il ne garde que le souvenir d'une tache de naissance identique à la base du cou et cette terrible prophétie : « Deux de vos fils chercheront à vous tuer. Les cartes sont muettes sur le troisième. »

(Pocket n° 12465)

Cet ouvrage a été imprimé en France par

CPI
Bussière

à Saint-Amand-Montrond (Cher)
en septembre 2009

POCKET - 12, avenue d'Italie - 75627 Paris Cedex 13

— N° d'imp. : 91439. —
Dépôt légal : octobre 2009.